KB147271

이시영 시의 서정성과 역사성

■ **저자 소개** 구혜숙 具惠淑

경북 의성에서 태어나, 단국대학교에서 『김수복 시 연구』로 석사학위를,
같은 대학교에서 『이시영 시 연구』로 박사학위를 받았다.
지금은 궁평항 근처 바닷가에서 전원생활을 하며 시를 쓰고 있다.

이시영 시의 서정성과 역사성

인쇄 · 2019년 8월 27일 | 발행 · 2019년 9월 12일

지은이 · 구혜숙
펴낸이 · 한봉숙
펴낸곳 · 푸른사상사

주간 · 맹문재 | 편집 · 지순이 | 교정 · 김수란

등록 · 1999년 7월 8일 제2-2876호
주소 · 경기도 파주시 회동길 337-16
대표전화 · 031) 955-9111~2 | 팩시밀리 · 031) 955-9115
이메일 · prun21c@hanmail.net / prunsasang@naver.com
홈페이지 · http://www.prun21c.com

ISBN 979-11-308-1455-1 93800
값 26,000원

이 도서의 국립중앙도서관 출판시도서목록(CIP)은 서지정보유통지원시스템 홈페이지(http://seoji.nl.go.kr)와 국가자료공동목록시스템(http://www.nl.go.kr/kolisnet)에서 이용하실 수 있습니다. (CIP제어번호 : CIP2019033100)

현대문학
연구총서
55

이시영 시의 서정성과 역사성

구혜숙

Lyricism and Historicity in the Poetry of Lee Si-young

▪▪▪ 책머리에

시인 이시영은 나의 스승이다. 그의 시에 대해 무언가를 말해야 하는 것은 부담스러운 일이다. 여러모로 부족한 처지이긴 하지만, 그에게서 배운 것을 세상에 내어놓고자 하는 마음이 부끄러움을 앞선다. 그의 시는 일관되게 '역사 앞에서의 정직함'과 '자연의 숨결'에 대해 발언하고 있다. 그가 호출하는 시대의 아픔과 그가 몸담고자 하는 자연은 누군가에게는 낯설고 누군가에게는 상처이며 또한 누군가에게는 그리움의 대상이다. 누에가 고치를 빚듯이 지난한 삶의 노정 속에서 한 줄 한 줄 역사적 진실을 뽑아내 시의 집을 짓는 그는, 다양한 인식의 층위에도 불구하고 일관되게 역사적 진실을 추구하며 궁극적으로 시의 원형(圓形)에 도달하고자 한다.

달리 말하면, 이시영의 시사(詩史)에 담긴 의식의 변모는 어쩌면 우리 모두의 집단체험이 녹아 있는 공동체적 사건의 발화(發火) 및 진행과정과 다르지 않다. 그 안에 파고들어 시의 정신사를 해부하기 위해 그의 작업을 지켜보면서, 나는 박제되어 있던 나의 의식과 감성이 깨어나는 경험을 했다. 그의 시를 통해 현실의 민낯과 마주보는 것은 즐겁고도 고통스러운 일이었다.

시에는 대체로 인간 보편의 정서와 시대정신으로서의 선언이 깃들어 있다. 이시영의 시를 연구하기로 한 것은 그가 시의 본래적인 정서와 시대정신의 만남을 치열하게 추구하며 시를 통해 당대의 양심을 일깨워왔기 때문이다. 이시영은 첫 시집 『만월』에서부터 제14시집 『하동』에 이르기까지 소외된 자들을 위한 민주적 평등 의식이 내포된 시의 정치성을 내세우면서도 시성(詩性), 즉 서정성을 놓지 않은 시인이기도 하다. 시의 표현이 요구하는 본령에 충실하면서도 그 목적 가치를 포기하지 않았다.

『이시영 시의 서정성과 역사성』은 이시영 시세계의 특징에 주목하여 시인이 온몸으로 살아낸 시대와 그의 시적 변모 양상을 들여다본 글이다. 특히 독재와 자본에 대항하는 정치성을 어떻게 시로 형상화해내고 있는지에 초점을 두고 살폈다. 시의 정치성과 시성이 갈등 및 대립, 길항하며 긴장된 시세계를 펼치는 양상에 대해서도 주목했다.

이후 상론(詳論)하겠지만, 이시영의 시세계는 초기부터 서정적 미학과 현실의식 간의 긴장 관계 속에서 발전해왔다. 유년기의 원체험, 자연과의 동화에서 오는 서정성과 근현대사의 폭압적 정치현실 사이에서 일어나는 갈등을 승화시켜 시대적 양심을 발언하는 동시에 시적으로도 우뚝 선 시세계를 구축한 것이다. 고향이라는 원체험에서 비롯된 서정성은 시인의 올바른 정치의식을 미학적으로 제련해온 노력의 과정이자 결과물이다.

이시영의 시세계는 소외된 자들, 사라져간 풍경, 잃어버린 시간, 짓밟힌 삶에 대한 증언으로 일관해왔다. 우리 사회가 겪어온 당대 역사 현실에 대한 생생한 증언으로부터, 파괴되는 생명과 자연, 세계의 모든 폭력과 부조리에 대한 비판과 자성의 목소리까지를 아우른다. 이 과정에서 이시영의 시가 가진 서정성과 정치성은 하나의 통일된 유기체적 진실을 구성하고 있으며, 또한 이는 내면 응시의 서정을 바탕으로 한 역사의식과 예술의식의 조화로서 구현되고 있다. 이는 더 큰 우주적 공동체로서 공존과 상생에 도달하려는 의지로 이어진다.

이시영은 후기시로 올수록 현실의 비극적 풍경에 대한 주관을 배제하고 객관적 사실을 전달한다. 이는 세계의 가려진 진실을 드러내는 증언으로 작동한다. 수많은 폭력의 양상을 그대로 전달함으로써 보편적 양심과 진실에 기대는 시적 방식을 취하는 것이다. 이는 보수적 시의 형식 파괴인 동시에 시의 내면이 현실과 만나는 지점을 확고히 마련하는 시도이기도 하다. 일종의 '전복(顚覆) 행위'인 것이다.

이러한 시도는 상처 입은 시대에 대한 문학적 위로인 동시에 정치적 의지와 상상력을 불어넣는 작업이다. 문학이 당대의 고통을 외면하지 않고 새로운 시대를 향한 혁명적 정치의식과 미학적 의지를 어떻게 하나로 엮어낼 것인가에 대한 과제 또한 그의 시에 녹아 있다. 당연하게도 이러한 의지는 인간, 자연, 역사가 강렬하게 연대되어 생명의 근거를 이루는 지점을 치열하게 확보한다. 그의 시는 생명을 위협하는 모든 기득권의 폭력에 정면으로 맞서며, 그 싸움을 통해 정치성과 생명의 미학을 합일시킨다. 이시영의 시는 반생명적, 반인륜적인 모든 폭력에 대향하는 과정의 기록인 것이다.

이시영 시의 서정성은 이러한 생명의 미학이 담기는 그릇이며, 정치성은 바로 이 미학을 확보하기 위한 시적 투쟁의 산물이라고 할 수 있다. 이시영은 서정성을 통해 생명 가득한 세계를 향하여 나아가는 시인이며, 정치성을 통해 공존과 평화의 세상을 실현하고자 한다. 이러한 관찰을 토대로 『이시영 시의 서정성과 역사성』이라는 제목이 결정되었다. 그의 시는 단지 역사와 자연의 일체화라는 문제를 넘어 세계의 진실을 은폐하거나 왜곡하려는 모든 기도(企圖)들에 대한 저항으로 육화된다. 그리고 이는 그에게 있어 문학의 타락을 막고 정치의 폭력과 역사의 왜곡을 막아내는 근원적인 힘으로 작동한다.

이 책을 쓰는 중에 이시영이 제10회 임화문학예술상을 수상한다는 소식을 듣게 되었다. 수상작은 그의 근작 시집 『하동』이다. 이시영의 시는 그 자체로 한국 문학사에서 주목받는 사건이 되었다. 그가 문학에 역사적 긴장을 유지하면서, 이 세계의 폭력의 양상들, 현실 이면의 소외와 억압의 현장들을 끈기 있게 마주해온 힘이 마침내 합당한 평가를 받은 것이다.

시가 지닌 힘, 사회 참여와 더 나은 미래를 향한 현실 변화의 힘을 끝내 살아 있게 하는 것이야말로 문학의 진정성일 것이다. 이시영은 그 진정성만이 문학을 문학으로 살아 있게 하는 길이고, 우리 사회와 우주 공동체로서의 자연을 구원하는 방법이라는 것을 우리에게 역설하고 있다.

역사에 대한 정치적 해석을 외면하지 않으면서도 시적 감동의 미학을 포착해온 그의 긴장된 문학적 줄타기는 한국 시문학사가 주목해야 할 빛나는 용기(勇氣)이다. 그 어떤 상황에서도 움츠러들지 않는 그의 시 정신은 '블랙리스트'로 대표되는 당대 권력의 폭압에 의해 퇴행정 암흑기에 처해진 오늘날 우리 시와 시인들에게 앞으로 나아갈 방향을 뚜렷하게 제시해준다. 그러므로 그의 시를 '문학적 지표'라고 부를 수밖에 없다.

2019년 9월

구혜숙

차례

제3장 시세계의 양상과 특징

제4장 결론

제1장

시인 이시영의 의미

1. 왜 이시영인가?

이시영은 문학성과 정치성의 만남을 치열하게 추구해왔으며 그 결과 그의 시는 서정성을 놓치지 않은 채 시대적 발언의 성격까지 확고히 획득하고 있다. 물론 그러한 시 의식과 세계인식의 표출이 그의 시만이 가진 고유 특질은 아니다.

그러나 1960~80년대 참여와 저항을 위주로 한 민족 · 민중 문학기에 당대의 사회적 모순과 고강도 정치폭압에 문학적으로 대응하며 격렬하게 투쟁했던 다수의 작가들이 21세기 들어 창작의 방향성을 잃거나 관심 영역을 바꾼 반면 이시영은 여전히 문학의 사회적 책무를 놓지 않고 있다.

이시영은 시 쓰기를 통한 현실의 변혁이라는 목표를 숨기지 않아왔다. 그에게 시 쓰기는 매우 중요한 정치적 행위이다. 정치적 행위로서의 그의 문학적 수행은 늘 논쟁의 중심에 서왔는데, 자칫 문학이 정치의 도구 내지 종속변수로 전락할 것을 우려하는 목소리들도 더러 있었지만, 그의 시는 '정치성이 문학에서 배제되어야 할 요소인가?'라는 근원적 질문을 우리 사회에 환기시켜왔다. 정치가 본질적으로 사회공동체의 선과 정의를 지향하는 노력이라면, 정치를 외면한 예술은 과연 무엇을 위한 것인지 의문을 품을 수밖에 없다.

이는 순수문학과 참여문학을 둘러싼 한국 현대문학의 지난한 논쟁과 잇닿아 있으며 또한 문학의 본질과 관련된 질문이기도 하다. 문학의 정치성을 약화시키려는 국가권력의 폭압에 대한 저항은 국내외를 막론하고 문학의 현실의식을 진화시키는 핵심 동력이 되어왔다.

문학에 내재된 정치적 의지는 작가의 정신성의 모태에서부터 출발한다고 할 수 있다. 이시영은 참여와 저항이라는 정치 문학 운동의 최전선에 늘 서 있었다. 그의 시세계가 일관되게 표출해온 저항과 변혁의 정신은 작가 개인을 넘어 근대적 세계문학으로서의 전 인류적 보편성까지 획득하는 것이다. 이 책에서는 이시영의 정신성이 참여와 저항의 구체적 실천이 되는 과정에 주목하고자 한다.

이시영의 시세계는 마사 누스바움이 『시적 정의』에서 휘트먼을 인용하면서 했던 다음과 같은 말을 떠올리게 한다.

> 시인은 배제된 자들의 '오랫동안 말이 없던 목소리들'이 장막을 벗고 빛 속으로 나올 수 있도록 하는 매개자다. 배제된 자들과 멸시당하는 자들, 그리고 힘 있는 자들까지 그들의 삶의 상황과 방식에 주의를 기울이는 것, 공감을 통해 비천한 자들의 수모 속으로 스스로를 내던져 개입하기를 고집하는 것, 동등한 조건 속에서 오직 타인만이 가질 수 있는 것들만 가지는 것, 배제된 자들의 고통과 핍박받는 자들의 위협에 목소리를 되찾아주는 것, …(중략)… 그(휘트만)는 시적

상상력의 빛이 이 모든 소외된 자들을 위한 민주적 평등의 결정적 동인이라고 주장하는데, 오직 그러한 상상력만이 그들 삶의 사실들을 바로 잡아줄 것이며, 그들에 대한 불평등한 대우 속에서 개인의 존엄에 대한 훼손을 발견할 것이기 때문이다.[1]

이시영의 시세계는 1976년의 첫 시집 『만월』에서부터 2014년 14번째 시집 『하동』에 이르기까지 누스바움이 지목한 '모든 소외된 자들을 위한 민주적 평등'을 줄기차게 의식해왔다. 그의 시는 단지 문학의 한 장르에 종속된 예술작품을 넘어 당대의 목소리로, 또 정치 · 사회적인 음성으로서 발화되어왔다. 이시영의 시는 '배제된 자'들을 위한 목소리일 뿐만 아니라, 시대의 사회적 모순을 바로잡는 정신으로 작용한다. 즉 그의 시는 '시대적 양심의 소리'가 되어왔던 것이다.

따라서 이 연구는 그의 시가 어떤 개인사적 고투를 거쳐 시대적 양심의 소리로 변화, 발전해왔는지를 살펴볼 것이다. 아울러 그의 시가 지향하는 세계가 우리의 문학과 현실에서 어떤 가치와 의미를 지니는지도 확인하고자 한다.

이시영의 시력(詩歷)이 변모한 양상을 살펴볼 때, 그의 시는 초기부터 서정미학과 현실의식 간의 긴장관계에서 배태되고 발전해왔음을 알 수 있다. 이는 농촌에서 자라며 내재화된 자연의 원체험과, 우리의 근현대사가 민중과 개인에 가한 폭압의 트라우마가 그의 문학적 원형이 되었음을 증거한다.

그의 시가 걸어온 노정 전체로 보면, 결국 이 두 요소는 부단히 하나

---

1 마사 누스바움, 『시적 정의』, 박용준 역, 궁리, 2013, 249~250쪽.

로 통합되려는 경향을 보이면서도 정치적 의미 강도를 점점 더하는 방식으로 참여와 저항이라는 이시영만의 특별한 시세계를 구축하는 동력이 된다. 여기에 더해 이시영은 인간의 근원적 삶에 대한 물음, 즉 삶의 본질에 대한 통찰을 시에 담아내려 해왔다. 그가 말하는 문학의 정치성은 결국 인간 본질 회복의 정수인 것이다.

따라서 이시영의 시에서 '정치'의 의미는 현실정치의 범주를 훌쩍 넘어서 시적인 것으로 확장된다. 그의 시를 현실정치 차원에서만 보려 한다면 그의 시가 가지는 정치성의 근원적 함의는 왜소화되고, 그의 시가 가닿고자 하는 궁극적인 지평 역시 그 의미가 축소되고 만다. 그가 작품 속에서 끊임없이 발화해온 '정치'는 인간의 본질과 공동체의 조화로운 질서를 추구하는 구체적 삶의 실천이다. 따라서 우리는 그의 시에서 겉으로 드러나는 정치의 표면이 아닌, 참된 정치의 본질을 읽어내고 그것의 회복을 도모해야 할 것이다.

이시영의 시를 원체험이라는 차원에서 보자면, 그의 시는 농촌공동체 삶이라는 풍경이 해체되는 과정을 목격하는 고통과 그 고통의 원인을 규명해나가는 작업으로 수렴되고 있다. 그 과정에서 그의 시의 정치의식이 형성되고, 그 정치의식은 일제강점기로부터 오늘의 현실에 이르기까지 형태와 방식을 달리하며 끊임없이 자행되어온 권력의 억압에 대한 깊은 분노로 응집되어간다. 그러나 그것은 단지 분노로만 그치지 않고, 무엇이 당면한 문제이며 무엇이 회복해야 할 근원적 과제인지 시적 내면으로 파고들어, 문학적인 동시에 사회적인 변화와 혁명을 열망하는 모습으로 구체화되어간다.

그는 현실의 암담함을 회피하지 않고 마주하면서, 절망적 시대 상황이 인간을 회복시키는 새로운 미래로 변모되기를 갈망하면서도 농촌 공동체의 원체험에서 비롯된, "어머니의 대지에 발을 딛고 신성한 별들을 노래"하는 서정성을 놓치지 않고 있다. 그의 시는 정치라는 현실의식과 자연이라는 원체험을 서정적으로 결합시키며 한국 근현대사에서 자본주의와 정치가 어떻게 서로 내통하며 민중을 지배하고 고통스럽게 해왔는지를 규명해나간다. 이것은 그의 문학의 정치적 성격을 보다 뚜렷이 해나가는 과정인 동시에, 그것이 어떻게 미학적으로 구조되고 실현되는가를 보여주는 것이기도 하다. 여기서 중요하게 목격되는 것은 그가 민중적 체험을 문학화하는 과정에서 시의 서정성, 시성(詩性)을 부단히 갈고 닦아왔다는 것이다. 이시영의 시세계를 이해하는 과정에 있어 이는 대단히 중요한 대목이다. 그렇지 않으면 그의 시는 자칫 정치적 구호를 문학으로 포장했다는 혐의를 받을 수 있게 되기 때문이다.

그러나 이시영 시의 서정성은 단순히 현실을 미학적으로 형상화하는 과정만을 의미하는 것은 아니며, 시 창작이라는 행위가 도달하고자 하는 고고한 예술성과 정신성을 향한 시인 자신의 부단한 노력을 보여준다. 이는 그가 지향하는 민중운동의 철학적 가치와 함께 시가 요구하는 문학적 성취를 동시적으로 일구고자 한 그의 일관된 방향성을 보여주는 대목이기도 하다. 서로 길항하고 조응하는 이상과 현실의 문학적 출구를 끊임없이 고민해온 이시영의 시세계는, 인간의 삶에 대한 보다 근원적 탐색이라는 차원에서 논의되어야 마땅하다.

이시영 시의 역정(歷程)은 한국 근현대 시문학사에서 주되게 다루어져 온 주제들을 결코 놓친 적이 없다. 그것은 당대 현실에 대한 의식과 그에 대한 미학적 접근이 서로 갈등하지 않고 시작(詩作)으로 조화롭게 구현되어왔음을 의미한다. 또한 현실 속에서 문학이 사회적, 정치적 효용을 확보하도록 부단히 노력해왔음에 대한 방증이기도 하다. 그러므로 그의 시는 한국 근현대시사에서 보다 의미 있는 자리매김이 되어야만 한다.

이런 점들에 주목하며 이 연구는 이시영이라는 한 시인의 탄생과 그의 의식세계가 진화되는 과정을 사실적으로 살필 것이다. 그래야만 그의 시적 발언의 논리와 정서, 그리고 그것이 겨냥하고 있는 현실과 이상을 총체적으로 파악할 수 있기 때문이다. 또한 이시영 시세계의 변모 양상과 그 특징을 살펴보며 그의 문학적 도정에서 정치의식과 문학의 본질 문제가 어떻게 다루어져 있는지 분석, 그의 시가 그토록 갈망하고 도달하려는 시와 현실의 조화로운 관계란 어떠한 형태인지까지를 밝혀보고자 한다.

이시영의 시는 본질적으로 '혁명에 대한 의지를 선언한 시'이다. 그 혁명은 인간이 인간답게 사는 삶의 구현을 가리킨다. 일제강점기의 비통한 식민지 현실과 군사독재 시절의 폭압, 자본주의의 폭력적인 지배로 이어지는 한국 근현대사와 맞서서 미학적 응전을 지속해온 그의 시세계에 대한 이해와 분석은 한 시인의 연구가 아닌 '문학의 시대적 역할'에 대한 고찰이 될 것이다. 나아가 문학이 시대 변화를 견인할 가능성임을 확인하는 작업으로도 기능할 것이다.

이러한 시도는 상처 입은 시대를 향한 문학적 위로이자 사회 정의의 문을 여는 작업이며, 궁극적으로 인간 본질 회복에 대한 철학적 실천의 길이 될 것이다. 당대의 고통을 외면하지 않고 문학으로 끈질기게 담아내는 작업은 새로운 시대를 향한 문학적 상상력과 미학을 창출하는 일이 되기도 할 것이다. 서둘러 결론적으로 말하자면, 이시영의 혁명적 정치의식과 미학적 의지가 어떻게 하나로 융합되고 있는가를 살펴보는 일은 문학의 본질과 사회적 역할에 대한 고전적 논의를 새롭게 환기시키며, 21세기 현재의 시대 상황에 적용될 수 있는 연구과제로 그 당위성을 확보한다.

이시영은 우리 시단의 원로급 중진으로서 여전히 창작활동을 왕성히 펼치고 있기에 그의 시세계가 앞으로 어느 방향으로 나아갈지는 미지수이다. 그럼에도 불구하고 이시영 시를 연구 주제로 택한 것은 그의 시가 지금껏 걸어온 걸음의 특징과 의미를 분석하고 환기함으로써 암울한 이 시대에 새로운 문학적 전망의 모색을 꾀하려는 소망이 있는 까닭이다. 이 글을 서론으로 삼아, 이시영의 시를 읽는 일이야말로 대한민국의 희망적 내일을 발굴하는 문학적 탐사라는 확신을 이 연구의 과정에서 분명하게 가질 수 있었음을 기쁘게 고백하는 바다.

2. 이시영에 이르기까지의 시문학사적 검토

한국 현대시단에서 치열한 '시대 육성'으로서의 문학의 임무를 강조해온 이시영 시에 대한 연구는 단순히 이시영이라는 한 개인의 시세계에 대한 평가가 아니다. 그를 치밀하게 읽어내는 작업은 '우리'라는 공동체가 지나온 삶과 현재적 삶에 대한 각성인 동시에, 다가올 미래에 대한 예측이 될 것이다.

그렇다면 이시영은 한국 시문학사에서 어떤 위치를 확보하고 있을까? 이에 대답하기 위해 우선 우리의 시문학사가 거쳐온 흐름을 짚어보고 그 흐름 안에서 이시영의 시가 발 딛고 있는 지점을 발견하려 한다.

시대적 여건을 달리하여도 삶과 문학에는 늘 반복되고 되풀이되며 유효하게 적용되는 문학사회적 현상들이 있다. "중요한 것은 문헌상의 작품들을 그 시대의 연관성 아래서 기술하는 것이 아니라, 그들이 생겨났던 시대 안에서 그들이 인식하는 시대를(이것은 곧 우리들의 시대다.)

기술하는 것이다"[2]라는 발터 벤야민의 언급은 오늘날에도 여전히 유효하다. 각 시대의 작품들을 가장 생생하고 내밀한 당대 의식으로 파악하는 작업은 곧 지금 우리들의 삶을 들여다보는 일이기도 하기 때문이다. 시대적 현실이 대중 주체의 의식에 내재화되는 과정을 탐구하는 일은 시대에 따른 개인의 의식변화를 추적하는 작업이 될 수 있다.

시대적 육성으로서의 문학의 면모를 확인하는 중요한 첫 자료라 할, 1908년 청소년 종합지인 『소년』에 발표되어 한국 근현대문학기 최초의 신시(新詩), 또는 신체시(新體詩)로 평가되는 육당 최남선의 「해(海)에게서 소년에게」를 살펴보자. 워낙 잘 알려져 있어 따로 인용하지 않겠다. 이 시에 대한 논의들이 분분하지만, 형태론적 측면은 차치하고라도 작품 속에 형상화된 시적 정서와 의식은 분명 이전 시기의 전통 한시나 선비정신이 지향하는 윤리 세계와는 다름을 알 수 있다. 낡은 전통에 대한 각성과 현실의식, 새로운 문물에 대한 경각심이 거대하게 몰아치는 파도로 형상화되며 새로운 시대의 문체와 시 의식을 보여주고 있기 때문이다. 이 시는 근대적 각성을 진자로 하여 낡은 시대와의 대치(對峙)를 시작한 작품이다.

오늘날 관점에서 보면 그 표현양식이 다소 유치하다는 인상을 피할 수 없지만, 옛것과 새로운 것, 내부와 외부의 것이 만나고 충돌하던 개화기 시단의 곳곳에서 구세대의 질서에 맞서는 새로운 문학적 의식과 감수성이 확인된다. 근대사회로 이행되는 역사적 전환기에 문학은 지

2 발터 벤야민, 『문학사와 문예학』, 1931(최동호 외 24인, 『현대시론』, 서정시학, 2014, 437쪽에서 재인용).

식인들의 계몽자적 역할이 수행되는 현장이었다. 이는 비단 창가나 신시 같은 새로운 형식에서뿐만 아니라 한시, 민요, 잡가, 시조, 가사 등과 같은 전통적 시 형식에서도 항일, 애국, 계몽 등 민중 교화와 현실 비판이라는 시대적 정신이 확인된다는 점에서 분명히 알 수 있다.

가령 근대 초의 시대 상황이 반어와 풍자의 어투로 잘 드러나 있는 〈아리랑 타령〉 등은 민중 사이에서 광범위하게 불린 잡가의 노랫말 가사로, 당대 유행했던 동학 가사, 애국 가사, 항일 의병항쟁가 등과 함께 민중의 저항적 현실의식이 반영되어 있는 작품이다. 전근대와 결별하고 근대로 들어선 개화 공간에서, 새롭게 나타난 시 형식뿐만이 아니라 전통적 시 형식 안에서도 계몽주의적 민중 교화와 현실 비판의 날선 의식이 반영되고 있었던 것이다.

이러한 20세기 전후의 한국 근대시들에 대한 논의가 단순히 "형식적인 차원만이 아니라 내용적인 면을 담보했"[3]음을 이해하고 "단순히 표면에 드러나는 새로운 것, 형태론적 측면보다는 내면에 흐르는 시 정신이나 의식의 변모과정에 관심을 기울"[4]여 이루어져야 한다는 사실은 중요하다. 이 연구는 시대와 현실의식의 문학적 반영과 상관성을 주목하는 작업이기 때문이다. 현실을 반영하는 의식의 역사적 흐름을 포착하는 것은 문학사 연구의 기본이라 할 수 있다.

전통적 장르와 새로운 형식의 장르가 혼효하며 교섭하던 개화기를 지나면서 해외 시의 영향 등으로 우리 시단에서는 자연스럽게 자유시가

---

3 최동호 외 24인, 위의 책, 203쪽.

4 김윤식 외 3인, 『우리 문학 100년』, 현암사, 2001, 21쪽.

형성, 정착되어갔다. 그런 과정 속에 서구 낭만주의와 상징주의가 우리 시단에 처음 수용되며 한국시의 근대적 변모에 크게 작용하게 된다. 예를 들어 『학지광』, 『태서문예신보』 등을 통해 소개되고 본격화된 상징주의는 이후 『창조』, 『폐허』, 『백조』 등의 동인지 창간에 힘입어 근대시의 중심사조로 자리를 잡게 된다. 그러나 이러한 경향은 당대의 식민지 상황이 가한 억압적 현실에서부터 그 뿌리를 찾을 수 있다는 점에서 아쉬움을 자아낸다.

현실의식과는 무관한 낭만주의와 상징주의에 반해 3·1운동 전후로 유입된 사회주의 사상은 '생활'과 '현실'을 가장 중요한 정신적 지향점으로 삼았다. 현실과 분리된 문학행위는 문학의 임무를 본질적으로 수행하지 못한다는 것이 사회주의 문학가들의 주장이었다. 3·1운동은 현실적으로는 패배했으나 궁극적으로는 민족운동이 다양한 갈래로 촉발 및 진화된 출발점이 되었다. 사회주의 사상은 박영희, 김기진 중심의 신경향파 문학 안에 자리를 잡게 되면서 점차 조직적이고 정치적인 문학운동으로 변모해갔다. 당대 식민지 현실의 모순과 궁핍을 목도하며 "문학의 사회적, 현실적 응전력"[5]에 주로 관심을 두었던 신경향파 시인들은 문학의 현실성과 사회성, 역사성 등의 문제에 관심을 기울이면서 현실개혁 의지와 사회주의 운동 같은 "'역(力)의 예술' 혹은 '무기로서의 예술'"[6]을 강조했다. 이 흐름은 계급적 역사관, 현실에 대한 전복주의적 문학, 저항을 위한 문학적 실천이라는 요소들로 발전해나가기

5 위의 책, 52쪽.

6 위의 책, 54쪽.

시작했다.

1925년 '조선프롤레타리아예술가동맹(KAPF, 카프)'이 결성되면서, 특히 낭만주의 문학을 담당했던 『백조』의 동인 박영희, 김기진, 이상화 등이 함께 카프 운동을 주도, 당대 문예사조의 중심이 순수문학에서 프로문학으로 옮겨가는 판도가 되었다. 사실 여기서 사용한 순수문학이라는 용어도 보다 정밀하게 논의, 개념화되어야 한다. 순수문학과 비순수문학이라는 이분법은 자칫 문학의 정치화가 문학의 순수성을 훼손한다는 의미로 곡해될 수 있기 때문이다.

프로문학의 중심에 있던 임화의 경우, 「우리 옵바와 화로」에서 고아인 삼남매의 이야기를 통해 계급투쟁 의식을 나타냈다. 이 시는 1929년 『조선지광』에 발표된 이후 그 작품성과 이념성을 인정받으며 프로문학의 전형으로 높이 평가되어왔다. 임화를 위시하여 카프의 시는 문학이 자기만족적 예술성 추구를 넘어 사회현실에 대한 고발과 대응력으로서 기능해야 한다는 입장에 섰다. 이는 곧 문학의 역사적 책무에 대한 성찰로 이어지는 중요한 문제제기가 되었다.

박영희는 1925년 『개벽』 3월호에 실린 「시와 문학적 가치」에서, "현금에 시라는 것은 인간을 떠나고 사회를 떠나는 초탈의 노래는 아니다. …(중략)… 따라서 조선이 혁명 문학을 요구한다 하면 시는 그 요구를 더욱 뜨거웁게 불부칠 만한 힘이 잇어야 그 시의 시적 가치가 있는 것이며 따라서 문학적 가치가 있는 것이 사실"이라고 했다. 식민의 고통을 벗기 위해 시가 저항과 혁명의 문학으로서 강력한 현실 참여의 길을 걸어야 한다는 것이다. 문학이 현실과 정면으로 마주하면서 시대적 발언의 힘을 뿜어내야 한다는 주장은 당대 한국 문학사 전체를 관통하는 영향력이 되었다. 당시를 기점으로 문학이 현실을 변혁시키는 일종의 무기로 기능해야 한다는 인식이 지식인 사회에 자리 잡기 시작했다.

1920년대 중반에서 1930년대 중반을 뜨겁게 휩쓸고 지나간 문학논쟁을 주도한 것도 이른바 프로문학가들이었다. 김남천, 임화, 안함광, 김두용 등 한국적 리얼리즘을 정착시킨 이들 가운데 김남천과 임화는 카프 제1차, 2차 검거 사건을 겪는 과정에서 문학의 현실 반영 문제를 두고 각각 '개인 체험 중시'와 '사회적 계급 포함'의 입장에서 논쟁을 벌이기도 했다. 그러나 그것은 방법론상의 논쟁이었지, 문학의 본령과 관련한 이견(異見)은 아니었다.

이후 리얼리즘 계열의 프로시들은 초기의 궁핍과 가난이라는 현실에서 벗어나 투철한 계급투쟁과 혁명의 문학으로 수단화되면서 역설적으로 점차 위상이 약화되었다. 여기서 주목할 바가 있는데, 이 '위상의 약화'란 카프 문학성의 쇠퇴라기보다는 이들에 대한 정치적 압박과 강제적 해체가 가져온 결과라는 점이다. 정치의식의 표명에만 집중한 프로문학의 태생적 한계가 있긴 하지만 그렇다고 해서 이 시기 프로문학의 문학성 자체가 붕괴되어갔다고 보는 것은 타당하지 않다는 이야기다. 프로문학이 현실 참여를 실천하고 당대 민중들의 삶 양식을 반영한다는 인식을 대중들에게 심어준 것은 분명 소중한 성과라 할 수 있다. 그 과정에서 프로문학 참여자들의 끊임없는 고뇌와 창작의 고통이 수반되었다는 점도 아울러 기억할 필요가 있다. 그래야만 프로문학이 문학가를 정치의 하수인으로 만들어 문학의 위상을 스스로 초라하게 했다는 치우친 비판에 대응하는 균형점을 찾을 수 있기 때문이다.

프로문학이 때마침 시행된 치안유지법에 의해 탄압받게 되면서 한국

문단의 지형이 변하기 시작했다. 김영랑, 박용철 등 순수시문학파의 등장과 카프의 프로문학에 대한 반동으로 일어난 민족문학 운동, 그리고 이 두 부류에 반대하며 등장한 김기림, 정지용, 김광균 등의 모더니즘 시 운동, 다시 그에 대한 역작용으로 배태된 『시인부락』의 일명 '생명파'와 『청록집』을 기반으로 한 '청록파' 출현 등 해방을 전후로 한 문학 공간은 내부적 갈망과 외부적 상황의 소용돌이 속에서 다양하고 새로운 지향점을 찾아 나섰다. 그러나 프로문학의 흐름이 단절되어버린 것은 이후 문학사에서 중대한 상실이다. 한국문학의 범주가 왜소화되었기 때문이다. 해방 이후 냉전체제의 등장은 프로문학이 제기했던 질문을 봉쇄해버렸다. 분단체제로 강화된 냉전정치는 문학의 영토를 제약했으며, 정치적 성격을 지닌 문학의 태동은 불가능하게 되었다. 한계가 없어야 할 문학적 상상력이 정치적 금기에 의해 억압받는 상황에 직면하고 만 것이다.

이런 가운데 문학은 문화주의적 논의에 빠져들었다. 문학 내부적으로는 미국 중심의 서구 문화 유입에 대한 "한국어의 문학적 가능성, 특히 시적 감수성"[7]이 폭발, 확대되는 시기였고, 잔존하는 일본어는 물론 유입되는 영어 등 외국어와의 맞닥뜨림에서 새로운 언어적 실험과 난해성이 촉발된 시기이기도 했다. 전통적 시 의식에 대한 각성과 새로운 시풍의 형성, 여류 시인들의 약진, 본격 비평의 활성화 등 다양한 변모가 시도되었다. 그러나 1960년대 들어 우리 문학은 4 · 19와 5 · 16이라는 커다란 역사적 사건과 첨예하게 맞부딪치면서 새로운 지점으로 나

---

7 위의 책, 217쪽.

아간다. 문학이 현실을 호출해내기 시작한 것이다. 이는 프로문학의 재장전은 아니지만, 문학의 사회 · 정치적 임무에 대한 재각성이라고 할 수 있다.

1960년대에는 『창작과비평』을 필두로 진보 성향 문학지들이 창간되어 시대의 육성을 전하였다. 또한 이 시기에는 수많은 동인지들의 발간으로 새로운 문학 열기가 솟구쳤으며, 김수영(1921~1968), 신동엽(1930~1969), 이성부(1942~2012) 등의 대사회적 저항시가 주목을 받았다. 이 밖에도 박재삼, 김종삼, 박용래 등 생명 감각과 낭만적 서정성을 강조하는 시, 황동규, 마종기 등 미학적 언어 탐구 경향의 시, 전통서정을 새로운 시대 의식과 언어의식으로 드러낸 오세영(1942~) 외 『현대시』 동인 중심의 신서정주의, 정현종(1939~), 오규원(1941~2007) 등 지성에 천착한 모더니즘 등 다양한 현대시의 주요 양상들이 서로 혼효하며 확장되는 시기였다. 달리 말하자면, 현실과 유리된 시문학의 불균형이 4.19 이후의 의식변화로 인해 일정한 교정이 가능해졌던 것이다.

"군사정권과 산업화가 맞물리면서 독점 자본에 의한 독점 개발이라는 독특한 형태의 자본주의"[8] 시대로 들어서는 1960년대는, 한국 현대사적으로나 현대시사적으로나 매우 특별한 의미를 갖는다. 자유를 향한 열망이 군사정권에 의해 다시 좌절되는 악순환 속에서 무자비한 자본과 정치현실 앞에 여지없이 붕괴되는 농촌과 노동 현장을 바라보는 60년대 지식인들은 '글쓰기를 통한 사회적 발언'이라는 응전을 펼칠 수밖에 없었다. "문학의 전투성"의 회복이 요구된 시대였던 것이다.

---

8 송기한, 「민주화의 열망과 좌절」, 『한국 현대시사』, 민음사, 2007, 337~338쪽.

4 · 19 이후에는, 서구문학의 영향 아래 전개되었던 몰역사적(沒歷史的) 모더니즘을 탈피해 강력한 현실인식을 나타낸 김수영의 시가 주목받았다. 그는 '노래'와 '자유'에 대한 절실한 열망을 드러내며 현실 참여의식과 그 구체적 실천의 방법론을 스스로 제시해보였다. 자유를 노래하는 것에 대한 열망, 또 노래할 자유를 억압하는 권력에 대한 뜨거운 저항 의지는 그의 시 정신인 '온몸의 시학'으로 자리매김하게 된다. 행동을 전제로 하지 않는 이른바 '먹물 지식인'의 한계를 그는 돌파하려 했던 것이다. 결국 김수영의 '온몸의 시학'은 문학적 유산이 되어 후속세대에게 확고한 자양분이 된다. 김수영의 시는 프로문학이 다듬어내는 데 성공하지 못했던 문학적 생경함을 극복했다는 점에서 문학의 현실 참여에 매우 의미 있는 좌표를 기록했다. 이는 생경성의 극복인 동시에 새로운 문학적 기술(記述)의 영토를 확보한 성취라고 할 수 있다.

이후 신동엽은 김수영과 비슷한 맥락에서 출발하여 생태학적 상상력으로 상실된 인간의 존엄과 생명성에 대해 노래했다. 김수영, 신동엽과 함께 1960년대 사회현실에 맞서 저항과 비판을 멈추지 않았던 대표적 시인인 이성부는 황폐화된 농촌 풍경을 통해 인간 소외의 근원적 슬픔과 절망을 보여주었다. 이 세 시인들은 모더니즘이 포착하지 못했던 시대적 상실과 상처에 민감하게 반응했고, 황폐하고 폭력적인 현실과 마주하여 이른바 '문학적 전투력'을 입증했던 것이다.

해방과 동족상잔의 격동기를 지나고 맞이한 1960년대는 우리 문단에서 현실에 대한 치열한 각성과 극복에의 정신이 더욱 촉발되고 분출되던 시기였다. 이 시기의 문학인, 특히 시인들에게서 발견할 수 있는 특징은 하나같이 "이 시대를 어떻게 견디고 살아나갈 것인가에 대한 천착과 그에 대한 치열한 몸부림"[9]이었다. 이시영의 시세계는 이러한 시대적 진동과 맞닿아 있다. 이시영의 원체험공간이자 유토피아인 농촌은 근대화 및 산업화의 과정에서 파괴되었다. 그의 정치 · 사회적 의식은 농촌의 대척점에 있는 도시문명의 산업화 근대에 저항한 김수영, 신동엽, 이성부 등과 그 모태를 함께하는 것이다.

---

9 위의 글, 394쪽.

3. 이시영 시에 대한 기존의 평가와 문제제기

1969년『중앙일보』신춘문예를 통해 등단한 이래 현재까지 활발히 시작활동을 펼쳐온 이시영 시인에 대한 연구는 그의 반세기 가까운 시력(詩歷)에 비해 아직 활발히 이루어지지 않은 편이다. 논문이 몇 편 있으나 박사학위 논문이 아닌 석사학위 논문[10]이라는 점에서 선행연구 자료로는 불충분하다. 따라서 이 책의 진행에 있어 참고할 수 있는 기존 연구사는 상당히 제약되어 있다고 할 수 있다. 물론 이시영의 삶과 시에 대한 논쟁적, 비평적 언급이 없는 것은 아니나 대체로 시집의 발문, 서

10 김용구, 「이시영 시 연구」, 동국대학교 문화예술대학원 석사학위 논문, 2002 ; 박용범, 「고향의 시학」(연구논문), 경희대학교 대학원『고황논집』제32집, 2003 ; 김재홍, 「이시영 시 연구」, 중앙대학교 대학원 석사학위 논문, 2004 ; 강재순, 「이시영 초기시에 나타난 이미지 연구」, 명지대학교 대학원 석사학위 논문, 2008 ; 이소연, 「이시영 후기시 연구」, 중앙대학교 대학원, 2010 ; 전동진, 「이시영 시의 모더니티 연구」(연구논문),『남도문화연구』제21집, 2011 ; 류미월, 「이시영 시 연구」, 단국대학교 대학원 석사학위 논문, 2012.

평 등이 다수여서 그의 시세계에 대한 총체적이고도 심도 있는 전문적 분석 자료는 아직 미미한 상황이다. 이것은 우리 문학계가 이시영에 대한 평가와 연구에 있어서 그동안 인색했다는 방증이다.

이시영에 대한 평단의 평가는 주로 그가 틀에 박힌 거개의 민중시로부터 상대적으로 자유로운 시인이며, 서정성을 시의 근본으로 삼고 있다는 점에 집중되어 있다. 이시영의 문단 등장 초기, 그를 주목할 만한 젊은 시인군의 한 사람으로 평가한 김현의 경우에도 "불행한 사람들을 연민 어린 시선으로 바라보고 있"다며, 이런 시의 기반에는 "회한, 추억"이 작동하고 있음을 강조한 바 있다.[11] 염무웅도 일찍이 이시영의 시에 대해 일찍이 "어떤 사회학적 주장을 섣부르게 첨가하지 않는다"고 분석하며 민중적 의식은 가지고 있으되 민중적 발언을 전면에 내세우지 않는 지점에 주목하였다.[12]

그의 시 속에 확고히 드러난 정치의식의 의미나 가치에 대한 평가는 서정성에 대한 평가에 비해 잘 이루어지지 않아왔다. 당대의 정치현실이 비평 언어로 하여금 문학의 정치성을 논하지 못하도록 억압한 측면도 있고, 시의 정치적 목소리보다 미학적 서정성에 대한 평단의 관심이 상대적으로 더 높았기 때문일 수도 있다. 또는 여타의 민중시들이 서정성이나 시적 규율의 힘을 갖지 못했다는 비판적 맥락 속에서 이시영의 시가 지닌 서정적 역량이 오히려 주목받은 결과이기도 할 것이다.

물론 이는 그의 시력(詩歷)이 보이는 단계적 변화와 아울러 검토해야

11 김현, 『행복한 책읽기』, 문학과지성사, 1992, 41~42쪽.

12 염무웅, 「갈망과 탄식의 시」, 『바람 속으로』 발문, 창작과비평사, 1986, 137쪽.

할 문제이긴 하지만, 그의 시에 대한 대체적인 평가로 보아도 무방하다. "이시영의 시의 최대 강점이자 매력은 정제된 시 형식과 그 속에 농축되어 있는 섬세한 서정"[13]이라며 서정성을 주목한다든가, "속도와 자본이 만든 환상에 젖어 있는 감상을 깨우치는"[14] 시적 이미지를 주목한다든가 또는 "냉정한 시각만이 리얼리즘의 조건은 아니기 때문이다. 오히려 이 시집에서는 따스하고 넉넉한 시선으로 역사와 대면함"[15]을 언급하며 화해와 치유의 시론을 주목한 평가들은 모두 그러한 맥락과 연관이 있다. 이러한 평가는 민중적 현실과 역사를 담은 시들이 자칫 시적 절제를 결핍함으로써 범할 수 있는 산문성 등을 경계하는 말들로 볼 수 있는데, 이시영은 기존의 민중시의 상투적 도식에서 벗어났다는 것이다. 이는 그의 시가 서사적 구조를 지니고 있는 경우에도 시적 압축성을 상실하지 않아온 결과다.

이시영의 시세계에 대한 다른 기존 연구들을 살펴보면, 그의 시가 나타낸 '짧은 서정시'와 '이야기시'로서의 특징과 변모 양상, 초기 민중시의 각별한 위상, 참여적 성격을 중심으로 한 연구, 최근의 인용시에 대한 관심 등에 집중하고 있는데, 연구의 범위가 다소 협소하며 일정 부분에만 고착화 및 정형화되었다는 점에서 아쉽다.

첫 시집 『만월(滿月)』에 대한 신경림 시인의 평에서 보듯, 이시영이 시적 도전의 대상으로 삼는 주제의 지속성과 그 의식에 대해 우리는 더

---

13 오성호, 「절제된 서정의 깊이와 힘」, 『창작과 비평』 1991년 가을호, 11쪽.

14 구모룡, 「감성을 넘어 세계를 여는 시」, 『시작』 2010년 겨울호, 268쪽.

15 김윤태, 「인간적인, 그리고 서정적인 노래－이시영의 '이슬 맺힌 노래'」, 『한길문학』 1991년 가을호, 280쪽

주목할 필요가 있다. 시의 미적 형식에만 집중하는 평가는 자칫 시의 본질과 시 정신의 핵심을 놓쳐 시가 지향하는 주제를 제대로 읽어내지 못할 위험성이 있기 때문이다.

신경림 시인은 "그의 시 대부분의 배경을 이루고 있는 것은 농촌이다. 그러나 그 농촌은 꽃이 피고 새가 우는 목가적인 곳이 아니라 가난과 눈물과 피로 얼룩진 역사의 현장"이라면서 "여기에는 깊은 분노와 원한이 있다"고 말한다.[16] 신경림의 말대로, 이시영의 시에서 시의 미학 못지않게 그 안에 담긴 현실의식에 우리가 집중할 때, 그의 시가 뿜어내고 있는 참여와 저항의 힘은 더욱 뚜렷해진다. 시의 미학적 구현이라는 점만 바라볼 경우 좀 더 나은, 인간다운 세상을 향하려는 시의 전언(傳言), 시인의 심중(心中)은 그의 시를 읽는 이의 뇌리에서 증발하게 될지도 모른다.

신승엽 역시 그런 시의 전언, 메시지의 측면에 주목한다. 그는 정희성 시인의 『한 그리움이 다른 그리움에게』와 이시영의 『이슬 맺힌 노래』를 함께 거론하며 다음과 같이 말하고 있다.

> 이들 시집에 대한 1차적인 평가도 바로 그들이 지키고 있는 정통 서정시의 맥락 속에서 이루어지고 있는 듯싶다. 이들의 성취는 특히 최근 매너리즘적 경향을 보이고 있는 이른바 '민중시'들에 대비되기도 하는데, 충분히 수긍할 만한 평가이기도 하지만, 이러한 평가가 단지 형식상의 대비로 그쳐서는 안 된다는 것이 필자의 생각이다. …(중략)… 그러나 형식적 정체의 면에서 더욱 주목되는 이시영의 시집

16 신경림, 「신간 해제 – '만월'」, 『독서생활』 1977년 3월호, 224쪽.

> 을 보더라도 결코 그 성취가 형식 그것만의 세련화로 이루어지지는 않고 있음을 손쉽게 확인할 수 있다. 그의 몇몇 시편에서는 시적 대상에 임하는 이시영 특유의 날카로운 긴장감이 더더욱 날카로워져 우리의 정신마저도 더더욱 긴장케 하고 있음을 부정할 수 없다.[17]

이 긴장감의 실체가 무엇인가에 대한 논의를 통해 이시영의 시 속에 그려진 의식의 구조와 뿌리, 그리고 시인의 내면 풍경을 파악할 수 있을 것이다. 이시영의 시가 가지는 서정성이라는 문학적 성취는 응당 소중하며, 그것은 또한 시가 시로서의 자기 정체성을 확보하는 열쇠이자 모든 시인의 과제이다. 그렇다 해도 그의 시에 대한 서정성 일변도의 접근이 시의 가치목적과 주제의식을 압도하게 되는 것은 곤란하다. 그럴 경우 그의 시가 강도 높게 외치는 현실에 대한 각성과 정치사회적 변혁에 대한 열망의 목소리는 상대적으로 낮은 비중의 발화로 받아들여질 우려가 있기 때문이다. 따라서 이시영 문학의 서정성에 대한 평가는 다른 각도로 분석될 필요가 있다. 그의 서정성은 시적 기술(記述)의 전략이나 특징이 아니라 시 의식, 즉 참여와 저항 정신의 발화 수단이다. 서정성을 통해 그의 시가 표현해내는 풍경 자체가 역사와 자연을 하나의 몸으로 이루는 문학적 시도이기 때문이다. 그가 황폐해진 촌락의 현실을 고발하기 위해 자연 서정의 미학을 앞세울 때, 그것은 국가권력과 자본이 주도한 산업화에 의해 희생된 인간과 자연의 생명력을 복원하는 노력이 된다.

1990년대는 70년대와 80년대의 민중적 노도의 시대를 새롭게 극복

17 신승엽, 「참된 단형 서정서의 맛과 가능성」, 『월간중앙』 1991년 8월호, 564~565쪽.

해 나가야한다는 압박이 문단을 짓누르는 시기다. 임헌영은 1990년대 이시영의 시에서 "민중운동의 논리적 동맥 경화증에 대한 자기성찰"을 발견한다.[18] 이는 매우 중요한 언급이다. 그는 이시영이 "70년대적 감수성으로 민중과 시적 정서의 가교를 설치하는 데 앞장서왔다"고 하면서 고은, 문병란과 함께 "시적 칼날은 70년대 이후 항상 날카로웠고, 언제나 민족사의 잡초를 베어내는 긴장감을 지녔다"고 평가하고 있다.[19] 이러한 평가는 이시영의 시 내면에 담긴 미의식과 더불어 무엇보다도 그 시대정신과 정치성을 주목한 결과이다. 이는 결국 이시영 시의 형식적 변화에 주목한 접근법이 아닌, 그의 시가 절실하게 포착하며 그려내고 있는 현실 세계의 민낯에 관한 것이다.

이시영의 시는 후기로 오면서 현실을 우회하는 대신 이전보다 더욱 직설적이고 명료하게 목소리를 내게 되는데, 이는 그의 시 내부에 존재하는 역사의식, 정치의식의 필연적 소산으로 보인다. 김형중은 이시영 시의 이미지를 분석하며 그의 시는 "기록사진에 가깝다"고, 다음과 같이 평한 바 있다.

> 2003년 즈음이었을까? 이시영의 시세계가 세 번째의 변화를 맞는 시기 말이다. …(중략)… 그의 시들은 시보다는 기록사진에 가깝다. 그가 이전의 시들에서처럼 풍경이나 장면을 이미지즘적으로 묘사한다는 점에서 그러하다는 말이 아니라, 서정적 자아의 아무런 개입 없이 일어난 사건을 그저 기록만 한다는 점에서 그러하다. 이 작품들의

---

18 임헌영, 「90년대적 민족 민중시」, 『현대시세계』 1991년 가을호, 246쪽.

19 위의 글, 240쪽.

형식상 공통점은 마치 신문기사처럼, 실제 사건에 대한 산문적 기록을 거의 수정이나 가공 없이 전시한다는 점이다.[20]

이와 같은 이시영의 시작 방식에 대한 파악은 그의 서정성을 강조하고 있는 통상적인 기존의 평가나 이해와 거리가 멀다. 김형중이 확인하고 있는 이시영 시의 "세 번째의 변화" 특징이 서정성 자체에 대한 이시영의 문학적 자세의 변화인지를 따지려면 그의 문학 안팎의 삶을 보다 내밀하게 들여다봐야 할 필요가 있을 것이다. 다만 사실적이면서도 간단명료한 신문기사나 사진은 어떤 경우 시를 압도할 수도 있다. 이시영이 자신의 시를 통해 드러내고자하는 세계의 풍경과 현실은 시인의 주관으로 가공되지 않은 날것이다. 이러한 날것으로서의 문학은 은폐된 세계의 진실을 부각시키는 힘을 지닌다. 이처럼 서정성을 배제하고 '기록사진'의 형식으로 시세계를 변모시킨 이시영을 서정적 민중시인의 모델로 규정하는 것은 온당치 않다.

이승하는 2012년에 출간된 『경찰은 그들을 사람으로 보지 않았다』를 평하면서, 이시영의 시가 달려가고 있는 지점에 대해 김형중과 유사한 이야기를 하고 있다.

기사를 인용할 때, 시인은 자신의 사적인 감정이 개입되지 않으려고 많은 노력을 한다. 그렇게 하면 시가 감상적이 되거나 부연설명의 차원으로 떨어지기 때문이다. 서정성을 배격하고 아주 건조하게 씀

---

20 김형중, 「그의 이미지즘—이시영 시선집 '긴 노래, 짧은 시'에 대하여」, 『시평』 2009년 겨울호, 241쪽.

으로써 감동과 충격을 주는 것이다.[21]

이시영의 시에서 서정성 배격의 경향이 농후해진 까닭은 그의 시가 확고히 전달하고자 하는 핵심 주제가 바로 정치적 현실과 역사에 대한 기억들이기 때문이다. 그에게 있어 시는 정치행위이지만, 시의 정치성이란 권력에의 지향이 결코 아니다. 그에게 정치는 약하고 소외된 자들의 활력을 일깨우고 그들이 역사 현실 속에서 주체적 존재로 능동할 수 있도록 하는 일이다. 이 부분을 정남영이 명확히 포착하고 있다. 정남영은 "가난하고 세상에 제일 낮은 데 위치한 사람들에의 공명, 미약한 모든 존재들에의 공명은 이시영에게서 계속적으로 변함없이 나타난다"고 말하며 이를 '활력의 정치'라는 개념으로 압축하고 있다.[22] 정남영의 말대로 "이시영의 정치성은 활력의 정치성인 동시에 빈자의 정치성"[23]이라고 할 수 있다.

이시영의 시 쓰기는 문학 작업의 테두리를 넘어선 정치행위이며, 따라서 그 의미 규명을 위한 당위성이 발생한다. 이를 역설적으로 말하면, 정치행위로서의 가치가 없는 문학 작업은 이시영 시의 문학적 여정에서 의미를 잃게 된다는 뜻이다.

지금까지 이시영에 대한 연구와 평가의 전체적 흐름을 살펴보았다.

---

21 이승하, 「약자에 대한 측은지심과 강자에 대한 분노」, 『문학나무』 2012년 여름호, 126쪽.

22 정남영, 「이시영의 시와 활력의 정치학」, 『창작과 비평』 2009년 겨울호, 283~294쪽.

23 위의 글, 294쪽.

서정성을 확보한 민중시라는 점에 주목한 것과 역사 및 정치의식의 견고함에 주목한 것 등 두개 시각이 양립하고 있음을 알 수 있다. 이시영은 양면을 모두 끌어안고 시대에 맞서 문학적 분투를 해야 하는 운명을 피할 수 없었다. 그의 몸에서 나온 두 자식이기도 하고, 그의 내면에서 결합된 두 부모이기도 하기 때문이다. 우리 모두가 목도한 시대적 현실의 고통을 감내한 결과가 바로 이시영의 시인 것이다. 이 책은 바로 그 내면의 밀실로 잠입해 들어가는 문학적 탐험이라 할 수 있다.

4. 어떻게 다가갈 것인가?

시의 연구에 있어서는 엄밀한 텍스트 분석과 함께 컨텍스트로서의 시인의 삶에 대한 추적이 필수적이다. 시인의 삶과 그가 살아온 시대적 상황 사이의 긴장관계를 살펴볼 때 보다 정밀하고 포괄적인 의미를 시에서 발견해낼 수 있기 때문이다. 이는 한 시인의 개인사와 그가 속한 사회사가 어떤 교집합을 가지고 시라는 문학행위로 표출되는가를 살펴보는 일이며, 역사적 변화라는 시간 요소의 개입으로 시적 텍스트의 내용과 형식이 어떻게 달라지는지를 분석하는 작업이기도 하다.

이 책에서는 이시영의 시에 대한 통합적이고 섬세한 조망을 위해 많은 시 텍스트들을 다루고자 한다. 인용될 시편들은 다음에 표로 제시하는 전체 시집 가운데서 선택한 것이다. 다양한 텍스트의 분석 과정을 통해 이시영의 시세계의 주제의식과 변모 양상을 살펴볼 수 있으리라 기대한다. 그 과정에서는 시의 문학적 성취는 물론 시인의 현실적 삶과 세상에 드러나지 않은 삶의 이면까지를 아우르는 입체적이고 종합적인 분석과 통찰이 요구될 것이다.

필자는 위와 같은 맥락과 관점으로, 이시영의 시세계가 개인과 사회 간의 교차점에서 어떠한 특징을 보이며, 그 특징이 그의 원체험과 어떻게 연계되어 있는지를 분석할 것이다. 또한 그의 개인사와 반세기 동안 지나온 시 창작의 도정 사이 교차점을 발견할 것이다. 이 작업은 회고와 자전 등 시인의 '육성'에 귀기울이는 것을 통해 이뤄질 것이다. 이러한 연구의 방법론을 통해 이 책에서는 이시영의 시가 과연 무엇과 싸워왔고, 무엇을 성취하고자 해 왔는지를 구체적으로 입증해나갈 것이다.

특히 무게를 두는 지점은, 이시영의 시문학이 끊임없이 외쳐온 확고한 정치의식이다. 이시영의 시가 가치 있는 것은 미학적 긴장과 서정성을 놓치지 않은 민중시라서만이 아니라, 시적 미학을 통해 첨예한 정치적 발언을 지속해왔다는 점 때문이다. 그는 정치행위로서의 시 쓰기를 선택하고, 시를 통해 사회 변혁을 위한 에너지를 창출하며, 이를 보다 나은 미래를 향한 동력으로 생산해내는 작업에 몰두한 시인이다. 이시영에게 시란 강렬하고 간절한 정치행위로서의 육성인 것이다.

정치행위로서의 한국시의 온도는 산업화를 거쳐 21세기에 접어들수록 더 뜨거워져만 가고 있다. 고명철이 한국시의 이러한 시적 흐름에 대하여 "진화하는 정치적 서정"[24]이라 명명한 것은 특히 이시영의 경우를 염두에 둔 지적으로 보인다.

> 국가폭력의 불이 민중의 삶을 태울수록 신생의 삶을 향한 민중의

24 고명철, 「진화(進化)하는 정치적 서정, 진화(鎭火)하는 국가폭력」, 『시와시』 2010년 가을호.

욕망의 불길은 더욱 거세게 타오른다. 역사변혁의 주체로서 민중은 부당한 국가권력이 뿜어대는 화염에 정면으로 맞서는 저항의 불꽃을 환하게 피워낸다.[25]

1970년대 민중시의 일각이 90년대 이후 현실과 맞서는 최전선에서 퇴각하거나 현실에 대한 정면응시 전략을 포기한 채 문학적 치장술을 보다 세련화하는 방식에 관심을 돌리게 된 때에도 이시영은 자신의 문학적 본거지에서 후퇴하거나 포기하지 않고 저항의 정치를 시에 치열하게 담아냈다. 그의 시는 역사적 압박 아래에서 퇴각하지 않았다. 도리어 응전의 의지를 더욱 강렬하게 불태웠다. 이는 '옳지 않음' 앞에 쉽게 머리를 조아리지 않는 일종의 선비정신이기도 하다.

이러한 이시영의 작업은 그의 시에 내면화된 본질인 '시적 정의(poetic justice)의 실천'이다. 이시영의 시세계는 사회 정의의 문학적 실천이라는 측면뿐 아니라, 시 정신의 미학적 구현이라는 문학의 본질 또한 놓치지 않고 있다. 필자는 이시영이 정의의 실천과 시 정신의 미학적 구현 모두를 구체화시켜나가는 과정을 여러 텍스트를 통해 살피고자 한다.

엄혹한 시절을 통과해오며 그의 정신을 끊임없이 깨어 있게 했던 현실과 시의 접점에서 이시영의 문학은 하나의 '시대적 발언'으로서의 의미를 확보해왔다. 또한 문인으로서 뿐만이 아닌 이 사회의 공적 지식인(public intellectual)으로서의 역할과 책무도 그는 성실히 감당해왔다. 그에게서 문학은 소비되는 상품이 아니라 사회 변혁의 의지를 조형해나가는 철학이자 정치 프로젝트였기 때문이다.

---

25 위의 글, 22쪽.

이시영 개인의 삶과 그의 시세계는 한 몸이다. 그것은 시가 사회의 부당한 현실 앞에서 결코 눈감지 않아야 한다는 신념 때문이다. 시인이란 사회의 고립된 독자적 개인이 아니며 그 사회의 고통 받는 모든 인간, 자연, 역사와 연대하는 공적 임무를 지니는 자다. 이와 같은 관점에서 이시영의 시세계를 해독해나간다면, 그의 가슴 속에 깃들어 있는 시의 정신과 생생하게 만날 수 있을 것이다. 그의 시는 결코 타락하지 않는 문학정신의 담대하고 당당한 발로이다.

이시영 시집 목록[26]

권수	시집	출판사	출판년도	수록편수
1	만월	창작과비평사	1976	84
2	바람 속으로	창작과비평사	1986	96
3	길은 멀다 친구여	실천문학사	1988	96
4	이슬 맺힌 노래	들꽃세상	1991	83
5	무늬	문학과지성사	1994	84
6	사이	창작과비평사	1996	89
7	조용한 푸른 하늘	솔	1997	79
8	은빛 호각	창작과비평사	2003	109
9	바다 호수	문학동네	2004	119
10	아르갈의 향기	시와시학사	2005	99
11	우리의 죽은 자들을 위해	창작과비평사	2007	112
12	경찰은 그들을 사람으로 보지 않았다	창작과비평사	2012	103
13	호야네 말	창작과비평사	2014	121
14	하동	창작과비평사	2017	88

---

26 이 책에서 인용하는 모든 이시영의 시는 이 목록의 시집에서 인용한 것으로 다음과 같이 표기한다. 예) 「만월」, 『만월』, 창비, 112쪽 → 「만월」 전문(『만월』, 112쪽)

제2장

이시영의 삶과 그의 시 정신

1. 이시영의 전기적 사실

이시영 시세계 연구에 앞서 그의 개인적, 문학적인 삶과 배경에 대해 개략적으로 살펴본다. 시대적 환경과 문학이 불가분 영향관계이듯 한 개인의 삶과 그의 문학은 떼려야 뗄 수 없기 때문이다.

1949년생인 이시영은 스무 살이 된 해인 1969년 『중앙일보』 신춘문예에 시조 「수(繡)」가, 『월간문학』에 시 「채탄(採炭)」 외 1편이 당선되면서 문단에 나온다. 첫 시집 『만월』을 낸 것은 1976년으로 등단한 지 7년 만이며, 두 번째 시집 『바람 속으로』는 1986년에 출간되었으니 첫 시집과는 10년의 시차가 있다. 1970년대와 80년대 그의 시작 활동은 다소 완만한 흐름을 보인 편이다. 그 정치적 억압의 강도가 매우 강한 현실에서 문학적 저항을 한다는 것이 매우 위험했기 때문으로 판단된다. 그러나 이 시기를 통해 그의 현실인식은 보다 날카로워지고, 시적 성찰이 견고해졌다.

1980년대 후반과 90년대 초반에 이시영의 창작 활동은 활발하게 전개된다. 1988년 『길은 멀다 친구여』에 이어 1991년 『이슬 맺힌 노래』를 펴낸다. 자본의 지배가 보다 공고해져가던 1990년대 중반을 통과하면서 1994년 『무늬』, 1996년 『사이』, 1997년 『조용한 푸른 하늘』을 잇달아 출간한다. 2000년대에 들어서는 더욱 왕성한 시업을 보이며 2003년 『은빛 호각』, 2004년 『바다 호수』, 2005년 『아르갈의 향기』, 2007년 『우리의 죽은 자들을 위해』 등 네 권의 시집을 펴냈다. 이후 2012년 『경찰은 그들을 사람으로 보지 않았다』, 2014년 『호야네 말』, 2017년 『하동』까지를 경유해 이시영의 시력은 어느덧 반세기에 다다랐다.

이번엔 연보를 통해 그의 삶의 궤적을 간략하게 훑어보자. 그는 신춘문예에 당선되기 1년 전인 1968년 서라벌예술대학 문예창작과에 입학해서 서정주, 김동리, 박목월, 김현승, 김구용, 이형기, 이동주, 김현 등으로부터 문학 수업을 받는다. 1970년에는 동인지 『六時』 활동을 2집까지 했으며, 1972년 졸업식에서 '서라벌문화상'을 받았다.

1974년에는 유신헌법 반대 선언인 "개헌청원지지문인 61인 선언"에 서명한 것으로 정치적 활동에 관여하게 된다. 같은 해 "자유실천문인협의회 1백1인 선언" 발표에 참여하여 고은, 이문구, 조태일, 박태순, 윤흥길 등과 함께 공권력에 연행된다. 정치권력의 폭압 가운데서도 이시영의 정치적 참여 활동은 계속 이어지는데, 1979년 제4차 세계시인대회에서 김지하, 송기숙, 양성우의 석방을 요구하며 "세계 시인들에게 보내는 편지"를 낭독하고 시위를 하다가 이문구, 송기원 등과 함께 연행, 구금된다. 1987년에는 자유실천문인협의회 집행위원으로 활동하면서 '6월항쟁'에 적극 참여하고, 이 운동의 결실로 자유실천문인협의회가 민족문학작가회의로 재구성되는 일에 관여하게 된다. 그가 입사한 직후 폐간되었던 『창작과비평』이 1988년 6월 항쟁의 승리로 복간호(통권 59호)를 발행하고, 출판사 이름도 '창작사'에서 '창작과비평사'로 복원한다. 희망과 시련의 부침은 계속되어, 1989년 『창작과비평』 겨울호에 황석영의 북한 방문기를 게재했다가 국가보안법 위반 혐의로 중앙정보부에서 조사를 받고 구속되었다. 서울구치소에 수감되었다가 1990년 2월 보석으로 석방된 후 1심(1992), 2심(1993)을 거쳐 3심(1995)에서 징역 8월, 자격정지 1년, 집행유예 2년으로 형이 확정되었으나 1995년 8월 15일 대통령 특별사면을 받았다. 1974년부터 1995년까지 20여 년 동안 이시영은 현실정치의 공간에서 실천적 활동을 했으며, 이 시기에 『만월』, 『바람 속으로』, 『길은 멀다 친구여』, 『이슬 맺힌 노래』, 『무늬』 등 다섯 권의 시집을 세상에 냈다.

1996년 『사이』부터 2017년 『하동』에 이르는 또 다른 20여 년 동안 그는 8권의 시집 출간과 함께, 중견 문학인으로서 위상을 세우며 그에 걸맞은 역할을 해나간다. 첫 시집 『만월』을 낸 이후 두 번째 시집 『바람 속으로』를 내기까지 10년의 공백이 있었던 것과는 대비되는 도정이다. 전기 20년과 후기 20년이라는 시기 구분이 그의 시력과 삶의 궤적을 이해하는 데 적절한 적용법이 될 수 있다면, 전기 20년은 적극적인 현실 참여와 더불어 자신만의 시적 목소리에 정체성을 부여하는 과정이었으며, 후기 20년은 이를 바탕으로 그의 문학적 위상을 확고히 세워나간 시기라고 할 수 있을 것이다.

1980년 『창작과비평』 편집장으로 입사한 이래 인연을 맺었던 창작과비평사가 1994년 주식회사로 법인 전환하면서 이시영은 상무이사 겸 주간이 되고, 그 다음 해인 1995년에는 (주)창작과비평사의 대표이사 부사장이 된다. 1996년에 제8회 정지용문학상을, 1998년에는 제11회 동서문학상을 수상했으며, 같은 해 (사)민족문학작가회의 상임이사로 선임된다. 2001년에는 김수영, 신경림과 함께 그의 시가 영역 수록된 시집 『Variations: Three Korean Poets』가 '동아시아 시리즈'의 하나로 미국 코넬대학에서 출간되었으며, 「이름」, 「역사에 대하여」, 「노래」 등이 미국에서 거주 중이던 고원 시인에 의해 영역되어 같은 해 『Voices in Diversity: Poets From Postwar Korea』(Cross-Cultural Communications 출간)에 실렸다. 2012년에는 시집 『사이』가 독일 Edition Peperkorn에서 독역본 『Dazwischen』으로 출간되는 등 다수의 외국어권역에 영어, 중국어, 독일어 등으로 번역 소개되며 문명(文名)이 국제적으로 알려지기도 하였다. 후학을 양성하는 교육의 장에서는, 1988년 중앙대학교 예술대학 문예창작학과에서 시 창작 강의를 시작한 이래 1995년 추계예술학교 문예창작과, 2006년 단국대학교 예술대학 문예창작과 초빙교수로 임용되어 강의했으며, 2012년 단국대학교 국제문예창작센터장에 중임되기도 하였다. 뿐만 아니라 2012년 한국작가회의 이사장으로 선출되어 명실상부한 한국 문학계의 지도자적 위상을 얻게 되었다. 가장 근래의 문학적 성취로는 2018년 14번째 시집 『하동』으로 제10회 임화문학예술상을 수상한 것을 들 수 있다.

2. 초기 : 시적 토대로서의 원체험과 서정

이시영은 1949년 전라도 구례 지리산 자락에서 태어났다. 지리산은 그의 원체험 장소로 낭만적 자연과 빨치산의 비극이 펼쳐진 무대라는 두 대립적 가치가 충돌하는 공간으로 그의 내면에 자리 잡게 된다. 이 지리산이라는 원체험은 그에게 유토피아이자 트라우마로 작용하며 훗날 문학적 성찰의 주된 자산이 된다.

물론 그의 출생년도를 감안하면 빨치산의 활동 등 한국전쟁 이전의 역사가 그에게 생생한 기억으로 남은 것은 아니다. 하지만 그가 태어나기 전에 일어난 비극적 사건들은 '구례'라는 장소에 집단기억으로 존재했을 것이다. 고향 공동체의 집단의식에 새겨진 한국 근현대사의 비극적 풍경들, 그리고 산업화 근대를 겪으며 그가 목도한 고향 촌락의 해체는 이시영의 시적 원형을 탐구하는 중요한 단서가 된다.

> 내가 나서 자란 마을은 구례읍에서 4km 떨어진, 마산면 사도리 하

사이다. 사도리(일명 사돌이)란 마을은 …(중략)… 마을 앞 섬진강과 노고단으로부터 발원하여 화엄 사골을 콸콸 흘러 내려온 맑은 시내가 만나는 곳에서 과연 드넓은 모래 삼각주가 펼쳐져 있는데(우리는 그곳을 섬뜸이라고 불렀다.) 여름이면 여인네들이 이곳에 모래 움막을 파고 더운 몸을 지졌고, 소년들은 소들을 몰고 나가 삼각주의 대초원에 소고삐를 놓아둔 채 강물 속에 첨벙 뛰어들어 맑은 은어들을 잡았다. 여름 한창이면 구례 안들에서 몰려나온 소들이 수백여 마리나 될 정도였으나 천혜의 대초원은 드넓었고 강변의 세모래는 한없이 푹신푹신했고 은어들 또한 더운 강물의 중심을 피해 강가의 찬물을 찾아 나왔으므로 우리들의 재빠른 손에 고스란히 포획되었다. …(중략)… 햇볕에 그을은 얼굴은 그대로 땅 빛이었다. 농촌 마을이 분해되기 이전의 건강한 대지와 자식들인 셈이다.[1]

인용한 글에 나타난 유년시절의 자연 체험은 이시영 시의 서정성을 이루는 힘이 되었다. 그러나 서정성의 마르지 않는 샘이었던 고향이 자본주의와 산업화 발전 논리에 의해 무너지는 것을 목격하면서 그의 시에는 역사의식, 사회의식, 정치의식이 형성되기 시작한다. 산업화 및 유신독재 시대를 거치며 이시영의 시는 투쟁과 초월이라는 양 날개를 펼치는데, 투쟁의 날개에는 전투적 실천성을, 초월의 날개에는 자연주의적 서정성을 각각 얻게 된 것이다.

나는 방학 때거나 아니거나 수시로 이 전라선을 오르락내리락하며 우리 집을 포함하여 60, 70년대 한국 농촌의 분해과정을 목격했다.[2]

---

1 이시영, 「문학적 자전」, 『시와시학』 1992년 가을호, 100쪽.

2 위의 글, 105쪽.

이시영은 젊은 날 그가 농촌의 분해과정이라는 현실의 비극을 직면한 순간에 대해 위와 같이 회고한다. 이 비극의 목격은, 목격에서만 그치지 않고 '우리 집'과 농촌을 분해시킨 거대한 타자와의 싸움으로 이어진다. "1967년 겨울, 하여간 나는 그 죄 많은 전라선을 타고 와 정훈희의 「안개」가 울려 퍼지는 서울역 광장에 이불 보따리를 메고 내렸다"[3]는 그의 회상은, 성인이 된 그가 도시라는 산업화 근대의 한복판에서 자신의 원체험인 고향의 상실을 거듭 돌아보고, 그 상실의 과정을 스스로 추적하는 삶을 살아가게 되었음을 의미한다.

원체험 공간과 완전히 단절된 도시적 삶으로의 진입은 이시영에게 자기존재의 근원성이 박탈되는 날카로운 통증을 안겨주었다. 도시 자본주의가 생산하는 욕망 속으로 빨려 들어가면서도 끝내 거기 침몰하지 않고 저항하려는 몸부림을 통해 자신의 정체성을 지키려는 고투가 시작된 것이다.

질 들뢰즈와 펠릭스 과타리가 이야기한 '안티 오이디푸스'의 길에 대한 탐색은 이시영의 내적 고투와 통하는 바가 있다. 들뢰즈와 과타리는 자본주의 또는 근대라는 욕망과 결탁한 문학에 대해 다음과 같이 말하고 있다.

> 문학을 기성질서에 순응하면서 아무에게도 해를 끼칠 수 없는 소비 대상으로 환원하는 데서도, 역시 오이디푸스화가 가장 중요한 요인들 중 하나다. 문제가 되는 것은 작가와 그 독자들의 개인적 오이디푸스화가 아니라, 사람들이 작품 자체를 지배적 사회 코드들을 따

3 위의 글, 106쪽.

라 이데올로기를 분비하는 소소한 표현활동이 되도록 복속시키려 시도하는 오이디푸스 형식이다.[4]

이시영은 현대인들의 존재양식이 자본주의 욕망으로만 향하는 것에 대한 반감과 저항을 드러내며, 문학이 그저 단순한 표현활동에 그치지 않고 기성질서에 대항하는 힘을 가져야 한다고 생각했다. 문학이 그저 소비상품으로 전락하는 것을 막기 위함이다. 문학의 힘을 키우는 것은 자본주의직 욕망이라는 이데올로기와의 싸움인 동시에 그 욕망이 강제로 은폐시킨 인간의 본질적 삶에 대한 희구였다. 이러한 작업은 마치 발터 벤야민이 그의 베를린 유년시절을 끊임없이 회상하면서 자신에게 가해졌던 여러 유형의 폭력에 대한 비판적 성찰을 도모했던 방식과 유사하다.[5]

이시영에게 고향은 박제되거나 고체화된 기억이 아니라, 자기주체의 성장과 함께 끊임없이 그 내용과 의미가 변모하는 '현재'인 것이다.

고향이라는 원체험과 산업화라는 현실체험의 긴장된 조우는 이시영의 시에서 결정적 의미를 갖는다. 무엇보다 이시영은 농촌과 도시의 갈등과 긴장 사이 분열증세적 현실의 폭력성에 대해 민감하게 반응한다. 그것은 그의 삶과 공동체, 역사에 가해진 폭력성의 민낯을 밝히고, 그 폭력의 가해자들을 정치적으로 무력화시키지 않는 한 새로운 미래는 없다고 판단하는 확신에서 기인하는 것이다. 따라서 이시영의 시는 언

4 질 들뢰즈 · 펠릭스 과타리, 『안티 오이디푸스 : 자본주의와 분열증』, 김재인 역, 민음사, 2014, 237쪽.

5 발터 벤야민, 『1990년경 베를린의 유년시절, 베를린 연대기』, 윤미애 역, 길, 2007.

제나 현실을 관통하는 역사성을 지향하며, 벤야민의 다음과 같은 역사 의식과도 궤를 같이한다.

> 폭력에 대한 비판은 폭력의 역사에 대한 철학이다. 역사의 '철학'인 이유는 그 역사의 결말이라는 이념만이 그 역사의 시대적 자료들에 대해 비판하고 구분하며 결정하는 입장을 가능케 하기 때문이다. 가장 가까운 것에만 정향할 뿐인 시선은 기껏해야 법 정립적인 것과 법 보존적인 것으로서의 폭력의 형상들에서 변증법적 부침(浮沈) 정도를 감지해낼 수 있을 뿐이다.[6]

이시영은 자신의 원체험 공간을 "농촌마을이 분해되기 이전의 건강한 대지"라고 표현했다. 그에게 고향은 곧 '생명'과 '평화'이며, 그가 맞서 싸워야 하는 것은 인간의 생명과 평화를 억압하고 건강한 대지를 파괴하는 모든 폭력성이라고 할 수 있다. 그런데 그 거대한 폭력은 언제나 현실정치의 위정자와 기득권자들에 의해 발생한다. 따라서 이시영의 시는 위정자 및 기득권과의 투쟁으로 점철될 수밖에 없던 것이다.

이시영 시의 서정성 또한 단순히 미학적 구성을 위한 장치가 아니라 현실의 폭압을 이겨내는 정신이자 도달해야 할 지점 그 자체로서 의미를 갖는다. 이는 그의 시의 서정성을 논의할 때 간과해선 안 될 중요한 사실이다.

첫 시집인 『만월』에는 이시영의 20대가 고스란히 녹아들어 있다.

---

6 발터 벤야민, 『역사의 개념에 대하여, 폭력 비판을 위하여, 초현실주의 외』, 최성만 역, 노마드북, 2012, 115쪽.

1960~70년대는 정치권력의 폭력이 전횡을 부리던 시대다. 반폭력성을 전제로 하는 시의 속성상 치열하게 시를 쓰는 행위 자체가 이미 정치권력에 대한 도전이자 저항이 되는 시기였던 것이다. 시집 후기에 이시영은 다음과 같이 소회를 밝히고 있다.

> 지난 몇 해 동안 불안스레 두리번거리며 걸어왔던 시간을 교훈 삼아 저 매서운 바람 귓불을 때리는 겨울 혹독한 거리로 나서야지. 그리하여 봄을 기다리는 사람들과 더불어 넉넉한 가슴으로 기다려야지.[7]

이시영에게 현실은 불안과 두려움, 그리고 매서운 바람이 몰아치는 겨울이었다. 그가 바란 것은 봄을 기다리는 사람들과 더불어 사는 일이었다. 엄혹한 시대가 그를 어둠에 맞서 희망을 노래하게 하고, 그 희망의 노래를 자유롭게 부르고자 자신의 전존재를 걸고 투쟁하는 시인으로 만든 것이다. 첫 시집을 낼 무렵의 감격적인 소회에는 그러한 이시영의 시적 인식이 잘 나타나 있다.

> 어려운 시절, 여러 가지 말 못할 사정 속에서도 미미한 나에게까지 첫 시집을 마련케 해준 창작과비평사의 여러분에게 감사드린다. 이 조그마한 책이, 지금도 추운 곳에서 고생하고 있을 벗들에게 진 다함 없는 빚의 몇 십분의 일이나마 갚을 수 있게 되었으면 좋겠다.[8]

---

7 이시영, 『만월』 후기, 160쪽.

8 위의 글, 같은 곳.

여기서 말하는 '추운 곳'은 군사독재의 그늘을 의미한다. 그 그늘을 직접 호명할 수 없는 강요된 침묵이 그가 마주한 현실이었다. 그 억압된 현실과 날카롭게 대치하면서 쏟아낸 이시영의 시에 대해 이성부는 시집 발문에서 이렇게 평했다.

> 자기가 살고 있는 시대나 사회현실을 노래하는 시인들이 흔히 빠지기 쉬운 곳은 관념의 늪이다. …(중략)… 참으로 우리가 바라는 것은 '획일'과 '관념'이 아닌 '시'이다. 자기 시대의 삶의 구체적인 형상화로서, 보편적 정서의 밀도 짙은 획득으로서, 우리에게 다가서는 '시'이다. 시인 이시영의 적지 않은 작품들에서 우리는 결코 경화된 관념에 물들지 않은 (혹은 극복되는), 70년대 한국시의 아름다운 한 모습을 보게 된다.[9]

구호와 관념, 그리고 주장에만 경도되어버린 1970년대 민중시의 미학적 결점에 대한 이성부의 비판을 이시영은 근원적 서정성의 확보를 통해 당당히 극복하고 있는 셈이다. 이성부는 이시영이 어떻게 '기억의 역사적 풍경'을 그리며 근원적 서정성과 정치성을 합치시키고 있는지 아래와 같이 덧붙이고 있다.

> 그는 그 자신의 어린 시절의 기억들을, 아무 의미 없이 그냥 지나쳐버려도 좋을 기억들을, 가치의 차원으로 환치시키는 고도의 기능공이다. 그에게서는 일견 단순하고 평범한 농촌풍경도, 그 내부의 모순이나 밑바닥을 응시함으로써 하나의 역사적 풍경이 된다. …(중

9 이성부, 『만월』 발문, 155~156쪽.

략)… 그는 특정한 한 시대의, 힘없고 외로우나 끝내 선량할 수밖에 없는 사람들을 대변하고 있는 것이다.[10]

결국 이시영이 서 있는 자리는 그가 후기에서도 일관되게 언급하는 '추운 곳'이며, 그가 가고자 하는 곳은 사람과 세상을 환하게 밝혀주고, 생명을 물오르게 하는 '봄'의 세계인 것이다. 그리고 그 '봄'으로 가는 길 위에서 그가 끊임없이 내지르는 함성과 일갈의 수신자는 시대를 지배하는 권력이며, 권력에 의해 역사라는 이름을 얻게 된 '폭력'이다.

이시영의 초기 시들 가운데 고통과 궁핍의 시대를 일거에 돌파하는 서정과 의식의 근력을 가장 강력하게 보이는 시 중 하나가 바로 「1942년, 침략자의 경기장에 뛰던 수말들」이다. 이 시는 그가 해제에 적은 대로 "1942년 10월 일본 동경에서 열린 제13회 명치신궁 체육대회 축구 결승전"을 작품화한 것이다. 이시영이 인용한 기록에 따르면 "평양팀은 일본 이바라기 시다[茨城日立]팀을 맞아 1대 1로 연장전까지 끌다가 경기 종료 직전에 한 골을 빼내 극적인 승리를 거두었다"고 한다.[11] 암담한 시대에 이뤄진 쾌거의 기억은 오늘 직면한 힘든 현실을 이겨내는 동력이 된다. 그는 시에 과거의 역사적 사건을 호출하면서 과거와 현재가 서로 만나게 하고 있다. 단지 과거를 기록만 하는 것이 아니라 지난 시간이 지닌 민중적 함의를 현실에 재현시키는 것이다.

따라서 이시영에게 과거의 기억은 언제나 현재진행형의 사건이 된다. 이 시가 실린 『만월』과 후속 시집인 『바람 속으로』 사이에는 10년이라는

---

10 위의 글, 156~157쪽.

11 『만월』 148쪽, 「1942년, 침략자의 경기장에 뛰던 수말들」의 각주 재인용.

큰 간극이 있는데, 이는 시인에게는 상당히 긴 침묵의 시간이라 할 수 있다. 이 '침묵의 시간'에 대해 김정환은 이렇게 말한다.

> 오랜 기간 침묵하면서, 발언이라기보다는 그 침묵의 무게가 스스로의 무게를 견디지 못하고 간간히 토해낸 결과로 보이는 이시영의 시편들은 그 자체 슬픔의 힘을 갖고 있다. 역사와 연관된 슬픔의 '힘'을 지님으로써 혁명의 인간적인 힘으로 되는 것이다.[12]

대단히 무게 있는 평가다. 또한 정희성은 "그의 시에서 말 못하고 살아가는 많은 사람들의 아픔과 인내와 희망을 만나게 된다"[13]고 평한 바 있다. 이시영의 내면적 성숙이 지향하는 곳이 어디인지 지목하고 있는 것이다. 이시영 본인은 이 10년의 침묵에 대해 이렇게 밝히고 있다.

> 남들이 왜 시집을 내지 않느냐고 물어올 때가 내겐 가장 당혹스러웠다. 첫 시집에서 더 진전된 세계가 없었기 때문이다. 말이야 얼마나 쉬운가. 십년 전 첫 시집의 바로 이 자리에서 내가 내건 시적 과제가 하나도 달성되지 못했다는 것을 오늘 이 시집은 낱낱이 증명해준다. 묵은 시들을 정리하면서 스스로에게 내리쳤던 뼈아픈 반성의 채찍을 앞으로의 삶에 교훈 삼겠다.[14]

이시영은 그 10년 동안 자신의 시를 쓰기보다는 "주로 남의 시들을 '비평적'으로 읽고 그것을 모아 책으로 엮어 내는 일에 종사"[15]했다고 한

---

12 김정환, 『바람 속으로』 표4, 창작과비평사, 1986.

13 정희성, 위의 책, 표4, 창작과비평사, 1986.

14 이시영, 『바람 속으로』 후기, 창작과비평사, 145쪽.

15 위의 책, 같은 곳.

다. 이 일은 시에 대한 제3자적 또는 객관적 시좌(視座)를 획득하는 고된 여정이 된다. 그러나 그는 그 고된 작업이 자신의 시업과 통일되지는 않는다는 사실을 통감하게 된다.

그런데 역설적으로 10년의 침묵을 통해 그의 시는 첫 시집에서보다 좀 더 자신의 감정에 거리를 두는 성숙함을 획득하게 된다. 자칫 감정과잉이 될 수 있는 대목에서는 경계를 늦추지 않고, 첫 시집에 비해 상대적으로 좀 더 도시 서정을 나타낸다. 농촌, 고향에 대한 기억을 내버리지 않으면서 도시에 담긴 현실을 너 깊세 들어다보기 시직힌 것이디.

염무웅은 이시영이 "농촌공동체의 붕괴와 고향 상실을 자신의 절박한 현실로 체험하기보다는 어느덧 그것을 관조하게 된 자세를 읽게"[16] 된다고 말한다. 이것은 『만월』에는 없는 풍경이라고 그는 본다. 그리고 때로 농촌에 대한 이야기를 한다고 해도 그것은 "대체로 도시에 갇힌 자의 시점을 통해 회상되고 탄식되며 또 갈망된다"[17]고 이야기한다.

이처럼 외부적 현실과 내면적 풍경에 대한 거리두기의 태도는 이시영 자신이 더욱 강렬하게 외부의 현실과 대응하며 내면적 서정 앞에 독립적으로 마주하는 과정에 서 있음을 대변해주는 것이기도 하다. 현실의 비극에 매몰되면서도 동시에 거기에서 빠져나오는 방식인데, 이러한 시 작업은 현실과 자기를 함께 정화시키는 훈련의 의미도 갖게 한다. 그런 결과 흔히 민중시라 불리는 일군의 시들에서 목격되는 "소재주의적이며 내용주의적"[18] 감상(感傷)과 들뜸이 시대를 점령하기 시작할 때,

---

16 염무웅, 『바람 속으로』 발문, 창작과비평사, 141쪽.

17 위의 책, 141쪽.

18 성민엽, 「이시영의 그리움은 무엇인가」, 『월간조선』 1987년 2월호(「그리움의 사회

그는 도리어 자신을 들여다보고 관조하는 쪽으로 자신의 미학적, 현실적 대응력을 높여간다.

이시영은 첫 시집과 두 번째 시집 사이의 침묵 속에서 "현실과 자아 사이의 화해할 수 없는 간극을 고백"[19]하며 "현실 앞에서 무력한 자아에 대해 아프게 성찰하는"[20] 시간을 가진 것이다. 이는 사회적 현실의 대전제이자 주체인 개인의 현실을 뼈아프게 반성하며 새로운 지점으로 나아가기 위해서다. 그의 시는 관념으로 조성된 자아와 역사의식이 아니라, 자기내면의 밑바닥으로 내려가서 다시 비상하는 방식으로 새롭게 쓰이기 시작한다.

기러기들 날아오른다
얼어붙은 찬 하늘 속으로 소리도 없이
싸움의 땅에서
초연이 걷히지 않는 땅에서
한 마리 두 마리 세 마리 네 마리
바람 속에서 오늘 눈감은 나의 형제들처럼

—「기러기떼」 전문(『바람 속으로』, 8쪽)

바람을 뚫고 날아가야만 하는 존재들에게 바람 속 현실은 거칠고 광막하며 기약도 없는 고행길이다. 눈 감아 회피할 수밖에 없는 쓰라린 고통은 그러나 먼 길을 가는 것들에겐 피하지 못할 숙명이다. 화약연기

역사적 의미」, 『문학의 빈곤』, 문학과지성사, 1988, 189쪽에 재수록).

19 임우기, 『창비 1987』, 창작과비평사, 1987, 275쪽.

20 위의 책, 같은 곳.

가시지 않는 싸움의 땅을 건너는 길은, 새들이 얼어붙은 하늘을 건너가는 일과 마찬가지다. 그 얼어붙은 하늘 너머에만 무한창공의 자유가 있고 내일의 삶이 기다리고 있기 때문이다. 이러한 비전의 제시는 무책임한 전망의 제시와는 다르다. 바람을 뚫어야 한다고, 현실의 고통을 감내해야 한다고 촉구하기 때문이다.

지상을 덮은 거대한 힘에 대항하며 더 큰 시련 속을 온몸으로 밀고 나가는 작고 보잘것없지만 단단한 생명들. 그 가운데 시인이 있고 형제들이 있다. 격농의 현실과 감정적 격징에 휩쓸리지 않고 날아올라 바람 속에서 바람을 건너가는 일, 그게 시인의 삶이라고 이시영은 말한다.

이처럼 자기존재의 본질에 대한 자각은 이시영으로 하여금 사라진 고향이라는 그리움의 세계와 도시적 삶이라는 부정적 현실의 이율배반 세계에서 걸어 나와 고요하지만 정직한, 그러나 "현실과 팽팽히 맞서 비극적인 세계를 형성하며"[21] 젊은 날의 시와는 조금 다른 양상으로 세계를 그리게 한다. 그것은 앞으로 회복할 세계를 만나기 위한 차갑고 깊이 있는 준비의 과정이다.

부재하는 것들에 대한 절실한 그리움은 낱낱의 기억의 구체화나 언어적 수사의 구조를 덜어낸다. 덤덤하고 서늘한 응시를 통해 개별적 사물의 구체적 이미지를 객관화, 보편화하는 것이다. 이는 시인 스스로 현실의 참담함과 암울함 속으로 한층 더 걸어 들어가 그 속의 수많은 좌절의 양상들을 건져내 희망의 노래로 바꾸기 위한 작업이다.

---

21 정남영, 「이시영의 시와 활력의 정치학」, 『창작과 비평』 2009년 겨울호, 197쪽.

상심한 자의 마음 위에
굽은 어깨 위에
스치며 별이 뜬다
그러면 땅을 뚫고 나온 벌레 한 마리
어디로 가고 있다

— 「저녁에」 전문(『바람 속으로』, 108쪽)

새들은 날아오른다
겨울 추운 북풍 속으로
빠알간 부리를 빛내며
온몸으로 새들은 날아오른다
핏빛 연기 잠든 마을에 더 이상의
큰 슬픔이 없을 때까지
지상에 붙박힌 그들의 영혼을 차며
저 광막한 하늘 위로
노여움 속으로

— 「새」 전문(『바람 속으로』, 59쪽)

거세게 부딪는 바람소리를 들으면
나는 빈 들로 나아가
한 마리 성난 사랑이 되고 싶다
그러나 밤은 가슴에 더욱 큰 바람을 안고 와
다시 한번 난간을 들이받고
피 흘리며 들판을 헤매다가
새벽녘 가장 강력한 폭풍이 되어
그 속에서 무너지지 않는
빛나는 눈동자를 태어나게 한다

— 「밤」 부분(『바람 속으로』, 58쪽)

상심한 자의 어깨 위에, 온몸으로 생을 만드는 작은 벌레의 길 앞에 내려앉아 비춰주는 별빛. 그것은 죽음의 절망에 내몰린 소외되고 힘없는 존재들을 붙들어주는 지상의 마지막 온기 같은 것이다.

핏빛 연기로 가득한 인간의 마을을 박차 올라 북풍 뚫고 날아가는 새떼, 그리고 바람 휘몰아치는 들판에서 온몸 부서져도 더 큰 생의 소망으로 빛나는 눈동자는 현실이라는 소용돌이 속에서도 태풍의 눈처럼 고요하게 응결되는 생의 의지를 나타낸다. 이것이 그의 시에 일관되게 관철되고 있는 시 정신의 원형이다.

두 번째 시집 『바람 속으로』를 엮으며 이시영은 현실이라는 광풍을 뚫고 나가는 길을 스스로 발견하고 있다. "전술이나 전략 혹은 치열한 공세와 운동이 가열한 불꽃을 튀기고 있지는 않"[22]으면서도 "오히려 그것은 억압과 슬픔을 줄기차게 견디는, 뚜렷한 무슨 방도를 찾지 못한 채 나날의 암흑에 시달리는 보다 순하고 억울한 마음들과 더불어 소리 없이 고통을 견디는 슬픔의 자세"[23]가 바로 이시영이 체득한 현실 극복의 방법론이다.

여기서 한 가지 의문을 가져본다. '타고난 서정시인'인 그가 왜 감성의 직접적 토로를 접고 서늘한 눌언 속으로 걸어 들어갔는가 하는 점이다. 이에 대한 이해의 실마리로 '80년 5월'의 충격을 이야기하지 않을 수 없다. 상처 받는 것들에 대해 태생적으로 예민한 결을 가진 시인을 고요 속으로 침잠시킬 만큼 그 사건은 한 시인은 물론 한 시대를 공

---

22 김규동, 「힘으로서의 시와 민중정서」, 『民意』 4집, 일원서각, 1986, 278쪽.

23 위의 글, 같은 곳.

유한 모든 개인에게 지워지지 않을 상흔이 되었다. 이시영은 광주의 상처, 시대의 비극을 자신의 시 속에 용해시킨다.

민주주의여 네 이름 위에
차가운 이마 대고 쓴다
새벽의 총성
그날의 피 흘린 새벽 위에
…(중략)…
참을 수 없는 시간
더 이상 기대일 수 없는 진리
세상의 모든 책장을 덮고 단호히 쓴다

— 「깃발」 부분(『바람 속으로』, 84쪽)

그대 터진 벌거숭이 상처를
별빛으로 덮고 어서 잠들거라
날이 밝는다

— 「풀밭에서」 전문(『바람 속으로』, 89쪽)

어둠이 내리면 온몸으로 저를 밀어
밤 속에 타오르는 꽃
그날의 산언덕에 따스한 돌담가에
하얀 하얀 꽃이 피었다
짧은 비명으로 숨져간 꽃이

— 「들국」 부분(『바람 속으로』, 82쪽)

폴 엘뤼아르의 시 「자유」를 대번에 떠올리게 하는 「깃발」에는 그의 기존 시에서 잘 드러나지 않던 감정의 직접적 표출이 보인다. 시대의 폭압 속에서 더 이상 진리로 기능하지 못하는 "세상의 모든 책장"을 덮을 수밖에 없는 화자의 심경이 짧고 강한 어조로 나타나 있다. 비통을 끌어안은 자에게 잠의 평안이란 있을 수 없다. 잠을 거부하는 것은 끊임없이 자신을 일깨우는 각성이자 현실에 대한 도전이다.

화자는 어두운 '풀밭'에서, 죽어도 잠들지 못하는 상처투성이들의 곁을 뜬눈으로 지키며 그들의 안식과 영면을 기원할 수밖에 없다. 그런데 그 불면의 어둠을 거슬러 올라가다 보면 '그날'이 나타나고, 그날의 비명 속에 스러져간 꽃다운 목숨들이 보인다. 억울하게 스러져간 그 순하디 순한 목숨들은 아직도 걷히지 않은 현실의 어둠을 이제 온몸으로 밀어내며 '하얀 들국'으로 피어나고 있는 것이다. "『바람 속으로』는 5월의 충격을 딛고 일어서는 한 시인의 힘겨운 도정을 보여주"[24]는 동시에, 이시영 시가 앞으로 나아갈 방향을 암시했다고 볼 수 있다. 깊은 상처는 생을 주저앉게도 하지만 때로는 생 전체를 일으켜 밀고 나가는 동력이 되기도 한다.

비

비가 내린다.
硝煙을 씻어내는
비가 내린다
광풍 뒤에
그 노호의 거리 뒤에
깨끗한 깨끗한
비가 내린다

---

24 최원식, 「서정시의 재건」, 『세계의문학』 1986년 겨울호, 193쪽.

전야

지평선으로 누가 가고 있다
바람 몰아치는 광야를 향해
별빛 아우성 고요한 광야 위의 한 마을을 향해
누가 가만가만 소리 없이 나아가고 있다
— 「憂愁詩篇」 부분(『바람 속으로』, 103쪽)

도무지 씻기지 않을 것 같던 화약 냄새, 광풍과 노호가 지난 자리에 거짓말처럼 비가 내리며 아픈 곳을 씻어낸다. '눈이 녹아 비가 되는' 절기인 우수(雨水)가 이 시에서는 생의 우수(憂愁)로 바뀐다. 화자는 비가 '초연'에 덮인 땅을 씻어낼 수는 있어도 근원적인 생의 상처는 쉽게 씻기지 않음을 역설하고 있다. 상처의 기억들이 그저 과거로 묻혀버려서도 안 되고, 아픈 현실로 되살아나서는 더더욱 안 되기에, '누가'로 지칭된 민중은 바람 몰아치는 거친 들판의 인간마을로 다시 돌아가야만 한다. 거기서 새로운 세상을 꿈꾸며 보다 나은 내일을 잉태해야 하는 것이다.

『바람 속으로』에서 이시영은 『만월』에서 보여준 문학적 성과에서 한 걸음 더 나아가, 내면풍경에 대한 고요한 성찰과 현실에 대한 깊은 응시로 그 자신 문학의 지평을 넓혀가고 있다. 내면풍경에 대한 성찰은 곧 외부현실을 통찰하는 첨단의 시각이 되어 이후 이시영만의 고유하고 특별한 문학 세계를 이루게 한다.

『만월』에서 『바람 속으로』로 건너가기까지 10년이라는 결코 짧지 않은 시간이 걸렸다면 세 번째 시집 『길은 멀다 친구여』는 비교적 단기간

만에 세상의 빛을 본 경우라 할 수 있다. 세 번째 시집부터 이시영의 문학적 보폭은 잰걸음으로 바뀐다.

이 시집에 담긴 그의 문학 세계는 "서정시의 엄격함"[25], "차가움 속의 뜨거운 열정"[26]이라는 표제의 소개말에서 가늠할 수 있듯 결코 가볍지 않다. "작지만 긴장에 오래 견디는 시를 써보고 싶었다. …(중략)… 시 쓰는 일도 먼 길 가는 나그네의 끝없는 도정(道程)과 같다. 앞길에 먼지 자욱하고 해는 쨍쨍 타오른다. 이 시집을 세 번째의 불안한 이정표로 남겨놓고 쉬임없이 가고 또 가리라"고 한 「시인의 말」도 예사롭지 않다. 이시영 그 자신의 문학적 방향성에 대한 고백인 동시에 자기 미래에 대한 실천적 예언이 되었기 때문이다.

서정과 서정시에 대한 논의는 '시가 무엇이냐'는 질문처럼 의견이 분분해 정의하기 쉽지 않다. 그럼에도 지금까지 이뤄져온 서정시에 대한 논의를 간단히 요약하자면 '자아의 삶 전체와 대상이 만나 일순간에 터져 나오는 감흥을 주관적으로 표출하는 운문 양식'이라고 할 수 있겠다.

"어느 날 문득 세계와 접해 전혀 새로운 것들이 현현한다"는 로만 인가르덴의 '형이상학적 순간'이라든가 에밀 슈타이거가 말한 "철학이나 지성으로 통제될 수 없"는 '혼의 울림', 또 볼프강 카이저가 주장한 "정조의 순간적인 고조"인 '대상성의 내면화', 벤야민이 이야기한 "대상이 다가와 닿는 살가운 분위기"의 '아우라', 그리고 가스통 바슐라르가 자

25 강형철, 「서정시의 엄격함-이시영 시집 '길은 멀다 친구여'」, 『동대신문』 1988년 3월 22일.

26 성민엽, 「차가움 속의 뜨거운 열정-이시영 시집 '길은 멀다 친구여'」 『경향신문』, 1988년 3월 30일.

주 언급한 "순간화된 형이상학"으로서의 '포에지' 등은 모두 서정의 본질을 이르는 말들이다.

세계, 대상과 주체가 만날 때 한순간에 터져 나오는 감흥이 바로 서정이다. 그러므로 서정은 순간의 꽃, 순간의 미학이다. 즉 서정시는 순간의 시학이면서 또 자아와 세계가 감동으로 만나는 관계의 미학인 것이다. 우주 모든 것과 소통하는 현현(顯現)의 순간적 감동, 말이나 논리로 설명될 수 없는 그 감동을 시적 이미지로 형상화할 때 서정의 미학이 완성된다.

하지만 서정시라고 해서 주관적 감정을 노래하는 시로만 여겨서는 곤란하다. 이승원은 "서정시는 인간의 삶을 반영하기도 하고 현실을 비판하기도 하고 아름다운 세상의 모습을 먼저 제시하기도 한다. 서정시는 사람의 마음을 변화시키고 세계를 변화시킬 수 있는 힘을 지니고 있다. 그와 아울러 거기 담긴 언어와 정서의 아름다움은 상처 받은 인간의 영혼을 위무하고 그것을 더 높은 차원으로 고양시키는 승화의 기능도 함유한다. 문학에 뜻을 둔 사람들은 인간 부재, 인간 상실의 시대에 맞서서 이러한 서정시의 힘과 아름다움을 옹호하는 데 더 큰 관심을 가져야 할 것이다"[27]라고 말한다.

1980년대 초기 시단을 주도한 경향은 이른바 장르 해체론이다. 그 중심에는 시의 장형화가 있는데, 기존 문학 관습에 대한 도전으로서 서사적 장시들이 나타나기 시작했다. 이 장르 해체적 장시들로 인해 본래의 서정시가 위축된 것은 사실이다. 하지만 1980년대 후반 정치, 사회적

---

27 이승원, 『서정시의 힘과 아름다움』 서문 참조, 새미, 1997.

변화와 올림픽 유치 등으로 개방되고 다양화된 삶의 양상은, 시의 영역에 있어서도 다변화를 이끌어내며 개인의 삶이 구체화된 새로운 서정적 단시들을 탄생시켰다.

그러나 이러한 서정시의 변모 양상이 단순한 서사적 후퇴이거나 사회적 문제에 대한 외면이 아님을 앞선 이승원의 언급을 통해서 확인할 수 있다. 진정한 서정시는 개인과 세계의 관계를 내밀하게 연결하며, 세계의 현상들에 보다 확장되고 심화된 울림을 입혀 새로운 영향력을 발휘하기 때문이다.

그렇다면 이시영의 시에서 서정시의 본질인 '순간의 미학'은 어떻게 이루어져왔을까? 『길은 멀다 친구여』에 나타난 그의 시적 탐구는 개인적 서정의 길을 찾는 과정일 뿐 아니라 개인적 체험을 통해 보편적 공감을 일으켜 현실의 사회 공동체를 설득하는 과정이라고 할 수 있다. 이러한 서정의 확장과 심화 과정은 단순히 자연적이고 물리적인 상황에서 도래한 것이 아니라, 굴곡진 길을 힘겹게 걸으면서도 그 고된 행진을 포기하지 않고 마침내 도달하게 되는 순간 얻게 되는 깨달음이다.

진리의 길은 멀다 친구여
그 길이 진리인 줄도 모르고
너는 이만큼 걸어오고 나는 저만큼 걸어갔다
그러나 오늘 아침 문득
지나온 목화의 밭이 눈 시리다
오, 오랜 밤의 벼랑의 꽃이여, 새로운 내 누이여

—「가을 꽃」 전문(『길은 멀다 친구여』, 12쪽)

진리는 항상 멀리 있는 것처럼 보이지만, 실은 그동안 걸어온 길 위의 걸음들이 진리였음을 위 시는 말하고 있다. 그걸 깨닫는 순간 평범한 삶은 곧 특별한 사건이 된다. 시인이 끊임없이 자기 내면과 현실을 들여다보며, 또 삶의 밝음과 어둠을 돌아보며 걸어왔기에 그 성찰도 가능했을 것이다. 그 끊임없는 '돌아봄'과 '들여다봄'의 행위를 통해 '밤의 벼랑'이던 세상은 '문득' '눈 시린' 곳이 되고, 거기 남긴 발자국마다 피어난 환한 얼룩은 정신의 지문이자 혈육으로 거듭나는 것이다. 여기서 주목해야 할 지점은 위와 같은 성찰을 시인이 "오랜 밤의 벼랑의 꽃"이라고 표현한 점이다. 이시영의 미적 의식은 그저 아름다움에 대한 단순한 갈망이 아니라, 어둠을 오래 견디며 벼랑도 마다하지 않는 고통의 세월을 통해 피워낸 "꽃"이다.

초기의 세 권 시집들에서 시인이 주로 천착한 이미지들은 '낙차'와 '소멸', '방황'과 관련한 것들이다. 가령, "난바다에 떨어지는"(「수평선」), "언덕은 무너지고/마을은 곧 묻히리라"(「무너지는 마을」)와 같은 대목들에선 추락과 몰락의 이미지가 나타난다. 한편 "가을 찬비 속으로 길 떠난 벗들"(「찬비 속에서」), "벗도 발자욱소리도 사라져버린 곳"(「면회」), "서서 멈출 발자욱도 없는가"(「바람아」), "다 어디로 갔는지 몰라"(「먼동」), "왜 가버렸는지 몰라"(「정님이」), "떠도는 것들이 산천에 가득 차서"(「白露」), "떠나가 버린 새벽"(「새벽길」), "먹구름에 뿔뿔이 흩어지고"(「빗소리」), "쉽게 풀어지고 씌어지는"(「詩를 쓰려면」), "地殼 곁을 스치는"(「寒露」), "어깨 위에/스치며 별이 뜬다"(「저녁에」), "갱엿 같은 말들을 쓸어가고"(「신록 앞에서」)의 대목에서는 유실과 소멸, 방황, 해체의 이미지가 주로 나타난다.

그러나 『이슬 맺힌 노래』에 이르러 이시영은 스승인 서정주처럼 "이제는 돌아와 거울 앞에 선" 듯한 자기 내면으로의 고요한 회귀를 지향하게 된다. 세계의 정의와 진실을 탐색하기 위해 격동의 세월을 거쳐온 그가 비로소 자기 성찰적 자세를 드러내기 시작한 것이다.

어느 날 거울 앞에 마주 선 주름살 투성이 초라한 사내여
사람이 누구를 사랑한다는 것은
끝내는 갈 곳 없이 돌아온 자기 자신과의 외로운 맞부딪침이어니
너 홀로 깊고 깊어라
곧 강하고 슬픈 계절이 혹독한 너를 이기리라

—「옛 거울 앞에서」 전문(『이슬 맺힌 노래』, 9쪽)

세계에 대한 사랑, 세계와의 싸움에서 깨달은 것은 결국 그 맞부딪침의 중심이 나에게 있다는 것이다. 그 사실을 깨닫게 한 것은 본래 내 자신이 가지고 있던 "옛 거울"이다. 깨달음은 외부에 있지 않고 자신의 내부에 있었다는 것이다. 이시영의 자기성찰이 깊이를 획득해갈수록 그의 시적 서정 또한 철학적 반성을 내포하게 된다. 그런 연유로 그의 시는 자기 자신에 대한 무한한 질문으로 귀착되기 시작한다. 그리고 그의 시는 단지 그 자신을 향한 자전적 질문을 넘어 동시대인 모두를 향한 보편적 질문으로 확장된다.

거울은 사물의 상(像)을 그대로 비추어내는 도구이지만 시에서는 대개 주체로 하여금 자기존재의 내면을 들여다보게 하는 사건으로 묘사된다. 아래 두 편의 시에서는 거울의 이미지가 나타난다.

어둠 속의 불안한 눈동자,
못자국처럼 숭숭 뚫린 성긴 턱수염 자국,
밤새워 먼 길을 달려온 이슬 맺힌 눈썹은 거기 있어라

—「거울 앞에서」 전문(『이슬 맺힌 노래』, 49쪽)

이슬은 한밤에 내려
초록 잎사귀를 한없이 물들인다
두 귀를 쭉 늘어뜨리고 생각에 잠긴 잎사귀는
자기를 물들이는 것이 무엇인지도 모르다가
아침 햇살에 반짝 정신이 들면서
그것이 고통의 밝은 이슬이었음을 안다

—「이슬」 전문(『이슬 맺힌 노래』, 35쪽)

막막한 어둠을 헤치며 먼 길 달려온 화자가 마주한 것은 새로운 새벽이다. 화자로 하여금 불안하고 두려운 먼 길을 달려 새벽까지 오게 한 힘은 무엇일까? 그것은 화자의 내면에 맑게 맺힌 영혼의 거울, 즉 "이슬"이다. '이슬'은 단순한 시어이거나 무목적한 표상이 아니다. 시인이 표현한바 "고통의 밝은 이슬"은 자신의 상처를 고스란히 드러내고 있지만, 그 상처를 부끄러워하지 않는다. 흉터는 새 살의 준비단계, 희망의 전조이기 때문이다. 이시영은 비극을 비극으로만 보는 게 아니라 비극 너머의 희망을 바라본다.

새벽이 어떻게 달려오는지를 아는 나이
새벽이 또 어떻게 우리를 배반하고 돌아서는지를 아는 나이
창밖에 젖은 기저귀 마르고
그 위에 서리꽃 하얗게 밝았다
곧 산 너머로 바람 불고 강물 새로 흐르기 시작하리라

—「四十」 부분(『이슬 맺힌 노래』, 36쪽)

슬픔을 참고 산천을 보면
거기 옹기종기 아이들이 모여 해바라기 하고 섰다
바람 쌩 몰아쳐라
어제의 슬픔이 잠든 땅에도 눈꽃 펄펄 새로 내린다

—「오늘」 전문(『이슬 맺힌 노래』, 50쪽)

雨露가 땅에 구멍을 뚫어놓는다
雨露가 다시 와서 그 구멍을 메꾸어준다
아무도 보는 이 없고 듣는 이 없는 가운데 계속되는
땅과 하늘의 이 소리없는 입맞춤!

—「雨露가 다시 와서」 전문(『이슬 맺힌 노래』, 58쪽)

서리와 눈꽃은 이슬의 변형이다. 지난날의 고통을 상징하는 이미지인 동시에 새로운 희망의 계절을 암시하는 은유이기도 하다. 세계와의 투쟁에서 숱한 부침(浮沈)을 겪은 이는 어떤 절망에도 다시 일어나 높은 곳으로 솟아날 수 있다. 자기존재를 일으켜 세우는 힘이 자신의 내부에 있기 때문이다. 그가 전열을 가다듬고 시의 날을 벼릴 때, 그의 시는 '우로(雨露)'가 되어 때로는 날카롭게 세상을 돌파해나가고, 또 때로는 세상의 낮은 곳에 스며들어 화합의 마중물이 될 수도 있다. 이처럼 이시영의 시가 투쟁의 힘과 서정적 미학을 동시에 움켜쥘 수 있는 것은 그가 오랜 세월 맹렬하게 자기성찰의 깊은 수원(水原)을 파왔기 때문이다.

이시영이 자기 내면을 들여다보는 성찰의 결심을 하게 된 데에는

1990년대라는 새로운 시대의 영향이 컸을 것이다. 그러나 그의 시력의 궤적을 살펴보면 이는 결코 우연적 삶의 산물이거나 통과의례가 아니라 그 자신 의지와 결단에 의해 언젠가는 마주하게 될 수밖에 없던 필연의 사건이다. 가장 가까이서 이시영을 목격해온 아내 이경희는 남편의 시업에 대해 아래와 같이 증언한 바 있다.

> 그는 시에 대한 자기 엄격성이 유난합니다. 무엇을 쓰건, 그 자신의 체험과 언어로 철저히 육화된 것만을 다룹니다. 흥분이나, 과신, 설익은 관념의 토로, 생경한 분노 등에 대해 결벽 증세를 보일 만큼 엄정합니다. …(중략)… 이는 평소 그가, "자기 내면의 고통과 극기를 거치지 않은 시는 믿을 수 없다." "모든 작품을 들여다보면, 반드시 그 사람이 산 만큼밖에 쓸 수 없음을 안다."라던 말과 연관되는 듯합니다.[28]

이시영이 시어에 대해 얼마나 단호한 태도를 지닌 시인인지 알 수 있다. 그는 문학의 무게를 결코 가볍게 여기지 않는다. 문학이 대중의 인기에 의존하는 소비문학이 되는 것을 결연히 막아선다. 언어에 대한 엄격함은 "현실에 깊숙이 뿌리 내리고 있으면서도 말에 대한 장인적 탁마"[29]를 하는 장인(匠人)의 자세이며, 이는 곧 "할 말이 많은 사람이 오해나 왜곡, 과장을 피하기 위하여 가능한 한 최대로 말을 아끼고 고르는"[30]

---

28 이경희, 『이슬 맺힌 노래』 발문, 실천문학사, 1991, 102쪽.

29 손경목, 「몸을 얻는 정신주의의 시－이시영 시집 '이슬 맺힌 노래'」, 『오늘의시』 1991년 하반기호, 180쪽.

30 위의 글, 같은 곳.

작업의 결과라고 할 수 있다. 이러한 엄격한 절제와 언어적 객관화의 과정은 결국 『이슬 맺힌 노래』에서 더욱 짧아진 시형과 압축을 통한 '단형 서정시'의 시들로 나타났다.

물오른 수양버드나무 사이로 까치 한 마리가 날아갔다
휘늘어진 것들이 낭창낭창한 가지 끝에 전신의 숨을 모아
한바탕 초록 힘을 터뜨려놓는다
—「잎」 전문(『이슬 맺힌 노래』, 56쪽)

아기 얼굴 하나가 버스에 실려간다
이 세상 첫 햇살처럼 밝고 찰랑찰랑한 눈매가
세상을 다 담을 듯하다
—「아기 얼굴」 전문(『이슬 맺힌 노래』, 61쪽)

낭떠러지 바위산을 늙은 호박꽃 한 쌍이 기어오르고 있다
파란 줄기 끝에 애호박이 하나 달랑 매달려 있다
그 뒤론 깎아지른 벼랑이다
아흐, 찬 허공에 바람 인다
—「平和」 전문(『이슬 맺힌 노래』, 73쪽)

모난 것, 날이 선 것, 군더더기를 깎고 덜어내면 언어는 작고, 가볍고, 환해지고, 둥글어진다. 한마디로 사물의 본질과 핵심만 가리키는 언어의 정수만 남는 것이다. 『이슬 맺힌 노래』에 이르러 이시영의 시에는 푸르고, 환하고, 가볍고, 작고, 둥글어져서 타자를 넉넉히 품는 원융(圓融)의 시정이 감지된다. 이시영은 시의 행간마다 날카로우면서도 포용적이고, 포용하면서도 또 형형한 눈빛을 숨기지 않는다. 그것은 마치 김

수영의 시처럼 세계를 향해 번뜩이면서도 까다롭지 않다. 이시영이라는 한 인간의 체온이 문장마다 실려 있기 때문이다.

이시영 시가 확보한 외유내강의 힘은 둥글고 푸른 '낭창낭창한' 운동이 되기도 하고, 작고 여리지만 세상을 다 담는 아가의 '밝고 찰랑찰랑한 눈매'가 되기도 한다. 이것은 모두 "작고 맑고 동그란 '이슬'의 세계이다. 이 원형의 세상에서 생명들은 서로 관계를 맺는"[31]다. 낭떠러지 같은 현실의 절망 가운데서도 푸르고 생생한 생명력을 포기하지 않는 일, 정신을 어지럽히는 언어의 사족을 덜고 대상의 본질을 꿰뚫는 해석의 언어를 둥글게 응집시키는 것은 결국 더 큰 세상인 '달관'으로 향하는 각고(刻苦)의 몸짓이다.

일견 외부세계에 대한 저항의 모서리를 다 깎아낸 듯 보이는 그의 새로운 시적 양상은, 그러나 현실에 대한 양보나 타협이 아니다. 오히려 자신의 내부는 물론 세계의 더욱 깊숙한 중심부로 걸어 들어가는 일이며, 중심의 응축된 힘을 주변으로 확장하기 위한 준비 작업이다. 네 번째 시집에서 그가 "전보다 훨씬 더 말을 아끼고 있고 또 자신의 삶을 한층 철저하게 점검하"[32]고 있음은 결국 "새로운 삶과 세계를 절절히 희원하고 있기 때문"[33]이다.

이시영은 제4시집 『이슬 맺힌 노래』에서 "현실에 대한 응결된 정면적 시선을 통해 짧고 차갑게"[34] 세상을 노래하면서도, 휴머니즘의 온기를

31 임우기, 앞의 글, 117쪽.

32 김태현, 「윤기와 예기의 시」, 『문예중앙』 1991년 가을호, 253쪽.

33 위의 글, 같은 곳.

34 유중하, 「세 장의 詩圖를 위한 메모」, 『오늘의 시』 1992년 상반기호, 33쪽.

내려놓지 않고 "시적 정서가 삶의 정서와 완전히 합치되어 조화를 이룬 투지와 서정"[35]을 보여준다. 지나온 삶의 시간을 고요히 응시하는 가운데 작고 여린 것들 속에서 푸르고 밝은 희망의 싹을 발견하는 시인의 눈은 바로 둥근 부드러움으로 커다랗게 열린 우주인 것이다.

이시영은 "서정적이면서도 무겁고 투명"[36]해서 쉽게 접근할 수 없는 묵묵함으로 무장된 동시에, 삶과 인간에 대한 믿음을 쉬 접지 않는 우직함을 지닌 사람이다. 그 묵묵함과 우직함은 제4시집 『이슬 맺힌 노래』에서 시도되었던 짧은 시형의 서정시들을 다음 시집인 『무늬』에서도 변함없이 유지하게 한다.

> 나뭇잎들이 포도 위에 다소곳이 내린다
> 저 잎새 그늘을 따라 가겠다는 사람이 옛날에 있었다
>
> —「무늬」 전문(『무늬』, 29쪽)

이 짧은 시에 그가 새겨 넣으려 한 '무늬'는 무엇일까. 짐작하건대 현재라는 시간에 가리워진 과거의 어느 한 장면, 지금 당장 보이진 않지만 결코 지워지지 않는 어떤 기억의 문양이 아닐까. 아무리 강렬했던 사건이라도 시간의 풍화작용을 거치면 그림자만 남게 된다. 현재 속에는 늘 과거가 깃들어 있는 것이다. 이 역설적인 명제에 시간의 속성이 담겨 있다.

---

35 임헌영, 앞의 글, 251쪽.

36 위의 글, 223쪽.

가로수들이 촉촉이 비에 젖는다
지우산을 쓰고 옛날처럼 길을 건너는 한 노인이 있었다
적막하다

—「사이」 전문(『사이』, 89쪽)

화자는 비 오는 가로수길에서 한 노인의 모습을 본다. 그리고 그 노인의 모습에서 현재와 '옛날' 사이 어딘가에 놓여 있는 자신을 발견한다. "지우산을 쓰고 옛날처럼 길을 건너는 한 노인"은 화자의 유년시절을 환기하는 동시에 거기서부터 너무도 멀리 떠나 와버린 자신의 현재를 바라보게 하는 풍경인 것이다.

이 무렵 이시영은 어머니의 임종이라는 한 세계의 종말을 경험한다. 그리고 어머니의 장례를 통해 어쩌면 마지막이 될 '귀향'의 의식을 치렀는지도 모른다. 이는 유년기라는 그의 원체험의 소멸이나 쇠퇴를 의미하지 않는다. 다만 원체험을 바라보는 시각이 새롭게 변화함을 암시할 뿐이다. 염무웅은 "드디어 이시영은 오랜 과거로부터 석방된 것이다"[37] 라고 말했다. 어머니로 상징되는 고향은 현실에서 부재하나 내면에 새겨진 고향에의 기억이 그에게 끊임없이 고향을 되돌아보게 하며 자아의 원체험을 시에 재구성하게 하는 것이다.

내 마음의 고향은 이제
아늑한 상큼한 짚벼늘에 파묻혀
나를 부르는 소리도 잊어버린 채
까닭 모를 굵은 눈물 흘리던 그 어린 저녁 무렵에도 있지 아니하고

---

37 염무웅, 「스스로의 힘으로 살아 있는 풍경」, 『시와시학』 1996년 여름호, 67쪽.

내 마음의 마음의 고향은
싸락눈 홀로 이마에 받으며
내가 그 어둑한 신작로 길로 나섰을 때 끝났다
눈 위로 막 얼어붙기 시작한
작디작은 수레바퀴 자국을 뒤에 남기며

—「마음의 고향 6–初雪」 부분(『사이』, 80~81쪽)

「마음의 고향 6」은 고향을 향해 띄우는 뼈저린 석별의 비가(悲歌)이다.[38] 위 시에서 화자가 지상에 남기는 흔적은 "작디작은 수레바퀴 자국"으로 상징된 헤어짐의 상처뿐이다. 그러나 화자는 서러워하거나 고통스러워하지 않는다. 화자는 '싸락눈'을 빌려 자신이 깨달은 생의 진리를 노래한다. 눈의 입장에서, 지상에 떨어지는 순간 눈은 첫눈이자 녹아 사라지는 마지막 눈이다. 인간의 삶 역시 세상에 왔다가 언젠가는 떠나야하는 단 한번 편도의 여정이다. 그러므로 지상에서 얻은 회한과 그리움은 재물과 마찬가지로 세상을 떠나는 순간 지상에 두고 갈 것들이다. 삶과 죽음에 대한 인식이 새로워지는 순간 '석별'의 의미 또한 전혀 다른 것이 된다.

마음의 고향으로의 여행도 이쯤에서 막을 내려야 할 모양이다. 그러나 나는 지금도 때때로 눈을 감는다. 그것이 비록 정지된 풍경이긴 하나 한 사람의 일생에 깊은 낙인을 남긴 것이라면 오늘의 시점에서 그 고향을 시 속에 재현해 보는 것이 전혀 의미 없는 일은 아닐 것이다. 그러나 오늘의 현실을 직시하면서 재현해야 할 것이다. 꿈나라로의 여행이 엄연한 현실을 잊고 그야말로 환상의 재현에 머물러서는

38 위의 글, 66쪽.

안 되겠기 때문이다.[39]

이시영이 밝힌 '마지막 귀향의 소회'는 위와 같다. 오랜 세월 이시영의 시를 지탱해온 고향의 원체험, 한국 근현대사가 겪은 시대적 비극들은 그의 시에 날선 현실 참여의식과 마르지 않는 서정성을 마련해주었다. 서정성에 미학적 근원을 두면서도 날카로운 현실인식을 벼려온 이시영의 시세계는 미학으로서의 문학과 실천적 투쟁으로서의 문학이 접점을 이뤄, 한국문학이 회복해야 할 '문학의 순기능'이 무엇인지를 끊임없이 제시해온 것이다.

39 이시영, 「제8회 정지용문학상 특집」 수상소감, 1996.

3. 중기 : 현실인식의 시적 형상화

굳이 아리스토텔레스의 고전적인 논점[40]을 적용하지 않더라도, 문학작품 속에 그려진 세계는 현실과 무관할 수 없다. 그것이 현실 삶을 적극적으로 반영한 모방이든 암시와 은유로서의 모방이든 현실의 자장을 벗어날 수는 없는 것이다. 즉 문학작품의 내용과 형식 속에는 그것을 창작한 이의 의식뿐만이 아니라 작가가 속한 현실 사회의 내면과 외면이 때로는 거울처럼, 때로는 그림자처럼 투영되고 작용하는 것이다. 이시영의 시 작업은 현실의 모순과 부조리 가운데 난파되고 좌초되는 진실을 끝까지 지키고자 방향키를 붙잡는 노력을 보여준다.

> 별빛 쏟아지는 밤이면 시를 쓰고 싶어
> 뜨거운 볼로 거리를 헤매었다
>
> —「겨울」 전문(『조용한 푸른 하늘』, 57쪽)

---

40 아리스토텔레스, 『정치학/시학』, 나종일 · 천병희 역, 삼성출판사, 1990, 332~347쪽.

이시영 시의 기본 특성으로 흔히 이야기되는 단형 서정시로서의 면모가 극소화된 시형으로 나타난 작품이다. 그의 중기 시에서 자주 보이는 10행 이하의 시편들 가운데 시인으로서의 각오가 번뜩이는 이 「겨울」은 전문이 2행으로 된 짧은 시이다.

시인은 별과 생래적 친연성이 있는 존재이지 않을까. 시인에게 현실은 늘 캄캄한 겨울이거나 밤이고, 유성우처럼 밤거리를 헤매는 일이 그의 생활이기 때문이다. 단테의 「신곡」에서 주인공이 어두운 숲속을 헤매는 것처럼 이시영 시의 화자 또한 비슷한 방황을 거친다. 시인은 현실의 어두움 속에서도 결코 꺼뜨릴 수 없는 시에 대한 열망을 '뜨거운 볼'이라는 한 구절로 압축한다. 「겨울」 외에도 잠언이나 경구처럼 말을 덜어내어 감동을 극대화하는 시편들을 찾아볼 수 있다.

> 나는 저렇게 수많은 싱싱한 생명들이 한 순간에 죽음의 낯빛으로 바뀌는 것을 본 적이 없다
>
> —「에스컬레이터에서」 전문(『조용한 푸른 하늘』, 24쪽)

> 나는 죽음이 이처럼 수많은 사람들을 싱그러운 활력으로 넘치게 하는 것을 본 적이 없다
>
> —「지하철 정거장에서」 전문(『조용한 푸른 하늘』, 43쪽)

이시영의 단시들 중에서도 위에 인용한 두 편의 시처럼 전체 시 한 편이 한 행으로 처리되는 경우는 드물다. 위 두 편의 시가 더 특별한 것은 한 줄로 된 각각의 시가 상호 대비를 이루며 반어적 강조 효과를 내고 있다는 점 때문이다. 같은 말의 질량으로 삶의 반대 양상을 그리는 듯

한 이 두 편의 시는 서로 "동전의 앞뒷면 같은"[41] 연관성을 지니면서 "생명과 죽음은 동전의 양면과도 같은 것"[42]임을, '생명성 속에 내재한 죽음'과 '죽음 속에 갇힌 생명성'이란 결국 뫼비우스의 띠처럼 본질적으로 하나의 지점에서 만나는 근원적인 현상임을 말하고 있다.

제1시집 『만월』(1976)부터 제6시집 『사이』(1996)까지 그의 현실인식이 드러나는 대상은 주로 유년의 고향이거나 그곳 사람들, 혹은 그가 응시하는 자연과 사물의 현상들이었다. 그런데 위 시들에서 보듯 일곱 번째 시집에 이르면 그가 전작들과는 조금 다른 각도에서 삶의 풍경을 그려 보여주는 작업을 시도하고 있음을 보게 된다. 아래의 시편들에서 그러한 시적 노력을 확인할 수 있다.

> 거침없는 휴대폰, 통화 때문에 살맛난다. 휴대전화용 안테나 마그네틱 루프 안테나. ₩39,800. 집에 있는 TV를 40인치 대형 화면으로 볼 수 있는 와이드 스크린! 원산지 : 대만. ₩98,000.
>
> —「상품, 상품」 부분(『조용한 푸른 하늘』, 14쪽)

> 봉투를 열자 우르르 쏟아지는 광고지, 광고지들.

> 귀하를 성공을 위한 자기 관리가 있는 곳, 홀리데이 인 서울 휘트니스클럽에 모십니다. 남 · 여 사우나 : 온탕/냉탕/열탕/스페셜 스위밍풀/원적외선 사우나/솔라린/초음파 제트베스.
>
> —「홀리데이 인 서울」 부분(『조용한 푸른 하늘』, 18쪽)

---

41 이승하, 「생명의 질서를 측은지심을 갖고 노래하라」, 『시와시학』, 1998년 봄호, 298쪽.

42 이병헌, 「절제된 생명의 언어」, 『현대시』, 1998년 1월호, 213쪽.

> 밤, 마포 강변 놀부보쌈집 앞에 새벽이 오면 그 왕성한 놀부들은 다 어디로 가고(아마 어깨 겯고 웃통 벗고 이차들 갔겠지) 거기에도 끼지 못해 또 다른 어깨를 축 늘어뜨린 흥부네 평사원들만이 오지 않는(결코 서지도 않을) 택시를 기다리며 보도에 앉아 꾸벅꾸벅 졸고 있다. 그 뒤로 언제 그랬냐는 듯 환히 불 켜진 집 : '맛있는 집 체인점' 놀부삼겹살. 그리고 얼핏 정다운 곰바우의 실루엣이.
>
> —「회식」 부분(『조용한 푸른 하늘』, 21쪽)

기존의 이시영 시와 비교했을 때, 위 인용한 시편들에서 시도되는 새로운 실험이 다소 난데없게 느껴질 만도 하다. 그러나 이러한 실험적 작법은 그가 도회적 정서 역시도 시의 대상으로 삼으면서 현실을 성찰하는 노력을 하고 있음을 말해준다. 위 두 편의 시에서 이시영은 물질과 욕망만이 살아 꿈틀대는 시대의 민낯을 보여주고 있다. 시인은 "우리 시대가 '그렇게 되어서는 안 되고 이렇게 되어야 한다'는 식의 어떤 메시지도 남겨놓지 않고 그저 우리들 삶의 한 단면을"[43] 제시하고 있다. 즉 주관적 개입의 극소화를 통해 극단적으로 치닫고 있는 현실의 어떤 상황을 한층 강렬한 암시로서 보여주는 것이다. 이것은 현실의 은폐된 본질을 드러내는 것을 시의 기능으로 삼은 작업의 결과이다. 시인은 어떤 현상에 대한 해석을 최소화하면서 독자로 하여금 현실의 생생한 민낯을 마주하게 해 스스로 현상의 본질을 해석하는 능동성을 갖도록 하고 있다. 독자에게 주체적으로 현실을 읽을 것을 요청하는 것이다.

자본주의의 욕망과 결합한 무한질주의 경쟁 속에서 인간성도 생명성

---

43 이종암, 「두 시인의 길」, 『사람의문학』, 1997년 겨울호, 194쪽.

도 위기에 처한 현실에 그저 주저앉는 대신, 이시영은 새로운 전망을 제시하며 현대 사회의 비극적 양상들에 도전하고 있다. 그 전망이란 바로 미학적 아름다움에의 지향이다.

나는 용산성당 그 푸르른 나무둥치 숲이 좋다
한 그루는 찬미 예수를 구경하기 위해
창문 쪽으로 파르라한 머리를 잔뜩 숙이고 있고
한 그루는 비탈에 서서 꼿꼿이
하늘을 향해 찌를 듯이 서 있고
한 그루는 인간을 향해 납짝 엎드려 온몸으로 환히 웃고 있는,
나는 용산성당 그 푸르른 나무숲이 좋다

—「아름다운 일치」 전문(『조용한 푸른 하늘』, 84쪽)

위의 시는 소박하고 맑은 정경을 간략한 필치로 그려 보여주고 있다, 세 그루 나무의 형상은 구도자의 모습인 동시에 자연을 경외하고 지향하는 자, 인간에의 삶에 헌신하는 자의 모습이다. 속(俗)의 세계에 발을 딛고 서 있지만 끝없는 겸손과 사랑의 실천으로 성(聖)의 세계와의 합일을 꿈꾸는 사람의 모습이다. 오늘날 대부분 사람들은 이러한 목표에 무관심하다. 무관심할뿐더러 아예 외면하거나 내던져버리고 있다. 성스러운 세계와의 일치에 대한 무관심과 외면은 우리가 사는 세계를 더욱 어둡게 만든다. 하지만 이시영은 우리에게 성스러운 세계를 끊임없이 제시한다. 시인이 꿈꾸는 성스러움은 바로 '미학의 세계'에 있다.

"이시영만큼 일관되게 자기 시세계를 유지해오고 있는 시인도 드물다. 시집별로 약간의 차이가 있기는 하지만, 그 차이는 바로 용산성당

나무숲의 나무들의 차이와도 같"[44]다는 차창룡의 평은 결코 과장된 언사가 아니다.

아침 일찍부터 플라타너스 그늘에 모여 참새처럼 지저귀던 아이들은 노란 버스를 타고 계성유치원으로 가고
나는 고개를 팍 꺾은 채 후진하여 회사로 간다

가을이다

—「그늘」 전문(『조용한 푸른 하늘』, 71쪽)

대방동 구불구불 옛 골목길 문화이발관이 아직도 거기 있네
흰 수건을 탁탁 빨아 새하얗게 걸어놓은 집
아침이면 물 뿌린 거기로 제일 먼저 따스한 햇살이 모이고
저녁이면 금성라디오가 잔잔히 흘러나오던 곳
동네 처녀들 알전구 환한 불빛을 피해 숨어 다녔지
공군회관에선 한때 춤으로 날렸다나
얽은 얼굴이지만 백구두에 씩씩한 맘보바지, 바지런한 손
말할 때마다 거울 속에서 쫑긋쫑긋 웃는 선량한 귀
밤꽃 향기 아래 굵은 팔뚝이 자랑이던 우리들의 영웅
그 짙은 포마드 향기는 다 어디로 갔나
이제는 하얀 중늙은이 되어
옛 철봉대 아래 그윽이 웃고 있네
문화이발관

—「문화이발관」 전문(『조용한 푸른 하늘』, 68쪽)

---

44 차창룡, 「아름다운 일치」, 『현대시』 1996년 11호, 143쪽.

비 맞은 닭이 구시렁구시렁 되똥되똥 걸어와 후다닥 헛간 볏짚 위에 오른다
그리고 아주 잠깐 사이 눈부신 새하얀 뜨거운 알을 낳는다
비 맞은 닭이 구시렁구시렁 미주알께를 오무락거리며 다시 일 나간다

—「당숙모」 전문(『조용한 푸른 하늘』, 48쪽)

이시영의 『조용한 푸른 하늘』에는 "뒤에 아무것도 없는 그 막막한 끝맺음이 오히려 많은 감정을 불러일으키"[45]는 시들이 눈에 띈다. 유머러스하면서 따뜻한 감동을 자아내는 시편들도 있다. 이시영의 다양한 시적 성취들은 날이 갈수록 삭막해져가는 현실세계를 대체할 수 있는 예술적 감수성의 세계를 우리에게 제시한다.

이시영의 시 정신은 서정적이기도 하고, 때로 서정 너머의 초월이 되기도 하고, 또 뜨거운 격정의 토로가 되기도 한다. 그러다 때로는 적요의 침묵으로, 해학과 장난으로 동하기도 하고, "우주론적인 질문까지도 서슴지 않고 하는 대범성"[46]을 보이기도 한다. 일상과 자연 속 변화의 무늬들을 단순히 풍경 시로서 묘사하는 게 아니라, 자연의 풍경을 시적 이미지화하는 작업을 통해 "변하는 인간들의 내면을 꿰뚫어보"[47]는 삶의 전면을 보여준다. 이와 같은 천착이 있었기에 이시영의 시는 현실에 대한 전투적 대치를 거쳐 내면에 축적되는 성숙한 시 의식을 확보할 수 있었다.

---

45 이숭원, 「시적 감동의 비밀을 찾아서」, 『문학사상』 1997년 4월호, 331쪽.
46 이지엽, 「시적 상상력의 그물 짜기」, 『시와사람』 1997년 겨울호, 241쪽.
47 최동호, 「삶의 소용돌이와 풍경시」, 『한국문학』 1997년 겨울호, 364쪽.

'짧은 시 쓰기'는 이시영이 온몸으로 실천해온 문학적 저항의 한 방식이다. 현실의 한 단면을 시에 압축적으로 담아냄으로써 순간의 미학을 확보하는 방법론인 것이다. 오늘날 시들이 갈수록 산문화되며 난삽하고 난해한 요설이 되는 가운데 이시영의 시는 여전히 짧은 응축의 힘으로 현대인의 삶과 시대정신을 반영한다는 점에서 돋보인다. 이시영은 시에다 섣불리 자신의 판단을 개입시키거나 지나친 감성을 부려놓지 않는다. 수사를 덜어낸 담백한 언어들이 번뜩이는 이시영의 시는 마치 높은 경지에 이른 검술의 일획 같은 느낌을 준다. 고요하면서도 날카로운 힘이 시 안에 있다. 최소한의 언어 운용을 통해 그의 현실인식은 더욱 간명한 표상으로 시에 나타나게 된다.

> 세상에 이처럼 단순한 기록을 남긴 왕도 있다.
>
> 혜왕(惠王)의 이름은 계(季)이며 명왕(明王)의 둘째 아들이다. 창왕(昌王)이 세상을 떠나자 뒤를 이어 왕위에 올랐다.
> 2년(599)에 왕이 세상을 떠났다. 시호를 혜(惠)라고 했다.
>
> 말하자면 왕이 된 그 즉시 세상을 떠났으므로 아무런 치적도 패악도 남길 새 없었다.
> 깨끗하다. 백제 제28대왕.
>
> —「사기(史記)에서」 전문(『조용한 푸른 하늘』, 11쪽)

이 시에서 이시영은 기존에는 잘 사용하지 않던 마침표를 활용한다. 문장마다 마침표를 마치 자신의 무인처럼 찍어놓으면서 이 시를 역사적 사실에 대한 기록처럼 보이게 하고 있다. 시인은 자기 시세계의 사마천이자 군주이다. 그런 시인이 시집 첫머리에 서시나 시인의 말 대신 이 시를 배치했다. 이는 위 시에 담긴 문장의 함의들이 이시영의 일곱 번째 시집을 대표하는 정신이라는 이야기다. "깨끗하다"는 짧은 한 문장은 바로 이시영 그 자신 스스로에 대한 자각이자 다짐이며 "시인의 시선이 높고 푸른 곳을 지향하고 있다는 사실이다."[48] 그러나 이시영의 시가 단형화되고 또 서정성이 짙어졌다고 해서 사회적 현실에 대한 그의 날선 자각과 비판의식이 잦아든 것은 아니다. 그의 이야기시가 가졌던 치열한 고발성은 단형 시정시에서 보다 강렬하게 이미지를 극화하는 방식으로 구축되고 있음을 제7시집에서 확인할 수 있다. 이시영에게 단형 서정시는 거추장스러운 겉옷들을 벗어버리고 그대로 세계의 알몸인 본질과 마주하겠다는 의지다.

> 생쥐가 한 마리 입에 빨간 피를 물고 죽어 있다
> 어느 사나운 바퀴가 으깨며 지나갔나
> 생쥐가 한 마리 입에 빨간 피를 물고
> 새벽에 죽어 있다
>
> —「길」 전문(『조용한 푸른 하늘』, 38쪽)

'바퀴'로 상징되는 거대한 폭력에 무참히 짓밟히고만 작은 생명체를 바라보는 화자의 시선이 극도로 냉정하고 사실적이다. '사나운'이라는 단 한 형용사로 인해 시의 정서는 집중되고 폭발한다. 인간 삶에 근원적인 폭압을 가하며 죽음에 이르게 하는 어떤 거대한 힘의 그림자를 시

---

48 이승원, 「마음의 물결무늬」, 『현대시』 1996년 12월호, 235쪽.

인은 죽은 생쥐의 모습에서 투시해낸다. 더 이상의 설명이나 서술은 필요치 않다. 이 시는 "새벽에 죽어 있다"라는 문장으로 종료된다. 새벽은 새로운 하루가 시작되는 시간이다. 그 시작의 시간에 누군가의 삶이 처참하게 종료돼 있는 현실을 목격하는 것은 "사나운 바퀴"에 대한 분노를 일으킨다. 이처럼 이시영은 서정성의 표출 속에서도 그 "서정적인 조사(措辭)의 뒤안에 항상 투철한 현실인식을 드리우고 있"[49]다. 이시영의 현실인식은 생쥐로 상징되는 작고 소외된 존재에 대한 연민을 그 뿌리로 둔다. 이시영은 미물에게조차 생의 무게가 지나치게 무겁다는 비극적 사실을 떠올리며 고통스러워하는 시인이다.

> 그가 이미 단 몇 개의 말로 생의 장엄한 한순간을 찍어내는 어떤 지점에 이르고 있음을 예감한다. 만일 그것이 안정적인 성취를 얻는다면 그는 그야말로 동양적인 회귀를 통해 우리 시가 그토록 경원해 온 근대 이전의 시가적 전통에 이르는 길 하나를 뚫는 셈이 되지 않을까 싶다.[50]

『조용한 푸른 하늘』에 대한 여러 평론 중에서도 특히 위에 인용한 이 한 단락은 중기를 지나 더 원숙한 경지로 가는 이시영의 문학적 여정을 중간 결산하고 있다. 초기의 서정적 시 정신에 더하여, 이 시기 이시영의 문학적 여정은 개별 존재의 삶은 물론 시대라는 거대 존재의 진상을 문학과 현실이라는 관계의 층위 속에서 구현해내는 경지에 이른다. 그

49 김선학, 「정서의 이중구조」, 『현대문학』 1997년 4월호, 425쪽.

50 이영진, 「초월 · 갈등 · 절망 그리고 '저 뒤쪽 어디'」, 『창작과비평』 1997년 겨울호, 367쪽.

과정에서 '생명성'은 그에게 매우 중요한 과제가 된다.

이시영은 무언가의 극점에 이른 순간 현상의 저변에 숨어 있는 고요한 핵심을 그려낼 줄 안다. 극도의 긴장과 노력, 그보다 더한 노역을 거쳐야 닿을 수 있는 지점에 그가 직접 서 보았기 때문이다. 그래서인지 『이슬 맺힌 노래』로부터 본격화된 그의 단형 서정시의 궤적은 『무늬』와 『사이』를 지나 『조용한 푸른 하늘』에 이르면 마침내 한 줄 시행의 모습까지 보여주고, 그 절정의 극점을 통과한 이후 보다 자유롭고 편안하게 삶과 사람의 이야기를 풀어놓기 시작한다. 시에서 단 하나의 문장 외에 다른 것들은 시의 정수를 내보이기 위한 장식 또는 설정이라는 인식의 결과물인 것이다.

그런데 이러한 경향만이 이시영의 시 전반을 압도하고 있는 것은 아니다. 이른바 산문체의 이야기시라 할 만한 꽤 긴 호흡의 시들이 『조용한 푸른 하늘』에서 다수 목격되고 있기 때문이다. 다만 "좋은 시를 쓰고 싶다"고 한 첫 시집(『만월(1976)』)의 겸손한 후기로부터, 스스로 '정리' 수준이라 채찍질하며 희망의 여지를 남긴 두 번째 시집(『바람 속으로(1986)』), "작지만 긴장에 오래 견디는 시를 써보고 싶다"는 포부와 "불안한 이정표"를 고백한 세 번째 시집(『길은 멀다 친구여(1988)』), 짧은 시에 대한 천착이 편편마다 이슬처럼 맺힌 제4시집(『이슬 맺힌 노래(1991)』), 자신과 대상, 그리고 현상의 지극한 '결'에 대한 골똘한 응시가 짧은 시들로 응축된 제5시집(『무늬(1994)』), 그 집중된 응시의 끝점에서 목격한 삶과 우주의 찰나적 순간, '틈새'를 풍경의 단면으로 포착한 제6시집(『사이(1996)』), 그리고 어머니라는 "마음의 고향"과의 석별 이후 다양하고 낯선 현대적 삶의 풍경들에 잔잔히 눈을 돌리기 시작한 일곱 번째 시집(『조용한 푸른 하늘(1997)』)까지. 찬찬히 들여다보면 시집의 표제들과 시인의 말, 무엇보다 시집에 실린 각각의 시편들이 시간 흐름에 따른 이시영의 서정과 인식의 미묘한 변화를 나타내주고 있음을 알 수 있다. 시대 변화에 맞는 형식의 추구가 이시영에게는 중요한 과제가 되었고, 단형시의 실험과 서사시의 실험 모두가 필연적으로 이뤄질 수밖에 없었을 것이다. 산문체의 이야기시는 단형시와는 달리 그걸 읽는 자체로 새로운 현실을 구성하는 효과를 낸다. 본질도 중요하지만, 그 본질을 구성하는 주변을 명징하게 드러내는 작업 또한 중요하기 때문이다.

보다 일상에 근접하여 초점을 맞추고, 일상성에 대해 발화하기 시작한 일곱 번째 시집은 이시영 시세계의 변화를 암시하고 있다. 그리고 제8시집 『은빛 호각』에서 이시영은 다수의 이야기시를 쏟아낸 후 시집의 마지막을 이렇게 갈음한다. "앞으로는 제발 내 시에서 은빛 찬란한 호각소리가 들렸으면 좋겠다"[51]라고. 아래 인용하는 기사의 한 대목은 이시영의 당부에 대한 회신으로 읽어도 무방할 것이다.

> 이시영의 8번째 시집 『은빛 호각』은 기억의 강가에서 들려오는 은빛 호각 소리다. 그 호각 소리는 때론 지나간 과거의 기억을 은빛으로 집합시키기도 하고, 또 어떤 때는 삼라만상의 속내까지 은빛으로 물들이기도 한다."[52]

51 이시영, 『은빛 호각』 「시인의 말」, 창비, 2003, 138쪽.

52 이종찬, 「기억의 강가에서 들려오는 은빛 호각소리」, 〈오마이뉴스〉 2003년 12월 16일.

시를 읽고 이 기사를 읽으면 이시영 시의 맑고 환하게 쩔렁이는 소리들이 들려오는 듯하다. 북이나 나팔이 아닌 호각이 발산하는 소리 이미지, 작지만 결코 무디지 않은, 그러면서도 따뜻함이 묻어 있는 청각 이미지가 시집의 정체성을 말해준다. 이 호각 소리는 더는 들리지 않는 소리다. 어쩌면 귄터 그라스의 "양철북"과도 같은 소리일지 모른다. 그러나 양철북이 기성의 질서를 마구 파괴하고 뒤흔드는 것에 비해 그의 호각 소리는 상실한 것들을 향한 호출이자 그 회복을 통해 현실을 재구축하고자 하는 따뜻한 의지라고 할 수 있다.

『은빛 호각』에서는 그의 초기 시집에서처럼 다시 산문체 이야기시가 양적 증가를 보이지만, 1970~80년대의 그것과는 사뭇 다른 의미론적 양상을 보여준다. 초기 시에 펼쳐진 이야기들이 사회현실에 대한 직접적 조명과 비판에 가까웠다면, 이 시집에서는 이야기 그 자체가 개인 회고담이나 "거대역사에 가려져온 '또 하나의 역사'"[53] 이야기의 질료가 되어 자연스럽게 부조되고 있는 것이다. 그래서 그의 시에는 그 시대에 이는 바람의 방향과 온도가 느껴진다.

> 잠실시영아파트가 재건축으로 곧 헐린다고 한다. 베란다에 저보다 큰 장독대들을 이고 장장 삼십년을 버텨온 13평짜리 공중 시멘트집. …(중략)… 그리고 79년 10월 27일 아침, 출근길의 아파트 단지에 검은 까마귀떼처럼 펄럭이며 내려앉던 하얀 신문 호외들 '대통령 유고'. 그 다음은 숨가쁜 사건들의 연속이어서 일일이 다 기억의 필름을 인화할 수 없다. …(중략)… 지금도 금촌상회를 돌아가면 썬글라

---

53 나희덕, 「문명적 조건과 싸우는 다양한 내면 풍경들」, 『문예연감』 2004, 66쪽.

스를 낀 서너명의 촌스런 형사들이 송기원을 잡겠다고 서성거릴 것만 같은 곳, 한 낯익은 장발의 사내가 급히 성내역 쪽으로 뛰어가다 돌아서서 "촌놈들!" 어쩌구 하면서 중얼거릴 것만 같은 곳, 아니 밤이면 모랫벌을 휩쓸고 가는 바람소리가 무섭던 곳, 그러나 아침이면 고웁게 쌓인 눈발 위로 바지런한 사람들의 발자국이 선명하게 찍힌 곳, 그리고 간혹 어두운 하늘로 신성한 새가 날아오르기도 하는 잠실4동 시영아파트.

— 「잠실시영아파트」 부분(『은빛 호각』, 28~29쪽)

잠실시영아파트라는 개인적 삶의 공간이 시대의 삶과 역사가 묻어 있는 공간으로 번져나가며 서사는 확대된다. 그러나 "그가 사랑했던 역사와 개인의 삶 속에서 끌어낸 이야기들은 후일담류의 뜨거웠던 역사에 대한 그리움이나 감상을 동반하지 않"[54]으며, 시에 나타나듯 과거와 현재가 중첩된 풍경에서 시인은 다시 고요히 내면적 시점으로 돌아온다. "'잠실시영아파트'는 시인의 거주지이자 역사적 사건이 일어난 현장이기도 한데, 시인은 객관적 거리를 유지하면서 담담하고 나직하게 그 상황을 서술"[55]한다. 이 서술의 목적은 곧 헐려버릴 낡은 시대가 간직하고 있는 감수성의 재확인인 동시에 '옛것'이 그렇게 쉽게 헐려도 되는가에 대한 질문에 있다. 헐려버려도 여전히 남아야 할 의미와 가치들, 풍경을 포착해 기억의 필름에 담아두려는 이시영의 시학이 여기에 있다.

이시영은 역사라는 시간의 심해에서 거대담론의 인양이 아닌 "사소한 것 속에서 우리들을 환기시키고 그것들을 살아 있는 것으로 만들어

54 박형준, 「그리다 만, 미소 자국」, 『현대시학』 2004년 2월호, 27쪽.

55 맹문재, 『2004 '작가'가 선정한 오늘의 시』, 작가, 2004, 21쪽.

내는"[56] 장면들을 추출하여 보여주는데, 감정선이 배제된 덤덤한 제시가 더욱 강한 정서적 흡인력을 발휘한다. 그 덤덤함을 통해 이시영이 재현해내는 과거의 장면들은 흑백영화처럼 독자에게 펼쳐진다. 옛 시간을 현재로 인식하면서 자신이 지금 딛고 있는 현실을 새롭게 재해석하게 하는 시점(視點)을 제공하는 것이다.

여러 실존 인물들이 등장하는 과거의 에피소드를 들려줄 때도 그는 인물에 대한 성격적 판단이나 감정을 노출하지 않고 다만 그들의 행동을 있는 그대로 '보여줌으로써' 잔잔한 웃음과 함께 의미를 이끌어내고 있다. 역시 독자의 주체적 능동성을 존중하는 동시에, 이야기 시가 갖는 재현력을 최대화하려는 것이다. 마치 화가가 인물의 중요한 특징만을 추려 간략한 터치만으로 캐리커처를 그려내듯 이시영은 대상의 특징을 대번에 파악하고 이미지화한다.

> 신경림 구중서 조태일 시인이 계엄법 위반으로 종로경찰서에서 잠시 구금되어 있을 때였다. 소식을 듣고 달려갔더니 세 사람이 나란히 면회실로 나오는데 표정들이 가관이었다. 조태일 시인은 허공에 연신 동그라미를 그리며 담배를 피고 싶다고 했고 신선생은 몇올 안되는 염소수염을 달고 서림이처럼 해해거렸고 구선생은 약간 삐딱한 옆모습으로 서서 아이처럼 초밥이 먹고 싶다고 했다. …(중략)… 이틀을 더 머물다 그들은 서울구치소로 넘어갔는데 수갑이 모자라 세 사람을 한데 묶는 바람에 가운데 낀 신선생이 그들의 큰 걸음을 따라잡느라 오리처럼 심하게 뒤뚱거렸다고 한다.
>
> —「1980년 여름 종로경찰서」 부분(『은빛 호각』, 42쪽)

---

56 유재천, 「잃어버린 신화, 귀향, 여성적 자아 찾기」, 『시와사람』 2004년 봄호, 66쪽.

> 동해 쪽빛 바다에 봄 파도 밀려올 제 구룡포 바람받이 언덕에 쏴아 쏴아 보리 물결 부서지는 것 일품이었다. 물회집 들창 너머로 이 광경을 이윽히 지켜보던 서정주 영감 왈 "내 이담에 필시 이곳에 와 집 짓고 살 것인즉 땅 나면 꼭 알려주소." 하였겼다. 몇달 뒤 부지런히 들락거리며 땅 나기를 알아본 늙은 문학청년이 선생께 전화를 드렸다. "선생님, 구룡포 대보면 언덕에 좋은 땅이 났습니다요. 어찌 잡아둘까요?" 그러나 스승은 영 딴전이었다. "아아 내가 언제 그런 말 한 적이 있었던가 이 사람아. 자네 바닷바람에 마신 소주가 좀 과하셨나 보구먼그려!"
>
> —「미당이 구룡포 가서」 전문(『은빛 호각』, 44쪽)

이시영의 시적 전략은 매우 짧은 시형의 서정시를 거쳐 이야기가 강조되는 산문시에 이르게 된다. 여기서 이시영의 담백한 입담은 시에 심상치 않은 재치와 해학을 부려놓는다. 최명희, 김사인, 송기숙, 조태일, 이문구, 김남주, 신경림, 박봉우, 심지어 그의 스승인 미당에 이르기까지 그의 시에 등장하는 인물들은 하나같이 한국 문학사의 거목들이지만 권위나 특별함과는 거리가 먼, 인간미 넘치는 일상인의 모습을 보여준다. 이시영이 우리 문학사의 미시적 사건들, 선후배 및 동료 작가 개개인 삶의 면면에 대해 해박하다는 점은 널리 알려져 있다. 이른바 한국문학의 '야사(野史)'라 할 수 있는 풍경들까지 시에 담아낼 수 있을 만큼 그의 입담은 신통하다.

이는 "지나간 역사를 바라보는 시인의 시선이 매우 유연해졌음"[57]을

---

57 박남희, 「人爲와 無爲의 변증법」, 『불교문예』 2004년 여름호, 131쪽.

의미하는 것이다. "압축형 '만인보'"[58]라고도 이름 붙일 만한 이 이야기들은, 뒤늦게 시인이 역사적 비화를 가지고 전하는 농(弄)이 아니다. 그가 어느 지면에서 밝혔듯 이는 "타인들을 안고 가는 세상"(『민속예술』 인터뷰(2004) 중)에 대한 그의 신념을 보여주는 것이며, 공동체의 일원인 타인에 대한 공감과 이해, 뜨거운 애정이 우리 사회에 꼭 필요한 가치임을 역설하는 것이다. 잠시 농담 반 진담 반의 이야기를 더하자면, 이시영의 '압축형 만인보'에 오르지 못한 시인들은 아마 두고두고 섭섭해 하지 않을까? 이시영의 문학 야사에 등장하는 것은 어쩌면 한국 문학사의 한 페이지에 기록되는 일이니, 시인들에게는 영예가 되었을 지도 모르겠다.

각설하고,『은빛 호각』에서 이시영은 '호각 소리'가 먼 데 있는 것을 부르듯 현재로부터 멀리 떨어진 과거의 추억들, 그 시간을 함께 살았던 사람들, 이제는 사라진 풍경들을 현재로 불러내고 있다. 그가 복원해 그린 풍경 속에는 개인의 삶은 물론 공동체의 역사가 한데 어우러져 있다. 이 복원된 풍경에 화려한 수사나 감정적 과장은 없다. 이시영은 그저 질박한 표현으로 질박한 모습을 재현해낼 뿐이다.

이야기와 서정의 질료를 적정하게 배합하면서도 그의 시는 현실의 가장 첨예한 사건들, 그 생생하고 핍진한 인간 삶의 현장을 결코 놓치지 않는다. 그때 우리는 이시영의 시를 통해 "시적 리얼리즘과 서정의 본질을 아우를 수 있는 양식으로서 서술시의 가능성"[59]을 충분히 확인하

58 이승원, 「이야기 속의 추억과 명상」, 『동서문학』 2004년 봄호, 141쪽.

59 이혜원, 「은빛 서정의 파동」, 『현대시학』 2004년 1월호, 266쪽.

게 된다.

그가 스스로 밝혔듯 "이 세상 이야기에서 너무 멀어지는 듯"한 것에 대한 "반성적 작업"이 인물과 시대 이야기가 다수 포함된 『은빛 호각』이었다면,[60] 불과 6개월 만에 출간한 『바다 호수』는 앞선 시집에서 부각된 이야기시를 좀 더 전면에 제시하고 있다. 최원식은 『은빛 호각』의 추천사에 "그가 걸어온 고통의 역사 속에 보석처럼 박힌 기억을 순정한 언어로 호출한 그의 산문시는 시와 산문의 스파크를 보여준다"고 썼다. 이시영 그 자신 역시 『바다 호수』 자서에서 '스파크'와 같은 강렬한 시적 영감과 조우한 경험을 "시의 밀물"이라 표현하며 다음과 같이 고백하고 있다.

> 시가 무슨 '보복'처럼 한꺼번에 몰려왔다. 나는 그것을 밤새워 성실하게 받아 적었다.[61]

두 번째 시집 이후 이시영의 시업에는 속도가 붙었다. 시업에 박차를 가하면서 그는 시적 언술의 절제를 목표로 삼아 왔다. 과언(寡言)의 일관됨을 유지하면서도 끊임없는 시적 자구(自救)의 노력을 기울여 온 것이다. 앞서 언급했듯 이야기시와 짧은 시가 공존하며 내용과 형식 간의 접점을 찾던 그의 초기 시 형식은 이후 단형 서정시를 유지하다가 『은빛 호각』 이후 다시 이야기시로 옮겨간다. 『은빛 호각』의 110편, 『바다

60 김광일, 「이시영—시인보다 먼저 일어서는 시인, 시詩 심부름꾼」, 『시인세계』 2004년 겨울호, 169쪽.

61 이시영, 『바다 호수』 서문, 문학동네, 2004.

호수』에 실린 총 119편의 시들 중 산문체의 이야기시로 볼 수 있는 작품의 편수는 거의 8할이 넘는 비율로 훌쩍 늘어났다. 단형시와 이야기시라는 대조적 형식 실험을 동시에 진행하면서, 함축과 거대서사를 오가는 자유자재한 시력(詩歷)을 발휘해온 것이다.

『바다 호수』에는 이시영의 기억에 저장된 한국 문학사와 개인적 삶의 안팎이 다양한 에피소드로 소개되어 있다. 그는 왜 '이야기시'라는 시도를 계속 해나가는 것일까? 시집의 자서에서 이시영은 다음과 같이 말한 바 있다.

> 나는 이미 나 혼자가 아니다. 그분들 속에 내가 들어가 살아 있듯 그들도 내 속에서 이렇듯 사라지지 않는 긴 시간을 함께 살고 있는 것이다.[62]

위 발언은 이시영 개인의 고백인 동시에 한 시대를 함께 겪어낸 다수 대중의 집단서사 내지 공동체적 자전(自傳)으로서의 진술이다. 이시영은 1974년 유신헌법 반대서명으로 연행되어 중앙정보부에서 조사를 받았고, 1980년 민주화운동의 전진기지라 할 『창작과비평』 편집장으로 입사하여 후일 수차례 옥고를 치른 바 있다. 치열한 시대를 관통해온 개인적 삶의 경험들은 시간의 풍화작용 가운데 자기성찰을 더해 한층 깊어진 진실의 목소리로 발화되었다. 그리고 그 과정에서 개인적, 보편적 삶을 함께 구성한 동시대인들의 삶은 곧 그의 문학적 토양이 되었다.

T.S. 엘리엇은 자신이 유럽 문학 전체의 역사를 쓴다고 말한 바 있

---

62 위의 글, 같은 곳.

다. 엘리엇처럼 이시영도 자신의 시업이 그가 살아온 개인적 삶과 시대의 질곡 전체를 작품화하는 것임을 철저히 자각하고 있다.[63] 그의 역사의식은 그래서 역사에 대한 객관적 해석에 머무는 것이 아니라, 개인적 체험의 공간을 공동체적 삶의 지평으로 넓히며 새로운 역사적 의미 지점을 향해 나아가는 양상을 보인다.

> 1982년 6월 시집 『타는 목마름으로』를 '납본필증' 없이 사전 배포했다고 하여 이틀간 안기부 조사를 받은 뒤 풀려날 때였다. 퇴계로에서부터 트럭 하나가 우리 뒤를 따라붙더니 중앙청 문공부까지 따라오는 것이 아닌가. 수사관들과 함께 어느 국장 방으로 갔더니 백지를 내밀며 '재산포기각서'를 쓰라고 했다. 그 트럭에는 시중 서점에서 압수한 1만여 권의 시집이 실려 있었던 것이다. 그날 저녁 원효로 경신제책에선 나와 수사관들이 지켜보는 가운데 지형과 함께 시집 1만 권이 분쇄되었는데 …(중략)… 그리고 일 주일 후 김상무에게서 폐휴지값 5만8천 원이 나왔으니 찾아가라는 연락이 왔다.
>
> —「타는 목마름으로」 부분(『바다 호수』, 100쪽)

> 1978년 4월 성공회 서울대교구 강당. 경찰의 삼엄한 감시 속에 자유실천문인협의회와 백범사상연구소 공동 주최 제1회 민족문학의 밤이 열리고 있었다. 후끈한 열기를 가르며 사회자의 달뜬 목소리가 흘러나왔다. "반민주화투쟁에 앞장서신 성내운 선생을 모시겠습니다. 낭송할 시는……" 갑자기 청중석 여기저기서 킄킄거리는 소리가 들리더니 드디어 참지 못하고 와르르 웃음 보따리가 터지고 말았다. …(중략)… '반독재투쟁' '반유신투쟁'을 너무 자주 외치다보니 어느

63 채상우, 「인터뷰 : 영구혁명을 꿈꾸는 철저한 현대주의자」, 『민속예술』 2004년 7월호, 22쪽.

새 입에서 반민주화투쟁이 되어버린 것이다. 그후로 성내운 선생은 이문구씨만 만났다 하면 이렇게 놀리곤 했다. "어이 이선생, 요즘도 반민주화투쟁에 얼마나 노고가 많으시나?"

—「제1회 민족문학의 밤」 부분(『바다 호수』, 82쪽)

공권력이 문화예술을 공공연하게 검열하고 탄압하던 시절을 회상하는 이시영의 입담은 덤덤하면서도 또 유머러스하다. 유머는 페이소스를 담아내고 있는데, 시의 소재가 된 해프닝은 일견 우습게 보이지만 그 내부에는 유신독재라는 시대의 비극이 고통스런 상처로 벌어져 있다. 이시영의 시가 단순한 옛 기록이나 유머러스한 입담에만 그치지 않는 것은 실제 있었던 과거의 일 가운데 섬광처럼 빛나던 어떤 정신들을 포착해내는 능력 때문이다. 이시영의 시에 등장하는 인물들은 영웅이나 전기 속 위인의 모습을 하고 있지 않다. 일상인으로서 자신들 삶의 민낯을 고스란히 보여준다. 그러면서 영웅이 된다. 이는 묘한 역설이다. 평범한 개인이 자신에게 주어진 삶을 최선을 다해 살 때, 그는 영웅이 될 수 있다는 것이다. 역사란 이름난 위인에 의해 이루어지는 게 아니라 평범한 개개인의 삶이 모여 완성된다는 것을 우리는 이시영의 시를 통해 확인할 수 있다.

보편적인 일상성 속에서 진실은 더 큰 위력과 울림을 갖게 되는 것이다. 이것이 바로 이시영이 꿈꾸는 진정한 문학의 '리얼리즘'이다. 그에게 리얼리즘이란 산 사람을 죽은 사물로 박제시키지 않고 죽은 사물들조차 현재에 되살려내는 끊임없는 '창조적 해석'이다.[64] 이시영의 시는

64 위의 글, 21쪽.

시를 읽는 이들로 하여금 주체적이고 창조적인 해석을 통해 이 세계의 진실을 스스로 열어볼 수 있게끔 공간과 여백을 마련해주고 있다.

기실 우리가 역사라고 믿는 것도 단순히 '실제 일어난 일들에 대한 정확한 기술'일 수 없고, 그 "역사적 사실도 무수한 사실로부터 취사선택해서 재구성된 사실이며 그러한 한에서 사색적 상상력의 소산이라는 측면을 부정할 수 없"[65]을 것이다. 역사를 서술할 때 현재를 구성하는 데에 유리한 쪽으로 취사선택하는 것은 불가피하다. 이 취사선택은 서술자의 고유한 몫이다. 이때 서술자가 취사선택한 과거의 기록과 기억, 그리고 해석들이 많은 이들의 보편적 공감을 얻으려면 서술자의 역사관이 정치적 올바름과 진실에의 지향을 향해 기울어져 있어야만 한다. 이시영은 그 자신이 살아온 진실한 삶, 정의를 향해 일관되게 내쉬어온 오랜 호흡을 통해 시대의 생생한 이야기들을 증언하고, 독자들은 그것을 역사적 진실로 승화해 읽게 된다.

> 흘깃 보니 윤흥길 형이 특유의 느린 동작으로 책상 위에 소지품들을 꺼내놓고 있었다. "아니, 이건 뭐야? 성남 대단지라니?" "아 그건 제가 소설을 쓰기 위해 취재한 메몬데요." "아니, 왜 하필이면 주민 폭동이 일어난 성남을 대상으로 소설을 써? 당신 반체제지? 그리고 또 아홉 켤레는 뭐야?" "아 그건 주인공이 신을 구두인데요……" "아니, 이 사람이……"
>
> —「아홉 켤레」 부분(『바다 호수』, 72쪽)

"이봐요, 보안과장! 당신 말이야. 우리가 개돼지로 보이는 거야 뭐

65 유종호, 『문학이란 무엇인가』, 1994, 55쪽.

야? 설날을 맞아 조상들께 절을 올리며 지나온 날을 반성하고 日新又日新을 다짐하고 있는데 이 경건한 차례상을 걷어치우라고? 이게 당신들의 교도행정이야, 뭐야? 권장은 못할망정이면 가만히나 있어. 가서 조용히 엎드려 있으란 말이야. 이놈의 구치소 다 깨부셔버리기 전에." 일촉즉발의 상황이 지나가자 사위가 갑자기 꿀 먹은 듯 조용해졌다. 어색한 침묵을 깨고 K가 보안과장의 두터운 어깨에 손을 얹으며 말했다. "금년에는 승진도 해야 되는데 말이야……"

—「K이야기」 부분(『바다 호수』, 64~65쪽)

장면마다 예상을 깨는 "난데없음"이 지뢰처럼 폭발한다. 반전에 반전을 거듭하는 이야기 전개가 대단히 자연스럽다. 이런 이야기시를 읽다 보면 시가 이렇게 장르 본래의 영역을 무한대로 넓혀도 되는가 하는 의문이 생기기도 한다. 그러나 현실의 본질을 함축하고 있다는 점에서 그의 이야기시는 시의 미덕을 오롯이 성취하고 있다. 이시영의 '리얼리즘'은 작가가 어떤 사건에 직접적으로 개입하거나 자신이 알고 있는 사실을 무작정 폭로하는 방식을 취하지 않는다. 그의 이러한 객관적 거리두기는 농담을 통해 더욱 관조적 성격을 띠게 되는데, 시를 읽으며 웃음 짓던 독자는 마치 자신이 특정 사건의 목격자, 관조자가 된 듯한 공감을 체험한다. 이러한 거리두기의 시학은 어쩌면 기득권과 권력자들에 대한 은유적 비판인지도 모른다. 아리스토텔레스가 말한 것처럼, 권력을 쥔 자의 허위와 무지가 자신의 '힘'을 입증하는 과정에서 그 자신의 폭력성과 저열성을 폭로하게 되며, 그것을 통해 대중들은 스스로 진실의 핵심에 가까이 접근하게 되기 때문이다.[66]

66 아리스토텔레스는 『시학』에서 '오이디푸스 왕'의 예를 들며 "뒤바뀜 – 변전(變轉)"

이시영의 시들은 현상을 있는 그대로 보여줌을 통해 발화하는 방식을 취한다. 과도한 감정을 입히지도 않고, 모호한 기의(記意)들을 심어두지도 않는다. 그럼에도 그의 시는 과거와 현재, 기억과 현실, 인간과 자연, 정서와 이념, 차안과 피안 등 대립적이거나 상호적인 세계의 안팎을 두루 보여준다. 그에게 사소한 풍경이란 없다. 그는 평범한 일상에서도 비상한 의미를 찾아내는 시인이다.

이시영은 『은빛 호각』과 『바다 호수』 이후 제10시집인 『아르갈의 향기』에서도 비슷한 방식의 시업을 이어간다. 『바다 호수』에서 시인의 시선이 주로 특정 시대의 사건과 인물들에 주목하는 편이었다면 『아르갈의 향기』에서는 보다 확장된 시간과 공간, 대상들을 아우르며 이야기시의 외연을 넓히고 있다.

한동안 그의 시에 나타나지 않았던 빨치산과 토벌대 이야기가 나오기도 하고, 사형수의 이야기라든가 조선인 가미카제 특공대의 이야기, 또 일간지 기사를 옮겨 쓴 시 등이 눈에 띈다. 남북한 군인들, 스님 등 다양한 인간 군상부터 멧돼지, 직박구리, 황새, 오소리 등 동물까지 다채로운 대상들이 시에 등장한다.

엄혹한 시절을 치열하게 통과해온 삶의 기록들을 앞의 두 시집에서 맹렬히 쏟아낸 이시영은 『아르갈의 향기』에 와서는 한층 넉넉해진 시

과 "깨달음-발견"의 개념을 설명하고 있다. 사건의 핵심은 오이디푸스의 출생의 비밀이 밝혀지는 것으로부터 시작되는데, 여기서 가장 중요한 것은 "본의 아니게"의 지점이다. 의도치 않은 "역전"의 순간, 그리고 그로 인한 "자각"의 순간에 이야기는 위대해지는 것이다. 그가 말했듯 "가장 효과적인 깨달음은 뒤바뀜과 직접 결합하여 발생하는 경우"이다. 그러나 물론 그것은 작가가 가장 극적인 효과를 얻기 위해 쓴 문학적 장치다.

야와 품을 보여준다. 다양한 삶의 양상을 조망하는 체험적 진술이 그의 문학적 지평을 한층 더 깊고 넓게 확장시키는 것을 볼 수 있다.

> 70년대의 어둠 찬 겨울 하늘, 닭털 침낭 일곱 개를 구입해놓고 우리 모두 감옥으로 가자고 결의한 밤이 있다. 그런데 그 후 닭털 침낭은 어떻게 되었는지……
>
> —「닭털 침낭」 전문(『아르갈의 향기』, 25쪽)

> 모자를 푹 눌러 쓴 어둑한 인민복 차림의 북한의 한 농부가 쟁기를 잡고 푸른 밭갈이를 하고 있는데 불쑥하니 솟은 앞뿔을 마구 휘두르며 더운 콧김을 내뿜으며 소가 자꾸 뒷걸음질을 치고 있다.
>
> —「봄, 금강산」 전문(『아르갈의 향기』, 41쪽)

> 문구 형님 친구 중에 조태현이라는 큰 깡패가 있었다. 형님의 유골을 고향 뒷숲에 뿌려주기로 했다고 말하자 그가 돌아서면서 큰소리로 외쳤다. "일단 내가 한 줌 먹고!" 사람들이 순간 벌린 입을 다물지 못했다.
>
> —「한 줌」 전문(『아르갈의 향기』, 60쪽)

> 몽골고원에서 반질반질 닳은 말뼈 하나를 주워들고 두드려보았다. 아무 소리도 들리지 않았다. 대신 새로 태어난 송장메뚜기들이 작은 뿔눈들을 뜨고 풀밭 위로 툭툭 튀어 올랐다.
>
> —「주검」 전문(『아르갈의 향기』, 93쪽)

> 제주도 서귀포의 한 갓길에서 보랏빛 몸매의 늘씬한 직박구리 한 마리가 새로 핀 동백꽃 속에 부리를 묻은 채 한동안 떨어져나올 줄 모르다가 때맞춰 부는 바람에 하늘로 훤히 들린 새빨간 꽁무니가 연

합뉴스 카메라에 찰칵 잡히다.

—「직박구리의 꽁무니」 전문(『아르갈의 향기』, 109쪽)

서정시의 가장 전통적인 전략은 독자의 감성에 호소하는 것이다. 시인은 자신의 주관적 감정을 객관적 상관물에 입혀 독자에게 전달한다. 은유, 직유, 환유, 상징 등 문학적 장치가 정교할수록 독자들은 시인의 '속말'을 더욱 잘 들을 수 있게 된다. 그런데 이시영의 시들은 그러한 문학적 접근법을 의도적으로 비껴간다.

위의 시편들에서 그가 부려놓는 장면들은 지극히 일상적이거나 사소하게 개인적이다. 닭털 침낭 일곱 개의 행방이라든가 금강산 자락의 뒷걸음질 치는 밭갈이소 이야기라든가 직박구리 빨간 꽁무니와 몽골고원 송장메뚜기에 대한 고찰 등 개개의 사건들은 서로 어떤 관련성도 없으며 다만 한때 시인이 경험한 낱낱의 사실들로서 존재할 뿐이다. 그럼에도 이시영은 이러한 이야기시에 주관적 해석이나 감정의 이입을 철저히 배제하며 객관적으로만 진술한다. 사과를 주관적으로 묘사하는 게 아니라 그것 그대로 살게 내버려둠으로써 가장 사과에 가깝게 그려내는 세잔의 기법을 떠올리게 한다. 이러한 객관적 묘사의 방법론은 이시영이 "시란 인간과 그를 둘러싼 우주 사이의 관계를 살아 있는 순간에 드러내는 것"이라고 한 D.H. 로렌스를 늘 기억하기 때문에 가능한 것이다.[67]

이시영의 시들은 섣부른 감정 호소나 정서적 충동에 기대지 않고, 늘

67 김용락, 「대담 : 우리 시대의 작가 이시영—살아있는 시, 생동감 있는 시에 대한 열망」, 『사람의문학』 2004년 겨울호, 44~45쪽 참조.

한 발짝 떨어져 대상과 세계를 독자에게 보여주는 것으로 그 문학적 소임을 다한다. 여러 이야기를 하나로 엮어가는 『삼국유사』나 시인의 체험을 신화적 이야기로 변형하는 『질마재 신화』와는 그 방법이 다르다. 지극히 사소하고 평범한 것이어서 시인 자신이 아니면 누구도 기억하지 못할 풍경들을 수집해 그것을 보편적 풍경으로 전환, 독자에게 제시할 뿐이다.[68]

이시영의 시는 가장 작은 것들을 통해 가장 큰 것을 기억하는 시도이다. 타는 향기와 남은 재로 지금은 형체가 사라진 과거 대상의 모습을 복원하듯, 기억에 새겨진 일상적이고 사소한 풍경을 통해 당대의 시대상과 인간 존재양식을 재현해내는 것이다. 시집의 자서를 잠시 빌리자면, 그의 시가 추구하는 (작은 것에서 큰 것을) 발견의 시학은 저녁나절 양떼를 몰고 돌아오는 몽골 소년들이 멀리 어머니 겔에서 피어오르는 '아르갈'(소똥)의 연기만 보고도 대지의 모성과 지극한 평화를 떠올리는 것과 같다고 할 수 있다. 강렬한 원체험은 아무리 오랜 시간이 지나더라도 개인은 물론 그것을 공유한 집단의 기억 속에서 언제나 현재성을 유지하며 생생하게 살아 있는 것이다.

> 1955년 겨울 국군 빨치산 토벌대가 우리집 사랑채에 와서 기거할 때였다. 그런데 어쩐 일인지 밤마다 16세 까까머리 소년 사병이 감나무 아래에서 고참에게 구타를 당하곤 했다. 갓방 창호지 뚫린 문틈으로 나는 그가 장독대 뒤에 숨어 주먹으로 더운 눈물을 훔치며 어머니

68 노철, 「중견시인의 잊히지 않는 이야기들－이시영 시집 '아르갈의 향기'」, 『시평』 2005년 가을호, 37쪽 참조.

어머니를 여러 번 소리 죽여 부르는 것을 지켜보았다.

—「국군」 전문(『아르갈의 향기』, 18쪽)

이런 숨죽인 울음을 체험한 이시영이기에 아래 시에 나타난 내밀한 온정의 기억 또한 가슴에 새겨둘 수 있었을 것이다.

학재 당숙은 등짐을 잘 져 밤마다 빨치산들의 보급품을 지고 산으로 갔다. 그런데 하루는 보급품이 바닥나자 그의 집 암소를 끌고 산을 올랐다. 그런데 소가 천황재를 넘자마자 그에게 찰싹 달라붙은 채 한 걸음도 더 떼지 않고 그렁그렁 울어대었다. 기이히 여긴 빨치산들이 암소의 등짝을 쳐 그에게 돌려주면서 소리쳤다고 한다. "어이 당숙 동무, 이 소 동무에게 좀 잘해주시구레!"

—「소 동무」 전문(『아르갈의 향기』, 19쪽)

이시영은 어떤 사실에 대해 자신의 주관이나 감정의 수사를 덧입힘으로써 진실이 과장되거나 축소되기를 원치 않는다. 우리 근현대사의 최대 비극은 이념 갈등에 의한 동족상잔의 아픔이다. 시대가 이념을 낳고, 이념이 인간을 갈등하고 반목하게 만든다. 그러나 인간의 본성은 타자와의 관계 맺음을 통해 공동체를 이루어 서로 공존하는 삶의 지향에 있다. 그 사실을 늘 기억하는 이시영은 자신의 시에 '이념'이 될 만한 그 어떤 주관적 개입도 시도하지 않는다. 그가 현학적 수사나 과잉된 철학을 독자에게 강요하지 않는 것은 시가 구호나 선전이 되어서는 안 되고, 오직 인간의 선한 본성을 환기하는 작업이 되어야 한다는 문학적 소신을 확고하게 지켜온 까닭이다. 이러한 이시영의 면모는 그의 제자인 소설가 박민규의 회고에 잘 나타나 있다.

> 누가 어떤 시를 써온다 해도 좋다 나쁘다 말하는 법이 없었고, 누군가의 시를 극찬하지도 누군가의 시를 무시하지도 않았다. …(중략)… 대면한 채 누구도 거짓말을 할 수 없는 눈이었고, 한 모금의 거짓도 담기지 않은 눈이었다. 도대체 그런 눈으로 무언가를 주장하거나 강조하지도 않았다. …(중략)… 정말 이상한 일은, 그럼에도 불구하고 글쓰기의 모든 것을 그를 통해 배웠다는 사실이다.[69]

이시영은 시에서 독자에게 어떠한 이념이나 획일화된 해석을 강요하지 않는 것처럼 현실의 삶에서도, 특히 인간관계에서도 객관적 자세와 열린 타자수용의 태도를 유지한다. 가르치는 선생임에도 자신의 주관을 강요하는 대신 '수평성'이라는 방법론으로 교육의 임무를 수행한 것이다. 이 수평성의 관계에서 어느 한쪽이 일방적으로 우위에 있는 설정은 애초에 불가능하다. 이시영의 이러한 태도는 자기 자신마저 시의 대상으로서 객관화시킨다.

> 오십칠 세의 아침에 그는 갑자기 실직자가 되었다. 그리하여 아주 천천히 일어나 겨울로 향한 보석 창문을 활짝 열어젖혔다.
>
> —「실업」 전문(『아르갈의 향기』, 67쪽)

시에 나타난 정황을 미루어보아 '그'는 아마 이시영 자신일 것이다. 매우 짧은 시지만 자기 자신을 시의 대상으로 객관화시켰다는 점에서

---

69 박민규, 「지금도 마음 하늘에 떠 있는 만월」, 『시인세계』 2010년 봄호, 218쪽.

이 시는 시인이 자기 주체의 무게를 덜어낸 구도적 작업의 한 결과물로 읽을 수 있다. 이러한 작업이 없다면 시인은 은폐된 채 독자에게 신비한 존재로만 여겨질 것이기 때문이다.

'갑자기'라는 시어 하나에 실직의 모든 정황이 함축되어 있다. 화자가 상실한 직업은 아마도 매우 오랫동안 지속해온 생업이었을 것이다. 하지만 '실직'이라는 고난을 받아들이는 화자의 태도는 사뭇 담담하고 호기롭기까지 하다. '겨울'이라는 고난을 향해서 주저함 없이 '창문'을 '활짝 열어젖힐' 때, 현실에 의해 종용된 패배마저 새로운 시작을 향한 승리가 될 수 있다는 메시지가 환기된다.

고난과 맞서는 분투, 그리고 그 분투 끝에 맞이할 희망에 대한 기대가 '보석 창문'이라는 시어에 담겨 있다. 이 보석 창문은 오랜 세월 이시영이 보여 온 삶과 시업의 궤적에 걸맞은 표현이다. 그는 보편 대중이 보석으로 여기지 않을 삶을 보석으로 바꾸어내며 살아왔다.

> 어머님 돌아가셨을 때 보니 내가 끼워드린 14K 가락지를 가슴 위에 꼬옥 품고 누워 계셨습니다. 그 반지는 1972년 2월 바람 부는 졸업식장에서 내가 상으로 받은, 받자마자 그 자리에서 어머님의 다 닳은 손가락에 끼워드린 것으로, 여동생 말에 의하면 어머님은 그 후로 그것을 단 하루도 손에서 놓아본 적이 없다고 합니다.
>
> —「14K」 전문(『아르갈의 향기』, 13쪽)

14K 반지는 시인과 어머니를 하나로 이어주는 고리 같은 것이다. 시인에게 반지는 무척 애틋한 물건임에 틀림없다. 하지만 이시영은 감정을 나타내지 않고 다만 어머니에게 반지를 끼워주던 개인적 삶의 어느

한 풍경을 덤덤히 진술할 뿐이다. "여동생 말에 의하면 어머님은 그 후로 그것을 단 하루도 손에서 놓아본 적이 없"다. 14K 반지는 결국 '아들'을 상징하며, 그것은 어머니 삶의 '보물'인 것이다. 이시영에게 '보물'이라는 단어는 그래서 남다른 의미를 지닌다. 실직이라는 고난 가운데서도 외부의 시련을 향해 '보석 창문'을 열 수 있는 것도 어머니로부터 받은 충만한 사랑의 기억 덕분이다.

이렇게 이시영은 소외되고 평범한 것들, 주목받지 못하는 것들을 향해 눈과 마음을 기울인다. 그 섬세함을 통해 "그의 시들에 함유되어 있는 이야기와 이미지는 서정시 본연의 섬광처럼 빛나는 직관과 더불어 존재"[70]하게 되는 것이다. 직관은 고정관념이나 획일화 및 몰개성의 설명적 세계관을 통렬하게 꿰뚫는다. 이시영은 '짧은 시'에 대해 "순간의 시학"이라 말한 바 있는데,[71] 근원적으로 그는 시를 통해 무언가를 웅변함으로써 세계를 일방적으로 자신의 주관적 내면에 동화시키기를 거부한다. 세상을 향해 열려 있고, 삶의 실감을 추구하며, 한없는 포용과 응시로 대상을 바라보는 그의 시적 관점은 늘 고요한 평정심을 유지한다. 그러면서 동시에 관념화된 기성의 사고를 깨는 첨예한 날카로움을 지닌다.

> 유홍준 교수가 북한에 갔을 때라고 한다. 단군릉 앞에 선 그의 뒷모습이 TV 카메라에 비치자 강남구 학동 목욕탕 내 얼금뱅이 이발소 주인이 손님들 앞에서 큰소리로 외쳤다. "아 저거 내가 깎은 머리인

---

70 이은봉, 「순간의 형식 혹은 장르의 통합」, 『북앤이슈』 2004년 10월호(vol.7), 53쪽.

71 위의 글, 44쪽.

데!" 사람들이 일단 동작을 멈추고 서서 그의 벌린 입을 한동안 지켜 보고 있었다 한다.

—「전문가」 전문(『아르갈의 향기』, 35쪽)

시인의 시선은 유홍준이라는 이름난 학자의 업적이나 단군릉의 웅장한 위용, 북한이라는 이념적 타자에 향해 있지 않다. 그가 바라보는 풍경은 그저 '목욕탕 내 이발소'의 '얼금뱅이 이발사'가 누군가의 뒷모습을 바라보는 장면이다. 평범한 일상인이 보여주는 생의 깊고 서늘한 위의(威儀) 앞에서 그는 마음의 손을 모은다. 세상이라는 들판에 하찮은 잡초는 없으며, 시인은 그 작은 풀 한포기마다 이름과 의미를 선사한다.

무명의 전문가인 이발사가 자신의 일에 인생을 바치는 모습은 숭고하다. 뒷모습만으로도 전면을 대신하는 삶의 진정성에서 이시영은 인간의 실존과 역사를 합일하게 하는 지점을 발견한다. 영웅들의 웅장한 서사만이 역사를 구성하는 것이 아니다. 작고 그늘진 것들이 만들어내는 삶의 경건함이 역사를 이룬다. 이시영은 그러한 대상들을 향해 끊임없이 눈길을 보낸다. 사소하고 평범한 대상을 향한 섬세하고 따뜻한 시선을 통해 이시영의 시는 그저 자기표현으로서의 문학이 아닌 사회현실에 대한 발언으로까지 확장되는 것이다.

4. 후기 : 현실인식의 확대와 심화

이시영은 단순한 자연 숭배자, 예찬주의자가 아니다. 다수의 시편에서 자연 쪽으로 시선이 향해 있기는 하지만 그것은 "삼라만상에 대한 열려 있는 시 정신"[72]을 보여주는 것이지 단순히 자연서정을 노래하기 위함은 아니다. 이는 앞서 언급했듯 그의 시세계가 자신의 원체험을 통해 근대적 발전론에 대한 저항과 새로운 대안을 제시해온 것과 무관하지 않다. 이시영은 인간과 자연의 합일을 통해 우주적 상상력을 펼치며 회복과 치유, 조화의 아날로지 세계를 그려내고자 한다.

밤새 내리던 비 그친 뒤
아침 땅이 내뿜는 저 하늘의 신성한 기운
그 땅에 엎드려 경배한 뒤
인간의 굵은 팔을 뻗어 심호흡한다

—「대기의 힘」 전문(『무늬』, 87쪽)

---

72 서준섭, 「시의 고향—이시영 시집 '무늬'」, 『현대시학』, 1994년 7월호, 135쪽.

위 시를 포함한 여러 시편들에서 이시영은 "대자연의 아름다움을 재발견하고, 그 대자연과의 시적 교감을 시도하"[73]고 있으며, 그 결과 그의 단시들은 "역사와 현실이 자연에 무늬져 나오는 것"[74]이 되었다. 위 시에서 이시영은 "하늘의 신성한 기운", "경배"라는 단어를 사용하고 있다. 하늘을 신성한 대상으로 여기고, 자연을 경배하는 인식이야말로 현대인이 회복해야 할 삶의 태도라고 제시하는 것이다.

밖은 영하 20도의 강추위
자고 일어나보니
유리창에 아기 다람쥐 한 놈이 바짝 붙어 서서
맑은 눈길로 나를 빤히 올려다보는 것이었다

아, 저 두 눈!
하늘 아래 가장 아름다웠던 사람이
마지막 순간에 감고 갔던 저 두 눈!
창을 열자 다람쥐란 놈은
쏜살같이 은빛 꼬리를 말아 올리며
막 퍼지기 시작한 아침 햇살 속으로 유유히 사라져가는 것이었다

— 「詩」 전문(『무늬』, 12쪽)

"유유히 사라져가는" 다람쥐에게서 시인이 발견하고자 했던 것은 무엇일까? 다람쥐를 통해 시인은 무엇을 말하고 싶었던 것일까? 이 시에

73 위의 글, 133쪽.

74 김영태, 「시인의 초상 : 創批學校 교무주임 이시영」, 『현대시학』, 1994년 8월호, 19쪽.

대해 남송우는 이렇게 평하였다.

> 사라져가는 생명의 마지막 순간, 그 순간의 이미지화가 시라는 시인의 시에 대한 인식이 단형서정시의 체질화와 무관하지 않다. 순간적으로 각인된 이미지들을 응축하고 집약해내는 시인의 체질을 시로써 형상화하고 있는 것이다. 그런데 시인은 이러한 시의 인식을 위해서는 시인의 눈이 우선적으로 필요하다고 본다. 가장 아름다운 순간을 볼 수 있는 시인의 눈이 필요하다는 것이다.[75]

'다람쥐'란 결국 우리가 일상에서 쉽게 놓쳐버리는 생의 아름다운 순간이다. 시인은 단순히 보이는 것을 보는 자가 아니라 볼 수 없는 이면의 아름다움까지 보는 존재다. 위 시에서 시인은 자연이라는 우주를 깊고 널리 보는 견자(見者)로서, 자신이 발견한 우주의 아름다움을 많은 이들과 공유하고 싶어 하는 것이다.

> 좋은 시인들은 항상
> 자기로부터 나온 눈을 갖고 있다
> 그 눈은 다람쥐의 두 눈처럼 한없이 맑고 투명하여
> 이슬 그 자체이기도 하지만
> 급류를 거슬러 오르는 연어의 그것처럼
> 우리의 등짝에도 붙어 있어
> 세계의 심연을 예감하고
> 그 아가리를 향해 전속력으로 자신을 던질 줄도 아는
> 무서운 힘을 갖고 있다

---

75 남송우, 「변화된 시대의 두 시적 대응」, 『실천문학』, 1994년 가을호, 315쪽.

어찌 우리 감응치 않으리오

—「시인의 눈」 전문(『무늬』, 51쪽)

이시영이 현대인들에게 자연과의 조화를 위해 제시하는 것은 결국 "시인의 눈"이다. 시인의 눈은 사소하고 평범한 것들을 극진하게 바라보며, 타자를 향해 열려 있고, 공감하며, 쉽게 감동한다. 시인의 눈이 포착하는 현실, 자연, 역사, 인간, 이 세계의 광대한 비밀들을 그는 현대인들에게 함께 보자고 제안한다.

이시영은 "자연을 예찬하면서도 자연의 개별적인 아름다움에 함몰되지 않고 자연의 우주적인 질서의 일부로 파악하면서 존재의 의미와 희열을 노래할 수 있"[76]는 시인이다. 대상을 향한 열린 인식을 통해 시인은 비로소 우주적 질서에 동참하게 되며 그 가운데 자아를 재창조하게 된다. 그런 과정을 통해서만 진정으로 대상과 세계를 이해할 수 있고, 껴안으며, 함께 공존할 수 있게 되는 것이다. 이는 어쩌면 종교적 구도와 닮아 있다. 시인은 그런 의미에서 우주적 사제이다. 이시영은 사제의 역할을 기꺼이 감당하고 있다.

우주적 사제의 역할을 감당한 결과, 이시영은 자연 속에서 대상과 존재의 위의(威儀)를 발견하고 그 본질에 대한 근원적인 질문을 통해 서 자신의 시세계를 더 넓은 지평으로 확대한다. 시인은 시인 됨이란 무엇인가를 끊임없이 스스로에게 묻는다. 이 질문은 이시영의 시업에 일관되게 드러나는 양상인데, 형식이나 소재가 변모하는 것과는 관계없이 그는 단 한 번도 시인으로서의 자기 존재와 세계와의 관계에 대한 사유

76 위의 글, 223쪽.

의 끈을 놓친 적이 없다.

자신을 향해 더욱 깊어지는 내면적 응시와 외부세계에 대한 첨예한 인식, 즉 자아 모색과 세계에 대한 시적 탐구는 결국 세계와의 '근원적 불화'를 극복하기 위한 처절하고도 집요한 천착으로 귀결된다. 그는 우주적 사업에 '동참'하고자 하며, 생명과 현실 사이 모순과 괴리를 껴안고, 쓰다듬으며, 타자와 끊임없이 소통하고자 한다. 이는 생명과 우주의 근원에 대한 깨달음으로 가는 구도의 길이다.

> 시인이란, 그가 진정한 시인이라면
> 우주의 사업에 동참할 수 있어야 한다
>
> 그러나 내가 언제 나의 입김으로
> 더운 꽃 한 송이 피어낸 적 있는가
> 내가 언제 나의 눈물로
> 이슬 한 방울 지상에 내린 적 있는가
> 내가 언제 나의 손길로
> 曠原을 거쳐서 내게 달려온 고독한 바람의 잔등을
> 잠재운 적 있는가 쓰다듬은 적 있는가
>
> —「내가 언제」 전문(『무늬』, 42쪽)

위 시에 나타나는 화자의 태도에서 이시영이 시인의 삶에 대해 어떤 성찰을 하고 있는지 짐작할 수 있다. 그는 자신의 시가 자기 의지의 산물이 아닌, 그 자체로 하나의 생명, 즉 시 자체가 생명의 숨결을 지니고 있다고 말한다. 시인으로서의 그의 이러한 변함없는 마음은 열 번째 시집 말미의 「시인의 말」에서, "아직도 시가 나를 쓰는 것이 아니라 내가 시를 억지로 부리고 있다"는 고백을 토하게 한다. 시의 우주적 생명의 기원에 대한 경배가 아직도 충분하지 않다는, 자기 한계에 대한 술회로 읽을 수 있다.

이시영은 열한 번째 시집 『우리의 죽은 자들을 위해』에 이르러 "시모니데스"[77]로서 생생히 살아 있는 모습을 보인다. 시는 시인의 의지로 쓰는 것만이 아니라, 마치 샤먼처럼 어떤 초월적 힘에 이끌리거나 영통(靈通)하고 혼교(魂交)할 때 탄생하는 것이다. 이 시집에서 이시영은 신형철의 말처럼, "죽은 줄도 몰랐던 사람들, 죽은 줄 알았으나 어느덧 망각된 사람들, 죽음을 앞두고 있으나 결코 죽어서는 안 되는 사람들"[78]을 일일이 기억해내고, 호명하며, 현재의 시간 속으로 불러들이고 있다. "잊혀져서는 안 될 기억들이 사라져도 아무도 그걸 거들떠보지 않으려는 시대에 그의 이러한 기억 재생 혹은 호명의 작업은 그래서 그만큼 눈물겹고도 소중한 것이라 아니할 수 없"[79]기 때문이다. 혼령을 불러내는 샤먼은 자신의 힘보다는 경이로운 하늘의 능력을 믿는다. 이시영이 혼령을 호출하는 방식도 샤먼과 다르지 않다.

---

77 시모니데스(Simōnidēs) : 그리스의 서정시인으로 그의 조카 바킬리데스, 유명한 핀다로스와 함께 '3대 합창시인'이라 일컬어진다. 이오니아의 키오스섬 태생. 아테네를 비롯해서 히에론의 궁정 등 여러 보호자 밑에서 뛰어난 시재를 보였다. 페르시아 전쟁 때에는 애국적 노래로 실력을 떨치고 마라톤 전승가에서는 아이스킬로스를 꺾었다고 한다. 특히 페르시아 전쟁에 쓰러진 무명용사를 조상하는 몇 개의 시는 그의 이름을 빛나게 하고 있다(김희보, 『세계문학사 작은사전』, 가람기획, 2002).

78 신형철, 「우리 시대의 시모니데스-이시영의 '우리의 죽은 자들을 위해'」, 한겨레21 2007년 7월 13일(『느낌의 공동체』, 문학동네, 2011, 79쪽에 재수록).

79 김선태, 「중견시인 4명의 시적 변모 양상」, 『시작』, 2007년 겨울호, 210쪽.

이름을 불러주지 않을 때 대상은 존재의 의미를 상실한다. 시모니데스가 시라는 호명의 방식으로 죽은 무명용사들을 역사 속에 복원시켰듯 이시영은 잊혀져가는 것들, 잊어서는 안 되는 것들의 이름을 줄기차게 불러 소환하고 있는 것이다. 이는 원혼을 위무(慰撫)하는 샤먼적 행위와 마찬가지다. 오늘날 현대인들의 고독이 더욱 깊어지는 까닭은 혼을 위로하던 샤먼들이 사라진 탓은 아닐까?

이광웅 형을 군산 가까운 서해 낮은 산자락에 묻어주고 돌아오는 길이었다. 바다 갈매기들이 바다로 가지 않고 끼룩거리며 우리 뒤를 조용히 따르고 있었다.

—「모년 모월 모일」 전문(『우리의 죽은 자들을 위해』, 29쪽)

32년 만에 열린 재심 선고공판에서 무죄가 선고되었다는 소식을 들은 '인혁당 사건'의 김용원 도예종 서도원 송상진 여정남 우홍선 이수병 하재완 씨들은 무덤 속에서 벌떡 일어났다가 다시 누웠다. 그러나 그들의 뼈는 결코 웃을 수가 없었다. 누가 그들에게 젊은 육신의 옷을 입혀줄 수 있단 말인가.

—「젊은 그들」 전문(『우리의 죽은 자들을 위해』, 108쪽)

다음의 인용은 끔찍한 고문을 이겨내고 동지들의 눈길 속에 복도를 걸어 나오는 두 연인을 묘사한 것으로 칠레 작가 루이스 세풀베다의 소설에서 차용한 시이다.

"검은 머리 여자와 금발 여자, 까르멘과 마르시아. 그들은 모든 것을 걸었던 여자들답게 당당하고 자랑스럽게 저쪽에서 걸어가고 있다. 사랑을 전한 몸들은 모든 패배자들의 사랑을 간직하고 있다. 키스를 유혹하는 입술들은 신음은 토해냈지만, 사람이나 나무, 강, 산, 숲, 꽃, 거리의 그 어느 이름도 말하지 않았다. 그들은 사형집행인들이 눈치 챌 만한 정보는 아무것도 주지 않았다. 눈부신 전등 아래서 고문당하던 눈들은 우리의 죽은 자들을 위해 당당하게 눈물을 흘렸다."

* 쎄뿔베다 단편집 『소외』(열린책들, 2005)에 실린 서른다섯 편 중 하나인 「검은 머리 여인과 금발 여인」의 한 부분.

—「우리의 죽은 자들을 위해」 전문(『우리의 죽은 자들을 위해』, 22쪽)

위의 두 시는 각각 1980년대와 1960~70년대를 들썩이게 했던 이른바 '오송회 사건'과 '인혁당 사건'에 관한 내용을 담고 있다. 두 사건은 모두 조작된 공안 사건이다. 「모년 모월 모일」에 등장하는 이광웅은 군산제일고등학교 교사이자 시인으로 '오송회 사건'에 엮여 옥고를 치른 후 투병 중 사망했다. 이시영은 사람들의 기억에서 희미해진 이광웅의 이름을 되새겨 부르며 그의 삶과 죽음을 환기시킨다. 단지 이름을 부른다고 해서 죽은 자들, 잊혀 간 자들에 대한 호출이 완성되는 것은 아니다. 이름이라는 기표가 함의하고 있는 그들의 삶이 기의가 되어 시에서 그 육성과 정신까지 함께 복원될 때, 그들은 부재하나 존재하는 불멸의 생명으로 부활하는 것이다.

「젊은 그들」에서도 마찬가지다. '인혁당 사건'으로 억울한 죽음을 당한 여덟 사람의 이름이 하나씩 불리는 순간, 그들은 오늘을 살아가는 이들의 가슴속으로 살아 돌아온다. 이시영은 죽은 자의 '이름을 부르는' 방식으로 그들을 현재의 삶 속에 부활시킨다. 그야말로 샤먼이자 영매,

혼령의 대언자(代言者)의 역할을 하고 있는 셈이다.

「우리의 죽은 자들을 위해」는 시집의 표제작이기도 하다. 이시영 스스로 밝히고 있듯 칠레 작가 루이스 세풀베다의 단편집 『소외』(열린책들, 2005)의 서른다섯 편 중 하나인 「검은 머리 여인과 금발 여인」의 한 부분을 옮겨온 것이다. 작품 속 두 여인 까르멘과 마르시아는 몸을 으깨는 고문에도 어떤 정보도 발설하지 않은 채 정의의 이름을 외치다 죽어간 '우리의 죽은 자들'을 위해 눈물을 흘리며 죽음의 밀실에서 살아 걸어 나간다. 그들이 흘리는 눈물은 신념을 지켜낸 자들이 신념을 지키다 죽어간 자들에게 바치는 사랑과 존경의 표시다.

이시영은 『우리의 죽은 자들을 위해』에서 시대와 국경을 초월하여 삶과 죽음, 진실과 정의의 문제에 대해 진지하게 고찰한다. 삶과 죽음이란 시간과 공간을 넘어 우주적 질서의 영역에 속한 문제이기 때문이다. 삶과 죽음의 동행이라는 생의 본질적 문제에 대한 질문은 이시영에게 있어 반드시 해결해야 할 과제가 되었던 것으로 보인다. 시집 곳곳에 삶과 죽음에 관한 사유가 빛나고 있는데, 「라이프찌히, 토마스 교회를 가다」에서 "성 토마스 소년합창단의 웃음소리 미끄러져 내리는 그 곁에 누운 바흐의 무덤 표지판"이라는 대목이라든가 또 「신발」에서 "한강대교 난간에 반듯이 놓인, 구두코 반지르르한 새 구두 한 켤레"라는 부분, 그리고 죽음 앞에서 유머를 잃지 않은 미국의 시인 앨런 긴즈버그와 칼럼니스트 부크월드의 이야기를 다룬 「아주 특별한 죽음의 의식」의 한 장면에서 잘 나타나고 있다.

김종삼은 살아가노라면 어디선가 굴욕 따위를 맛볼 때가 있는데,

그런 날이면 되건 안 되건 무엇인가 그적거리고 싶었으며 그게 바로 시도 못 되는 자신의 시라고 했다. 마치 이 세상에 잘못 놀러 나온 사람처럼 부재(不在)로서 자신의 고독과 대면하며 살아온 사람, 그런 사람을 나는 비로소 시인이라고 부른다.

—「시인」 전문(『우리의 죽은 자들을 위해』, 112쪽)

삶의 저편으로 건너간 시인 김종삼을 인용하며 이시영은 다시 한 번 삶과 죽음의 문제에 대해 말하고 있다. 살아가는 일은 결국 '굴욕'과 끊임없이 마주치는 일이며, 굴욕을 강요하는 세상과 천성적으로 불화할 수밖에 없는 시인은 '되건 안 되건' 자신의 목소리를 세상에 외치며 '고독과 대면'할 수밖에 없는 존재라는 것이다. 굴욕을 강요하는 대상은 진실과 정의에 반하는 허위와 거짓이며 또 생명의 숭엄함을 파괴하고 억압하는 자본의 폭력성이다. 이를 뚫고 나가는 과정을 인생 전부로 삼은 이가 바로 '시인'이며, 김종삼과 이시영이 그에 해당한다.

굴욕을 강요하는 모든 폭력과의 투쟁이 '시'라는 이시영의 인식은 열한 번째 시집 속에 시적 형식은 물론, 공간과 시간, 국가와 민족, 물질과 가치, 인간과 자연 등 삶과 죽음이 맞닿고 있는 모든 경계를 넘나들고 아우르며 시적 진실에 접근하고자 하는 열정으로 나타난다. 경계는 무화되고 세계의 진실이 생생하게 부각되는 "시적 월경"[80]을 도모하는 것이다. 그의 시선에서 인간의 삶은 개인이라는 협소한 굴레에 갇히는 대신 지구적 단위로 확장된다. 지구적 단위의 삶, 세계시민의 삶에는 어떠한 경계도, 구분도 존재하지 않는다. 모든 인간은 질병, 자연 오염, 도시

---

80 남기택, 「緣起 혹은 진실」, 『시에』 2007년 겨울호, 303쪽.

화, 전쟁, 물신주의라는 폭력과 함께 마주선 형제이고 자매인 셈이다.

> 11월 18일 밤 팔레스타인 가자지구 북부 자발리아에 사는 한 정치단체 간부 집에 이스라엘군의 전화가 걸려왔다. "곧 당신 집에 공습이 퍼부어질 테니 30분 안에 집을 비워라." 그러나 집주인 웨일 보루드는 집을 비우는 대신 근처 모스크로 달려가 구원을 요청했다. 순식간에 2, 3백 명으로 불어난 사람들이 보루드의 옥상과 집 주변으로 몰려와 모닥불을 피워놓고 외쳤다. "쏠 테면 쏘라! 굴복이 아니면 순교다," 이날 밤 이스라엘군은 이 인간방패들의 함성에 놀라 결국은 공습을 취소했다.
>
> —「쏠 테면 쏘라!」 전문(『우리의 죽은 자들을 위해』, 72쪽)

2006년 11월 20일자 한겨레신문 국제면 기사를 재구성한 이 시는, 무자비하게 쏟아붓는 공습이 적을 타격하는 것이 아니라 결국은 인간의 양심을 포화의 흙먼지 속으로 날려버리는 일이 될 것임을 경고하고 있다. '쏠 테면 쏘라!'는 외침은 그 경고의 사이렌 소리다. 목숨을 바쳐 공습을 막은 '인간방패들의 함성'에 이시영은 자신의 시로서 목소리를 보태고 있다. 세계의 모든 불합리한 비극들에 맞서 약자들과 연대해 함께 싸울 수는 없지만, 시인은 시라는 '진실의 무기'를 통해 투쟁의 현실적 공간을 넓혀간다.

이러한 현실의식의 공간적 확장은 이시영의 열두 번째 시집 『경찰은 그들을 사람으로 보지 않았다』에 이르러 더욱 날선 비장감을 드러낸다. 그러나 이 비장감은 『만월』 등의 초기 시집에서처럼 화자의 서정을 직접적으로 드러내는 방식이 아니라, 『아르갈의 향기』에서 보였던 주관성의 배제와 『우리의 죽은 자들을 위해』에서 더욱 강화되었던 객관적 진술, 또 비(非)시적인 세계에 대한 적극적 차용과 같은 방법을 통해서 발현된다. 인간의 삶이 펼쳐지는 모든 영역을 문자적 진술을 통해 시문학 속에 과감히 담아내는 것이다. 그 결과, 이시영의 시는 정치적 지향성이 더욱 강해진다.

『우리의 죽은 자들을 위해』의 연장선상에서 오늘날 대한민국의 현실을 고발하는 이 시집을 통해 이시영은 "민주주의로부터 퇴행하는 시대에 60년대식이지만 다시 '참여시인'이 되고 싶었"[81]다고 밝힌 바 있다. 시집의 제목에서부터 강력한 메시지를 던지는 것은 부조리한 현실에 대한 선전포고나 마찬가지다. 실제 사건을 인용하는 방식은 시인의 주관을 개입하거나 자신만의 정서로 재해석하는 과정 없이 현실의 결정적인 한 순간을 그대로 보여줌으로써 진실과 직면한다.

> 경찰은 그들을 적으로 생각하였다. 2009년 1월 20일 오전 5시 30분, 한강로 일대 5차선 도로의 교통이 전면 통제되었다. 경찰 병력 20개 중대 1600명과 서울지방경찰청 소속 대테러 담당 경찰특공대 49명, 그리고 살수차 4대가 배치되었다. 경찰은 처음부터 철거민을 사람으로 생각하지 않았다. 한강로2가 재개발지역의 철거 예정 5층 상가 건물 옥상에 컨테이너 박스 등으로 망루를 설치하고 농성중인 세입자 철거민 50여 명도 경찰을 사람으로 생각하지 않았다. …(중략)… 6시 45분, 경찰특공대원 13명이 기중기로 끌어올려진 컨테이너를 타고 옥상에 투입되었다. 이때 컨테이너가 망루에 거세게 부딪쳤고 철거민들이 던진 화염병이 물대포를 갈랐다. 7시 10분, 망루에서 첫 화재가 발생했다. 7시 20분, 특공대원 10명이 추가로 옥상에 투입

81 박형준, 「시인의 반칙과 젖은 눈/이시영×박형준」, http://blog.changbi.com/lit/?p=5634&cat=27(창비문학블로그 창문, 2012.2.20)

> 되었다. 7시 26분, 특공대원들이 망루 1단에 진입하자 농성자들이 위층으로 올라가 격렬히 저항했고 이때 내부에서 벌건 불길이 새어나오기 시작했으며 큰 폭발음과 함께 망루 전체가 화염에 휩싸였다. 물대포로 인해 옥상 바닥엔 발목까지 빠질 정도로 물이 흥건했고 그 위를 가벼운 시너가 떠다니고 있었다. 불길 속에서 뛰쳐나온 농성자 3, 4명이 연기를 피해 옥상 난간에 매달려 살려달라고 외쳤으나 아무도 그들을 돌아보지 않았다. 그들은 결국 매트리스도 없는 차가운 길바닥 위로 떨어졌다. 이날의 투입작전은 경찰 한 명을 포함, 여섯 구의 숯처럼 까맣게 탄 시신을 망루 안에 남긴 채 끝났으나 애초에 경찰은 철거민을 사람으로 생각하지 않았으며 철거민 또한 그들을 전혀 자신의 경찰로 여기지 않았다.
>
> —「경찰은 그들을 사람으로 보지 않았다」 부분
> (『경찰은 그들을 사람으로 보지 않았다』, 90~91쪽)

이 시는 용산 재개발 철거 과정에서 공권력에 의해 사상자가 발생한 비극적 사건인 '용산 참사'에 대한 일종의 보고서이다. 시민사회 보호의 의무를 지닌 국가권력이 '대테러 담당' 경찰특공대를 앞세워 소외계층인 세입자 등 여섯 명의 목숨을 앗아가고, 수십 명에게 부상을 입힌 데 걸린 시간은 불과 두 시간 남짓이었다. 이시영은 그 폭력에 대해 "국내 동포의 저항을 테러의 수준에서 특공대를 통해 제압"한 사건으로 명명하며 철거민들이 "국가의 영역에서 이미 주권을 회수당한 사람들"[82]이라고 주장했다.

이시영은 사건의 시간대별 기록사진처럼 극사실적으로 시를 구성하고 있다. 이 "'극사실(極事實)의 시 정신'에는 어설픈 정서적 가공이나

82 박수연, 「한국문학의 난경」, 『실천문학』, 2009년 봄호, 27쪽.

상상보다 있는 그대로의 사실을 순간적으로 포착하는 것이 훨씬 더 진실에 가까울 수 있다는 생각이 들어 있"[83]다. 이 시를 끝내 시집의 표제로 쓴 것에서 이시영의 무거운 책임의식—시인으로 이 시대를 살아가는 것에 대한—과 사회참여의 의지를 읽을 수 있다. 그의 이러한 현실의식은 객관적 태도를 통해 더욱 간접화의 경향을 보이는 듯하지만, 이는 부조리한 현실세계에 대한 더욱 심화된 인식과 분노를 나타내는 것이다. 그는 현실을 날것 그대로 보여주기로 작정한다.

> "저는 저 살수차, 저 물대포가 가는 길로만 갈 겁니다. 왜 국민들이 낸 세금으로 국민들에게 소화제 뿌리고, 방패로 위협하고, 물 뿌립니까. 내가 낸 세금으로 왜 그럽니까." 목소리는 크지 않았지만 떨림은 없었다. 그때 옆의 한 중년 여경이 못마땅한 표정으로 "아니, 자식을 이런 위험한 곳으로 내모는 엄마는 도대체 뭐야."라고 말했다. 어머니는 대답했다."저, 평범한 엄마입니다. 지금껏 가정 잘 꾸리고 살아오던 엄마입니다. 근데 왜 저를 여기에 서게 만듭니까. 저는 오로지 직진만 할 겁니다. 저 살수차가 비키면 저도 비킵니다." …(중략)… "야, 유모차 건드리지 마. 주변에도 가지마." 경찰들은 뒤로 빠졌다. 어머니는 살수차가 사라진 서대문 쪽을 잠시 응시하다 다시 천천히 유모차를 끌었다.
>
> * 이태희 기자, 『한겨레21』, 2008.6.27.
>
> —「직진」 부분 (『경찰은 그들을 사람으로 보지 않았다』, 122~123쪽)

"이미지 뒤의 참혹한 현실을 볼 수 있어야 타인의 고통에 연민이 아

83 이은봉, 「극사실의 세계와 참여정신」, 『시와시』, 2012년 여름호, 195쪽.

닌 공감을 느낄 수 있다"고 한 수잔 손택의 말처럼, 이시영은 늘 힘없고 소외된 자들의 삶에 드리워진 그늘을 응시하고자 한다. 그러한 응시에서부터 현실의 폭력성을 향한 '왜?'라는 질문이 가능해진다. 재건축 철거민들에 대한 폭력은 풍요로운 자본주의 도시의 민낯이며, 그 민낯을 직시하는 것이 문학의 존재 이유다. 이시영은 "미학이 하나의 아름다움을 넘어 진리에 대한 도전이라는 것을, 시적 지평이 윤리적, 정치적 실천과 분리될 수 없"[84]음을 우리에게 끊임없이 상기시킨다. 이는 생명에 대한 연민을 그 바탕으로 하는데, 목가적 전원으로서의 고향과 농촌공동체를 상실한 이시영의 원체험이 시대적 차원의 통찰로 확장된 것이다.

> 유독가스가 뿜어져 나오는 해발 2700미터가 넘는 인도네시아의 한 유황광산에서 일하는 노동자들은 70킬로그램이 넘는 등짐을 지고 험한 산길을 오르내릴 때 입에 재갈을 문다고 한다. 자기도 모르는 사이에 으스러지게 이를 깨물지 않기 위해서란다. 세상엔 아직도, 이렇게, 극심한 고통 속에서 일하는 사람들이 많다.
>
> —「노동」 전문(『경찰은 그들을 사람으로 보지 않았다』, 121쪽)

> 조하르 난민촌의 한 소말리아 여성이 국제기구에서 배급을 받은 식량을 마소처럼 등에 가득 짊어진 채 세상에서 가장 밝은 표정으로 집으로 돌아가고 있다. 신이 만약 살아 계시다면 모래사막 위에 가지런한 저 가난한 여인의 발자국 발자욱마다에 미소를!
>
> —「미소를!」 전문(『경찰은 그들을 사람으로 보지 않았다』, 125쪽)

'세상에는', '아직도', '이렇게', '극심한'이라는 시어들을 사용한 것을

---

84 신진숙, 「느낌의 동학(動學)」, 『문학선』 2013년 여름호, 64쪽.

보면 이시영이 현실 세계의 고통을 얼마만큼 예민하게 자각하고 있는지 알 수 있다. 객관적 시선으로 풍경을 기록하며 덤덤히 이 세계와 삶을 조망하던 시인은 이제 소외된 자들의 불행에 함께 통각을 느끼며 그 불행을 조장한 세계의 불합리성과 불평등의 폭력을 날카롭게 응시하고 있다. 이시영에게 있어 이러한 '응시'를 포기하는 것은 시인의 존재가치를 포기하는 일인 동시에 시의 문학적 역할을 수행하지 않은 채 문학을 그저 말놀이로 방치하는 일이다.

문학은 그것이 보편적 진리의 아름다움과 공정성을 확보하는 쪽으로 나아갈 때 진정한 미학적 성취를 이루게 된다. 그러나 그 성취는 그저 이루어지는 것이 아니다. 폭력적 현실에 대한 자각과 소외되는 타자에 대한 한없는 연민, 그럼에도 꿋꿋이 모래사막 같은 생의 한가운데를 뚫고 나아가는 모든 삶에 대한 경외를 전제로 할 때 문학은 미학이 되며 정의와 합치한다. 이러한 이시영의 시 의식은 근원적 생명력에 대한 질문들을 지속적으로 끌어안는다.

이시영의 시에서 세계의 폭력성과 그에 저항하는 생명성의 대비는 "가을 아침 쓸어 담아놓은 은행잎 포대 속에서 태어난 여섯 마리 새끼 고양이들"(「축복」)의 모습이나 "4대강 사업으로 회귀할 모천을 잃어버린 숭어의 목소리"(「금강에서」)로, 또 "구제역 파동으로 죽음을 직감한 소가 독극물 주사 앞에서 끝까지 새끼소를 내놓지 않는 장면"(「고급 사료」) 등의 수많은 변주들로 나타난다.

> 머리를 풀어헤친 채 장바구니를 들고 국민은행으로 쏘옥 들어가는
> 노향림씨를 보았다. 시인 노향림도 아니고 주부 노향림도 아닌, 그

무엇으로 자신을 꾸미지 않은 천연의 노향림씨를. 눈을 발끝에만 집중한 채 그는 아무것도, 심지어 지금 자기 자신이 어디에 있는지조차 전혀 의식하지 않는 것 같았다. 은행 밖에서 치기배처럼 삐딱하게 서서 저 순수 자연을 기다려볼까 하다가 나는 그냥 기분이 우쭐해져서 발걸음도 가벼웁게 집으로 돌아오고 말았다.

—「한 동네 사는 여자」 전문
(『경찰은 그들을 사람으로 보지 않았다』, 95쪽)

위 시를 읽으면 이시영이 꿈꾸는 세상이 어떤 모습인지 조금 알 것 같다. "그 무엇으로 꾸미지 않"고, 오직 자신의 눈을 "발끝에만 집중"할 수 있는, 심지어 자신의 지금 선 자리조차 "전혀 의식하지 않는" 자유로운 세상이다. 시인이 제시하는 "저 순수 자연"은 그 자유로운 세상의 전범이다. 자연의 질서가 내면화된 일상의 지극한 평범함과 구체성은 '무언가/무엇으로도' '인위로/함부로' '가공하지 않고/억압하지 않고' '자아에/타자를' '집중할 수 있는/존중할 수 있는' 자유로움의 표상인 것이다.

그것은 궁극적으로 타자에 대한 존중과 이해, 사랑이 전제가 된 무해하고 무구한 순수 자연의 상태, 즉 우주적 운항의 섭리 자체를 가리킨다. 순수 자연의 근원성이 존중받는 지점에서 세계는 "그냥 우쭐함으로" 떳떳해지며, "가벼워"질 수 있는 것이다. 이시영의 시는 그러한 세계를 향한 갈망을 일관되게 드러내고 있다.

타자에 대한 존중이 불가능해질 때 주체와 세계의 관계는 왜곡되며 현실은 억압과 착취의 폭력성 아래 놓이게 된다. 현실과 삶에 대한 이러한 끊임없는 물음과 사유는 결국 이시영 그 자신을 돌아보게 만들고,

결국 세계에 대한 사유의 방식을 자기 내부 성찰의 지점으로 옮겨가게 한다.

> 싸락눈 그친 저녁, 길을 걷는데 누군가 뒤에서 부르는 것 같아 돌아보니 아무도 없고 그때 막 그런 생각이 드는 것 있지. 누군가 내 생을 다 살고 간 것 같은 느낌! 그런데 그 누군가는 도대체 누구이며, 과연 내가 이 생에 있기는 있었을까? 시간은 때로 뱀처럼 미끄럽게 손아귀를 빠져 달아났고 운명은 늘 제 얼굴을 가린 채 차갑게 나를 스치고 갔을 뿐 한번도 제 모습을 똑바로 보여준 적이 없지. 그리고 갑자기 생각난 듯 이렇게 싸락눈 내리는, 그친 길 위에 문득 나를 멈춰세워 날카로운 질문만 던질 뿐. 과연 내가 살기는 살았을까? 아니, 생을 제대로 살고 있기는 있을까?
>
> —「싸락눈 내리는 저녁」 부분
> (『경찰은 그들을 사람으로 보지 않았다』, 87쪽)

"강한 거센 빗줄기 사이로 어떤 뼈아픈 후회가 달려오누나/그때 내가 그 앞에서 조금 더 겸허했더라면"(「생(生)」)이라며 지나온 생의 부끄러움을 자책하던 시인에게 "과연 내가 살기는 살았을까?"라는 뼈아픈 후회가 다시 찾아온다. 시인은 싸락눈 그친 순백의 길 위에다 자신을 다그치듯 "멈춰 세워" 놓고 "생을 제대로 살고 있"는지 질문하고 있다. 이러한 자기성찰의 지속성은 그의 시를 늘 새로운 지점으로 진전시키는 동력이 된다. 이 질문과 자기성찰이 더는 발생하지 않을 때 이시영의 시업은 퇴보하고 말 것이다. 그러므로 "문득 나를 멈춰 세우"는 순간은 그를 구원하는 순간이기도 하다. 자신도 모르게 현실에 굴복하거나 안주하면서 시인으로서의 존재가치를 상실할 위기의 순간을 극복하게 해주기 때문이다.

이러한 이시영의 순수에의 지향은 폭력과 허위로 가득한 세상과 맞서 있는 그대로의 강력한 진실을 통해 대항하는 방식이다. 싸락눈 내리는 현실 속에서도 우주적인 몽상을 통해 자기성찰의 지점으로 나아가는 시인의 지향성은 삶과 현실에 대한 끝없는 자성과 직시가 되어 시세계 전체를 관통하는 시 정신으로 승화한다. 그리고 이 시 정신은 그를 단 한순간도, 어떤 방식으로도 전향하지 않는 시인으로 만들어왔다. 우리가 그의 시를 읽고 마음이 깊어지고 의식이 또렷해지며 자기 성찰의 겸허함을 깨닫게 되는 것은 바로 이런 연유에서이다. 이시영을 읽는 것은 그래서 우리 자신을 읽어가는 자전적 과정으로 전환된다.

제3장

시세계의 양상과 특징

1. 서정의 지향

이시영의 시세계에는 서정적 근원으로서의 자연이 깃들어 있다. 이 땅 위의 한 시절을 가장 치열하게 통과해온 시인으로서 이시영은 누구보다 절박하게 시대의 삶을 노래해오고 있지만, 그것은 결국 자연이라는 구원의 회복을 향한 투쟁의 과정이었다 해도 과언이 아니다. 그는 자연 속에 대지의 건강한 모성을 투사해내며, 폭력적 현실에 대항할 강력한 힘이 바로 그 근원적 생명력임을 인식하고 있다. 달리 말하자면, 자연은 그가 떠나왔으나 다시 도달해야 할 미래의 지점인 것이다.

> 섬진강변의 거대한 삼각주가 어린 소몰이꾼들의 차지였을 때 수만 평의 드넓은 초원은 소들의 천국이었고 은모래 아름다운 사구(砂丘)는 우리들의 놀이터였다. 소나기라도 퍼붓는 날이면 우리는 모래언덕에 옷들을 파묻어놓고 강물 속에 뛰어들곤 하였는데 은어가 작은 입을 옴짓거리며 거슬러오르는 강물 속은 의외로 조용하여 딴 세상 같았다. 땡볕에 등을 덴 어린 쇠아치들이 우리처럼 간혹 강을 헤엄쳐

건너가 건너편 수박밭 주인에게 이리저리 쫓기며 혼쭐이 나기도 했지만 석양녘이면 늘 어미 곁으로 돌아와 다소곳하였다. 밭일을 마친 홰내 일꾼들이 주먹으로 수박을 깨뜨려 먹으며 알통을 드러내고 더운 몸을 닦던 곳, 그리고 밤이면 상류에서 씻기며 흘러온 세모래들이 세상에서 가장 아름다운 물결무늬 언덕을 만들며 또 낳던 곳.

—「섬뜸」 전문(『은빛 호각』, 32쪽)

어린 시절 시인은 섬진강변의 아름다운 모래언덕에서 소몰이꾼이 되기도 하고, 마음껏 뛰놀고 멱을 감기도 하면서 자연이 주는 싱싱한 대지의 호흡 속에 거했다. 그 강렬한 생명의 세계에 대한 기억은 이시영의 전 생애를 관통하며 회복해야 할 세계의 본원적 상태로서 그의 의식에 각인된다. 그리고 이는 그의 시를 일관해서 이끌어가는 원체험적 동력이 된다. 자연과 생명에의 지향이 서정성의 본질을 이룰 때, 우리는 이시영의 시가 닿고자 하는 곳이 어디인지 확실히 알게 된다. 자연은 단지 그의 시를 부드럽게 만들기 위한 재료나 투쟁의 시퍼런 날을 다소 완화시키는 장치가 아니다.

모든 생명들이 순수한 자연의 일부로서 존재했던 곳, 온몸을 찢기며 모천으로 거슬러 오르는 은어들의 몸짓조차 "의외로 조용하"여 딴 세상 같던 곳, "땡볕에 등을 덴" 어린 송아지들이 사람들에게 혼쭐이 나다가도 "늘 어미 곁으로 돌아와 다소곳하던" 곳, 하루의 노동을 마친 일꾼들이 드러난 알통으로 "더운 몸을 닦던" 곳, 일상의 자잘한 세사(世事)들이 떠내려와 끝내 아름다운 세사(細沙)의 물결무늬로 쉼 없이 다시 태어나던 곳, 이 평화로운 고향에 대한 유년기의 원체험은 이시영에게 서정의 원천이 되었으며, 나아가 그의 시세계에서 현대인이 회복해야 할 유토피아로 끊임없이 그려지게 된 것이다. 이시영의 귀향, 자연 회귀 본능은 근대적 세계가 내재하고 있는 폭력에 대한 저항이며, 자본주의와 물신에 의해 인위적으로 확정되어버린 기계적 삶을 거부하려는 의지이다.

> 바다가 가까워지자 어린 강물은 엄마 손을 더욱 꼭 그러쥔 채 놓지 않았습니다. 그러다가 그만 거대한 파도의 뱃속으로 뛰어드는 꿈을 꾸다 엄마 손을 아득히 놓치고 말았습니다. 그래 잘 가거라 내 아들아. 이제부터는 크고 다른 삶을 살아야 된단다. 엄마 강물은 새벽 강에 시린 몸을 한번 뒤채고는 오리처럼 곧 순한 머리를 돌려 반짝이는 은어들의 길을 따라 산골로 조용히 돌아왔습니다.
>
> —「성장」 전문(『은빛 호각』, 82쪽)

이시영이 자연 속에서 보낸 유년의 기억을 자신의 서정적 근원으로 인식하는 것은 그가 자연이라는 모태 · 모천으로의 간절한 회귀 욕망을 지닌 까닭이다. 위 시의 은어들처럼 시인은 자신이 태어나 자란 어머니의 품속으로 회귀하고자 한다. 그것은 생명의 모태로 가는 여정이다. "모태로의 회귀 본능은 자신이 궁극적으로 지향해야 할 마음의 본향이 무엇인지에 대한 깊은 성찰에 그 뿌리를 두고 있을 것이다."[1] 원초적 자연의 체험은 시인으로 하여금 건강한 생명성의 참모습을 내적으로 담아내고 여러 층위로 확장하면서 그의 서정 세계를 넓혀가게끔 한다.

자연을 치유하고 복구하는 과정은 바로 현대인이 잃어버린 마음의 고

1 문흥술, 「삭막한 시대에 생명수와 같은 시」, 『시와시학』 2004년 봄호, 296쪽.

향을 되찾는 일이며, 인류와 세계의 미래를 위해 꼭 필요한 일임을 이시영은 역설하고 있다. 근대적 욕망에 지배당하는 현실 사회를 비판하고, 그 욕망의 전위에서 인간을 왜소하게 만드는 정치와 역사를 반전시키고 전복하기 위한 토대를 세워나가는 것이다. 이시영에게 자연은 문학적 · 정치적 매복진지의 기능을 하고 있는 셈이다.

1) 서정의 본질

그렇다면 이시영에게 서정의 본질은 무엇일까? 그가 어떤 시어에 어떤 서정의 풍경을 담아내려고 했는지 알기 위해 보다 구체적으로 그의 시에 나타난 이미지들을 살펴보고자 한다.

모태 · 모천 신화에서 흔히 건강한 자연과 근원으로서의 여성성을 상징하는 '달'은 이시영의 의식의 뿌리에 자리 잡고 있다. 아래의 시 「달」에서 '달'은 "천하디천한 어느 어머니 한 분"으로 변모되어 나타난다. 만물을 생육하고 번성케 하는 대지적 모성의 상징인 그 '어머니'는 "잘나고 깨끗한 사람들만 모여 사는 아파트 구역"이 아닌 산 흙이 위태로이 쌓여 있는 "기슭에 쭈그리고 앉아" 아무도 눈여겨보지 않는, "아직도 거기 남은 다랑이논을 써레질하는" 이의 모습을 물끄러미 바라보고 있다.

어머니가 연민하며 바라보는 '그'는 밤늦도록 삶의 터전을 일구는, 세상의 힘과 부로부터는 거리가 먼 '늙은 농부'이다. 어머니는 "바라보"는 관망만이 가능한 현실에서 그저 "헌옷자락 펄럭이며 돌아오"는 수밖에는 없다. 하지만 이는 체념과 비관이 아니다. 부질없는 관망도 아니다.

삶의 한 소박하고 낡은 풍경을 향한 깊은 응시를 통해 '어머니'는 우리가 놓쳐서는 안 될 생의 진실이 무엇인지 일깨우고 있다.

이 세상 천하디천한 어느 어머니 한 분은
잘나고 깨끗한 사람들만 모여 사는 아파트 구역을 벗어나
포크레인이 산흙을 져 나르는 대모산 기슭에 쭈그리고 앉아
아직도 거기 남은 다랑이논을 써레질하는 늙은 농부의 모습을 바라보다가
들기러기 잔 깃 내리는 새 아스팔트 길을 따라
헌옷자락 펄럭이며 돌아옵니다

―「달」 전문(『길은 멀다 친구여』, 73쪽)

'달'이라는 상징은 너무도 고전적이라서 어쩌면 상투적일지도 모른다. 그럼에도 '달'은 이시영의 시에서 오늘날 세계가 끝내 회복해야 하고 돌아가 의지해야 할 어머니의 품이며, 생명의 근원이 된다. 이시영에게 어머니는 육신의 근원인 동시에 궁극적으로 인간이 돌아가야 할 자연의 원형, 즉 또한 문명과 이념에 의해 훼손되기 전의 세계의 원초적 모습이자 개별적 삶이 지향해야 할 진실된 세계의 참모습인 것이다. 그 어머니의 눈으로 보는 세계, 그것이 어떻게든 놓치지 않으려는 세계, "아직도 거기 남은" 세계의 진실을 포착하려는 노력이 그의 시에 관철되고 있다.

이시영의 시에 그려진 어머니는 시의 처음이자 시의 궁극이다. 종국에 만나야 할 대상, 돌아가야 할 근원이다. 이시영은 이 근원이 소멸되어가고 있는 것을 아파한다. 그의 시선은 이미 어머니를 현실에서 "천하디천한" 존재로 여기고 있으니 말이다. 하지만 그는 언제나 "천하디

천한" 존재에게서 세상에서 가장 존귀한 것을 발견해내는 시인이다. 그리하여 "이시영이 묘사한 (이런) 인물들 가운데 가장 감동적인 문학적 형상은 그의 '어머니'이다. 어머니는 떠나온 곳이자 돌아가 묻혀야 할 곳으로서의 고향의 육화된 모습이고 한 인간이 어린 시절에 겪는 모든 경험의 총화이며 시인에게는 언제나 무한한 영감의 원천"[2]인 것이다. 그 어머니는 "쭈그리고 앉아" 있고 "헌옷자락 펄럭이며 돌아"오지만 여전히 이 세계에서, 삶에서 가장 귀중한 것이 무엇인지 일깨우는 존재다.

이 '어머니'는 결코 화려하지 않다. 자기존재가 돌아가야 할 근원이면서도 현실의 물질문명과 이념들로부터 소외되고 상처받은 자연성인 '어머니'는 결국 훼손되고 얼룩진 시인 자신의 삶이기도 하다. 휘황한 삶의 중심으로부터 우리와 함께 추방당한 '어머니'는 우리 시대가 잃어버린 자연이자 고향, 대지적 근원성을 상징한다. 이시영은 이렇게 일상적 자연물을 통해서도 시대의 현실 문제와 은폐된 진실, 우리가 궁극적으로 복원시켜야 할 가치에까지 그 성찰의 폭을 확장시키는 동시에 소멸된 가치들의 육성을 복원하고 있다. 그 육성은 그의 시를 매순간 뜨겁게 만드는 동력이다.

> 어렸을 적 방아다리에 꼴 베러 나갔다가 꼴은 못 베고 손가락만 베어 선혈이 뚝뚝 듣는 왼손 검지손가락을 콩잎으로 감싸쥐고 뛰어오는데 아버지처럼 젊은 들이 우렁우렁한 목소리로 다가서며 말했다. "괜찮다 아가 우지 마라! 괜찮다 아가 우지 마라!" 그 뒤로 나는 들에

2 염무웅, 『혼돈의 시대에 구상하는 문학의 논리』, 창작과비평사, 1995, 46쪽.

서 제일 훌륭한 풀꾼이 되었다.

—「풀꾼」 전문(『우리의 죽은 자들을 위해』, 21쪽)

이시영 시의 서정이 그려내는 자연은 인간의 삶이 생생하게 농축된 세계이다. 즉 한계적 실존인 인간이 겪는 고통의 양상들이 자연 속에 담겨 있다. 이시영은 자연을 단지 유년의 행복한 세계로만 그리지 않으며, 성인이 된 이후 그 행복한 세계의 부재를 그저 슬퍼하거나 추억하는 데 머무르지도 않는다. 그것은 자연이 인간에게 늘 친절하지만은 않은 까닭이다. "꼴을 베"는 자연친화적 행위는 때로 "선혈이 뚝뚝 듣는" 상처를 유발하기도 한다. 그 날카롭고 섬뜩한 실패 앞에서 화자는 "왼손 검지손가락을 콩잎으로 감싸쥐"는 생명에의 본능으로 대응하는데, 거대한 자연 앞에서 한낱 '아가'일 수밖에 없는 화자에게 "아버지처럼 젊은 들"은 "괜찮다, 우지 마라"고 하며 위로하고 깨달음의 말을 들려준다. 이는 근대적 욕망의 세계인 도시에서는 경험할 수 없는 깨달음의 과정이다. 대단히 건강하고 대단히 우람하며 대단히 선명한 이 일깨움을 통해 자연은 인간을 단단하게 성장시킨다.

상처와 좌절을 성장의 자양분이자 통과의례로 받아들이게끔 하는 것은 자연의 훈육 방식이며 생명의 법칙이다. 유년의 한 특별한 농사 체험을 통해 화자는 '자연'이라는 절대 가치의 소중함을 깨닫고, 성년이 된 후 그것을 회복해야 한다는 책임감을 갖게 된다. 자연이라는 원초적 생명 세계의 체험이 있었기에 이시영은 "들에서 제일 훌륭한 풀꾼"이 되었으며, 역사와 현실이라는 거대한 '들판' 위에 온몸으로 서는 시인이 될 수 있었다.

심심했던지 재두루미가 후다닥 튀어올라
푸른 하늘을 느릿느릿 헤엄쳐 간다
그 옆의 콩꼬투리가 배시시 웃다가 그만
잘 여문 콩알을 우수수 쏟아놓는다
그 밑의 미꾸라지들이 더 이상 참을 수 없다는 듯
봇도랑에 하얀 배를 마구 내놓고 통통거린다
먼 길을 가던 농부가 자기 논에 무슨 일이 일어났는지 고개를 갸웃거리며 가만히 들여다본다

—「시월」 전문(『조용한 푸른 하늘』, 69쪽)

위 시는 자연에 대한 이시영의 또 다른 인식의 지점을 보여준다. 자연 풍경의 독창적 시적 묘사를 통해 깊고 풍부한 서정을 성취하고 있어 평자들에게 자주 인용되는 위 시를 오탁번은 다음과 같이 상찬한 바 있다.

> 그는 여느 자연에 대한 이처럼 하느님이 연출하는 가을 농촌의 정경을, 다른 시인들은 감히 볼 엄두도 안 내고 있는데, 현미경보다도 망원경보다도 더 세밀하고 넉넉하게 볼 수 있는 눈을 지닌 이시영은 참으로 시인일 수밖에 없고나. '껍데기는 가라'라는 그 유명한 명제에 빗대어 말한다면 담론이나 주제나 내세우면서 시의 정신을 오염시키는 껍데기들은 이 시 앞에서 진솔하게 느끼는 바가 있어야 한다. 언어의 묘미를 무시하고는 그 어떤 시도 탄생할 수 없다는 사실을 시정신이 저급한 사람들이야 부정해 보고도 싶겠지만, 그러나 시의 영혼이 언어 그 자체라는 사실까지야 부정할 수 없을 것이다.[3]

---

3 오탁번, 「프리즘으로 보는 시의 영혼」, 『헛똑똑이의 시 읽기』, 고려대학교 출판부, 2008, 17쪽.

「시월」은 가을날 논두렁의 정경을 마치 고성능 카메라로 클로즈업하듯 구체적으로 보여주는 시다. 논두렁을 채우는 생명들의 생태적 특징이 '푸른 하늘–그 옆–그 밑–봇도랑–길'로 이어지는 공간의 변주와 '재두루미–콩꼬투리–콩알–미꾸라지–농부'로 옮겨가는 대상의 이동. '(후다닥)튀어올라–(느릿느릿)헤엄쳐간다–(배시시)웃다가–(우수수)쏟는다–(마구)통통거린다–갸웃거리며, (가만히)들여다본다'는 다양한 움직임으로 병렬되고 있다.

시에서 농부의 시선을 붙잡아 매는 한 풍경은 곧 독자인 우리들의 시선도 붙잡는다. 부산스러운 생명의 기미를 들여다보는 농부의 '갸웃거림'은 '가만히 들여다본다'로 응결된다. 숱하게 경험해 익숙한 풍경이지만 농부는 여전히 깊은 응시로 그 생명의 경이를 맞이한다. 익숙한 세계를 늘 새롭게 보는 눈, 감동하는 능력, 경이에의 체험은 오늘날 현대인이 잃어버린 것들이다. 그래서 이 농부의 응시는 더욱 소중하다. 산업화 사회, 도시화 사회가 회복해야 할 생명 존중의 정신을 농부는 온몸으로 역설하고 있다.

이시영은 산업화와 도시화 등 발전 논리가 자연과 인간을 지배하고 결국 폐허로 만들 것이라는 불길한 예감을 하고 있다. 따라서 "인간을 포함한 생명체의 삶의 터전인 세계를 병들게 하고 죽게 만드는 20세기말 산업사회를 살아가는 우리들에게 이시영의 시는 생명의 '강한 전류와 불꽃을' 불어넣어주"[4]는 것을 그 목적으로 삼기 시작한다.

"생명의 강한 전류와 불꽃을 불어넣어주"는 이시영의 시 몇 편을 예

4 이종암, 「두 시인의 길」, 『사람의문학』, 1997년 겨울호, 195쪽.

로 들어본다.

강한 힘줄의 산이 아기처럼 풀릴 때가 있다
늙은 八字 눈썹 밑에
찬 이슬 두어 방울 매달고
슬픈 낯으로 우릴 볼 때가 있다
그러나 저 산의 마음이 변했다고 생각 마라
하루 종일 칼빛 빛나고 스산한 어느 여름날 저녁
가장 어린 연초록빛 봉우리들 사이에서 험산이 솟는다

—「雉岳을 보며」 전문(『길은 멀다 친구여』, 16쪽)

힘줄 불끈거리는 산은 오히려 "가장 여린 연초록빛 봉우리들 사이"에 그 힘과 위용의 근원을 감추고 있다. 그것을 발견하기까지의 과정은 만만치 않다. "하루 종일 칼빛 빛나고 스산한 어느 여름날 저녁"을 기다려야만 하기 때문이다. 그 스산한 여름 저녁에 비로소 생명의 웅장함 안에 내재된 비밀이 드러난다. 이시영은 사람들이 주목하지 않는 소외된 풍경을 우리에게 보여줌으로써 육안으로 대번에 파악되지 않는 생명의 경이로움에 대해 일깨워주고 있다. 그의 시선은 이토록 세밀하다.

동백꽃 꽃향기에 눈이 멀어서 새도록 잠 못 이루던
십리 밖 무논의 물개구리란 놈들이
떼 지어 더듬더듬 선운사 가는 길로 찾아 나섰다가
새벽녘 처참한 몰골들이 되어
아직도 온기 남은 아스팔트에 납작하게 엎드려 있다
어허, 시신이여!

—「봄밤」 전문(『무늬』, 21쪽)

이 시는 또 어떤가? 동백꽃 흐드러진 선운사 가는 길은 상춘객들에게는 즐거운 산책이다. 그러나 그 아름다운 길 이면에는 인간의 행복과 극명히 대비되는 엄청난 비극이 도사리고 있다. “새벽녘 처참한 몰골들이 되어 아직도 온기 남은 아스팔트에 납작하게 엎드려 있”는 물개구리 시신이 그 비극의 풍경이다. 거대한 문명의 수레바퀴인 자동차 바퀴에 희생당하고 만 개구리의 모습에는 오늘날 자연과 격리된 현대인들의 현실과 “처참한 몰골”이 될 미래가 오버랩된다. 이시영은 개구리의 주검을 통해 인류의 운명까지 짚어보게 한다. “아스팔트”로 상징된 문명에 대한 비판적 성찰과 함께 인간은 그 자신들의 욕망에 의해 스스로 파멸에 이르게 될 것이라는 섬뜩한 경고를 담아내고 있다.

기러기 한마리가 아주 긴 목을 빼고 날아간다
지상에선 또 한 슬픔이 완성되고
그보다 더욱 기인 날들이 계속되었다

—「세월」 전문(『사이』, 34쪽)

위 시에서 기러기는 지상의 슬픔과는 무관한 듯 공중을 날고 있다. 기러기의 목보다 더 긴 날들이 계속된다는 진술에서 우리는 날개로 표상된 이상과 현실의 비극이 대치되는 지점에 화자가 서 있음을 알 수 있게 된다. 이시영은 화자의 고백을 통해, 우리가 살아가고 있는 현실의 대지에는 이토록 슬퍼할 일들이 계속된다는 것을, 그걸 견뎌내기 위해 분투하는 이들은 필연 “기러기 한 마리”처럼 외로울 수밖에 없음을 말하고 있다.

온다던 비가 드디어 두시부터 오신다
꽃잎 바르르 떨고
잎새 함초롬히 입을 벌리고
그 밑의 자벌레 비로소 편편히 눕자
지구가 한 순간 안온한 꿈에 잠기다

—「웅성거림」 전문(『조용한 푸른 하늘』, 89쪽)

문경 봉암사 여름 숲을 태풍 루사가 강력히 훑고 지나간 뒤에 요사채 안마당으로 어린 떡두꺼비 한마리가 엉금엉금 기어들고 있었습니다. 밥 짓다 말고 역시 나어린 공양주 스님이 나아가 맞이했더니 어미인 양 따뜻한 스님 팔에 척 안기는 것이었습니다.

—「새벽」 전문(『은빛 호각』, 36쪽)

위의 두 시는 모두 미물로 여겨지는 것들이 지닌 지극한 생명력에 대해 노래하고 있다.「웅성거림」에서는 기다리던 비가 '드디어' 오시자-그 빗줄기가 일깨운 꽃잎과 잎새들이 떨고, 입을 벌리며-그 아래 비를 긋던 자벌레는 '비로소' 편편히 몸을 누이며-지구는 일순 안온한 꿈속에 들게 된다. 이 작은 생명들의 수런대고 "웅성거리는 생동이 없었다면" 지구에게도 "고요한 안식은 없었을 것"이라고 이시영은 말한다. 이 대목은 우주적 감수성의 구체성을 보이고 있다. 작고 미세한 세계의 움직임과 우주의 섭리가 일체를 이룬다는 것이다.

강력한 힘으로 이 세상을 "훑고 지나가"버린 "태풍 루사" 앞에서 인간과 두꺼비의 구별됨이 무슨 의미가 있을까? 자연 앞에선 모두 한낱 약한 존재들일 뿐이다. 인간과 두꺼비는 야성적 자연이 주는 거친 고난을 함께 "뚫고 지나온" 존재들이다. 두꺼비가 "어미인 양" 스님의 품에 안기고 스님이 또 두꺼비를 안아주는 대등한 생명의 모습은 참으로 따뜻하고 아름답다.

이러한 "생태학적 상상력"[5]의 접근을 통해 "우리의 큰 문명 공동체, 곧 지구의 평화로움으로 이끌어"[6] 온 이시영의 시는 생태철학의 면모를 보인다. 결국 그에게 자연성은 생명성의 다른 이름이며, 이는 그의 문학적 세계관에 있어 매우 중요한 자리를 차지한다. 자연과 역사가 합일하는 그의 개인적 시사(詩史)에 우주적 감수성이 깊게 자리 잡고 있는 까닭 또한 이로서 해명된다. 그의 시는 근원을 향해가면서 그 근원이 매우 웅장한 우주적 진실을 담고 있음을 체득해나가는 과정의 산물이기도 하다. 그러기에 자연을 응시하는 그의 시선은 모든 생명이 저마다 지닌 "마음의 표정"을 결코 놓치는 법이 없다.

> 풀을 뜯던 말들이 간혹 그 선량한 얼굴을 들어 바람 불어오는 쪽으로 고개를 주억거리고 있는 것을 보면, 때는 바야흐로 석양 무렵이고, 말들에게도 일말의 애수가 있다는 것을 금방 느끼게 된다.
>
> —「몽골 시편 1」 전문(『바다 호수』, 28쪽)

> 해 잠기는 옅은 강에 송사리들이 몰려 헤엄치고 있습니다.
>
> 강물이 내려다보곤 잠시 생각에 잠기다간 이내 자기의 길을 무연히 갑니다.
>
> —「삶」 전문(『아르갈의 향기』, 117쪽)

5 이지엽, 「시적 상상력의 그물 짜기」, 『시와사람』 1997년 겨울호, 242쪽.

6 위의 글, 같은 곳.

"석양 무렵" "말들에게도 일말의 애수가 있다는 것"을 "금방" "느끼게 된다"는 시인의 섬세함은 그 결이 대체 얼마나 미시적일까? '강물'이 송사리 떼들이 몰려 헤엄치는 걸 내려다본다니, 우주 만물이 지닌 마음의 표정을 구체적으로 포착해내는 시인의 솜씨에 경탄하게 된다. 시인이 포착해내는 것은 우주의 숨결이자 무늬이며 우주 자연에 대한 자각(自覺)인 동시에 그것을 바라보는 새로운 세계관이다. 그 새로운 세계관으로 보는 '죽음의 자리'는 어떤 모습일까? 아래의 시를 살펴보자.

> 한가위 달빛 아래 세상의 모든 무덤들 평등하구나
> 그 아래 아웅다웅하시던 우리 아버지 어머니 무덤도 평등하구나
> —「이 밤에」 전문(『경찰은 그들을 사람으로 보지 않았다』, 72쪽)

"우리 아버지 어머니"라는 '개별자(個別者)'[7]로서의 구체적 특수성이, 생멸의 자연 순환 원리에 따라 '보편자(單獨者)'[8]로서의 추상적 보편성을 획득함으로써 평등의 우주적 질서 속으로 편입하게 된다. 생전의 삶 동안 "아웅다웅 하시던" 두 분이 죽음으로 나란히 누워 이룬 평등, 그리고

---

7 백종현(「개별자와 보편자의 관계」, 『철학의 주요개념』, 서울대학교 철학사상연구소, 2004, 88쪽)에 따르면, "개별자들은 끊임없이 발생하고 소멸하지만, 그 개별자들에 공통인 보편적 성질들은 존속한다. 뿐만 아니라, 개별자들은 그 보편성 가운데 약간씩을 결여한 채로 존재하며, 따라서 개별자는 보편자를 닮았다. 보편자는 영구 불변적이고 그런 뜻에서 실재라고 한다면, 개별자는 이 실재를 닮았으나 명멸하는 것으로, 그런 뜻에서 실재의 모상(模像) 내지는 현상이다. 이 보편자를 개별자들의 이데아로서 절대 불변적인 참된 것으로 파악하는 플라톤에 반하여 아리스토텔레스는 개체만이 실재하는 것이며, 실재하는 것으로서 개체들은 고정 불변적인 것이 아니라 변화 중에서 자기 자신을 발전시키고 완성시켜 나간다고 본다."

8 위의 글, 같은 곳.

세상 모든 생명들이 죽음 앞에서 이룬 평등에 대해 이시영은 '밤'이라는 어둠의 시간에, 무덤 앞에 앉아 생각한다. 이와 같은 우주적 시선을 통한 깨달음의 탐색은 현실을 초월하는 달관의 관점으로 이어진다. 일생의 갈등과 다툼도 시간 속에 용해되어 결국 죽음이라는 평등의 자리로 옮겨가는 것이 필연이다. "달빛 아래 세상의 모든 무덤들 평등하"다. 우주의 질서를 외면하거나 깨우치지 못한 삶은 욕심과 고집에 의해 허무해진다. 인간은 자아와 우주가 일체라는 인식을 늘 지녀야 한다.

> 우면산에서부터 따라온 나비 한마리가
> 창턱에 날개를 접고 앉아
> 그 까만 눈동자로 나를 빤히 쳐다보고 있었다
> 나도 맑은 눈동자로 그를 가만히 바라보았다
>
> —「나비를 보다」 전문(『호야네 말』, 48쪽)

굳이 장자의 호접지몽(胡蝶之夢)을 떠올리지 않더라도 이 시가 인간과 자연의 경계가 지워져 하나 되는 물아일체의 순간에 대해 이야기하고 있음을 우리는 알 수 있다. "나비를 보다"라는, 주체인 '나'의 관점에서 나와 나비의 관계는 시작되지만(대상은 이미 자기 선택에 의해 '따라오'는 주체적인 자세를 취한다), 차츰 서로 동등한 위치에서 마주하는 관계로 변모하고(주체와 대상은 각자의 능동적 행위를 '접고 앉'는다), 마침내는 주체와 객체가 구별되지 않는 지점으로 옮겨간다. 즉 처음의 '(내가) 나비를 보다'의 관점에서 '(나비가) 나를 보다'의 관점으로 바뀌는 것인데, 이는 각자가 주체이면서 서로의 대상이 되는 이른바 "간(間)주체성"을 갖게 되는 것이다. 서로의 주체성을 인지하는 순간부터 상대적 구별은 사라지고 진정한 합일이 이루어진다. 이런 일체화가 바로 우리가 지향해야 할 시좌(視座)이다. "그의 자연은 어떤 형식으로든 거의 '반드시'라고 할 수 있을 만큼 인간과 '관계'를 맺고 있다. 그리고 그 관계는 주객관의 소멸과 함께 이루어지는 일체화이자 합일이다. 자연이 자신을 "인간 쪽으로 끌어당긴"[9]다. 이시영의 시는 인간의 내면에 우주가 담기고 또 우주가 인간을 포괄하는 방식을 일깨운다. 이 원대한 우주적 상상력은 그가 일찍이 고향에서 획득한 원체험의 진화로 보아도 무방하다.

"이시영 시의 뿌리는 그의 고향 구례의 산과 들이고 또 그를 낳고 길러준 어머니들이다. …(중략)… 그의 수많은 자연시들은 육안적(肉眼的) 관찰의 소산이라기보다 본질적으로 유년기 체험의 되새김, 즉 기억과의 싸움이다. 그 점에서 그의 자연시는 추억의 형식으로 진행되는 내면의 시이기도 하다"[10]는 평가라든가 "자연의 무위성(無爲性)을 존중하고 자연을 자연 그대로 바라보고 자연 속으로 들어가 자연 속의 미세한 존재들과 함께 뛰어놀 줄 아는 시인이다. 그가 생각하는 자연은 언제나 돌아가 편안히 쉴 수 있는 곳이고, 친구처럼 그와 격의 없는 대화를 나눌 수 있는 대상이다. 그런 점에서 그의 시의 가장 중심이 되는 근원적인 이미지인 어머니와 고향은 그의 또 다른 자연인 셈이다. 이렇듯 그의 시에서 자연은 시인의 육친적 자연인 어머니로부터 시작해서 유년적 삶의 터전이었던 고향, 나아가서는 민족 공동체로서의 조국에 이

---

9 김정란, 「길의 시들, 남는 발자국과 지워지는 발자국」, 『창작과비평』 1994년 가을호, 377쪽.

10 위의 글, 65~66쪽.

크기까지 환유적으로 연결되어 커다란 유기체로서의 자연을 이루고 있다"[11]는 또 다른 평가는 이시영의 서정과 현실의식의 근원을 파악하는 참고 텍스트로 큰 설득력을 지닌다. 이시영은 자연과 근대성의 대조를 넘어 우주적 근원을 모색하는 치열한 탐색을 끊임없이 시도해왔다.

이러한 시도는 김주연이 언급한 "숨김과 드러냄"의 방식으로 끊임없이 진행되어왔으며, 그 과정에서 이시영은 자연에 대한 극진한 관심과 천착을 드러내기도 하였다. 이시영이 자연에 관심을 둔 것은 자연 순환의 원리야말로 가장 분명하고 정확하며 "가장 현실적인 해결의 세계"[12]이기 때문이다. 가장 정확한 순리인 자연을 바탕으로 한 세계는 그 본 모습이 감춤 없이 나타난 '진상(眞相)'이다. 이시영은 이 자연성의 상태를 근원적 섭리로서 인식하며, 그것을 파괴하고 왜곡하는 모든 폭력성에 대해 저항하고 비판하는 방식으로서 그의 시세계를 더 탄탄하게 구축해 간다.

> 깊은 산 골짜기에 막 얼어붙은 폭포의 숨결
> 내년 봄이 올 때까지 거기 있어라
> 다른 입김이 와서 그대를 녹여줄 때까지
>
> —「노래」 전문(『무늬』, 11쪽)

자연은 그대로인 듯하지만 늘 변화하며, 고정불변의 법칙에 매여 있는 듯하지만 자유롭다. "얼어붙은 폭포의 숨결"이라는 결빙 상태는 오

---

11 박남희, 「人爲와 無爲의 변증법」, 『불교문예』 2004년 여름호, 117쪽.

12 김주연, 『무늬』 해설, 문학과지성사, 1994, 109쪽.

래 가지 않을 것이다. 더운 봄의 입김에 여지없이 녹아 흐르며 생명력으로 꿈틀거릴 게 틀림없다. '숨결'을 가진 것은 살아 있는 것이고, 살아 있는 것들은 모두 '노래'할 수 있다. 모든 자연 대상은 그런 힘을 내재하고 있다. 그런데 그 힘이 외부로 발휘되려면 '줄탁동시(茁啄同時)'와 같이 "다른 입김"이 필요하다. 모든 생명은 타자와의 만남을 통해 불완전함에서 완전함으로 전환되는 것이다.

결빙(結氷)과 해빙(解氷) 사이에서 시인은 노래한다. '얼어붙은 폭포'는 「引力」에 위태로이 서 있던 '벼랑'의 변형이다. 그런데 시인이 정작 주목하는 대상은 폭포가 아니라 '폭포의 숨결'이다. 그 숨결과 '다른 숨결'이 어우러지면 폭포수는 다시 쏟아져 내릴 것이다. 흐르는 물이 보통 '시간'을 상징한다고 했을 때, '폭포' 역시 자연의 순리를 함의하며, 이시영의 시에 담긴 현실 참여의 정신에서 보자면 정의로운 역사의 은유가 된다. '다른 숨결'은 민중의 각성을 의미할 것이다. 위 시는 민중의 숨결이 역사라는 빙폭을 다시 흐르게 해 폭포 소리가 노래처럼 우렁차게 울려퍼질 것이라고 이야기한다.

이시영은 자연에 천착하면서도 "자연의 개별적인 아름다움에 함몰되지 않고 자연의 우주적인 질서의 일부로 파악하면서 존재의 의미와 희열을 노래"[13]하고 있다. 이는 그의 시가 "서정적이면서도 무겁고 투명한"[14] 기질, 묵묵하고 깊은 서정성에 뿌리를 내리고 있기 때문이다. 그 서정성은 단지 수동적 풍경에 대한 몰입을 넘어 묵직한 우주의 신탁을

13 김윤배, 「철둑집의 이시영」, 『현대시학』 1999년 3월호, 223쪽.

14 위의 글, 같은 곳.

우리에게 전한다.

서정은 자아와 세계가 합일되는 지점에서 발생하는 것이다. 자아와 세계의 동일화를 존 듀이는 '미적 체험'이라고 정의하였는데, "아리스토텔레스나 계몽주의 시대를 거치면서 인간의 이성이 부각되는 바람에 그 밑에서 숨을 죽이고 있어야만 했던 인간의 감성을 촉촉이 적셔주고 일깨워주"[15]는 서정시의 개념은 계몽주의적 한계에 필연적으로 부딪힐 수밖에 없다. 그러나 이시영에게 서정시는 감성의 수준을 넘는 '구도(求道)의 미학'이 된다.

1970년대에는 메시지 전달에 보다 주력하면서도 사회현실과 개인적 일상을 포괄하는 서정시들이 등장하게 되는데, 이시영의 시는 바로 그런 존재성과 구체성을 견지하는 서정시 본연의 몫에 충실하면서도 유성호의 말처럼 견고한 "서술성과 서정성"을 바탕으로 한 시학을 전개해 왔다. 다시 말하자면, 이시영의 시에서 서사와 서정은 분리된 것이 아니라 서로에게 목표가 되고 있으며 그로써 서정은 서사를 내포하고 서사는 서정을 지향하는 식이 되는 것이다. 서정이 서사를 위해 동원되는 기술적(記述的) 장치이거나 수동적 풍경이 아니며, 서사가 서정에게 역사성과 현실성을 부여하려는 무대가 아닌 것이다. 이시영 시의 형태상 본질과 내용의 핵심은 이렇게 하나의 몸이다.

그에게 서정시는 시대적 현실을 방기(放棄)하거나 민중의 삶과 운명, 자아의 내면적 움직임을 외면할 수 없는 문학의 영토이다. 따라서 평화로운 자연적 공존이 가능했던 유년의 고향과 모성적 삶의 파괴는 예

15 정효구, 『존재의 전환을 위하여』, 청하, 1987, 69쪽.

민한 서정적 결을 가진 이시영의 내면에 절망과 위기의식을 불러일으키며 그의 문학적 방향성에 결정적인 사건이 된 것이다. 자연은 그에게 서사의 미래를 가리키는 깃발이며, 서사는 이 깃발이 높이 걸려 있는 산마루다. 그에게 자연은 "스스로 숨 쉬며 우리 인간에게 말을 건네는 또 하나의 인격체로서의 존재적 위의이다. 이시영은 자연으로부터 현실적 삶의 뿌리를 재인식할 수 있는 원동력을 얻"[16]는 것이다.

자연이라는 원초적 생명성에 대한 뿌리 깊은 지향은 그의 시를 부박한 현실 위에서 더욱 굳건하게 붙들어주며 내일로 나아가는 힘이 된다. 자연은 그의 의식 속에서 유년의 공간과 시간, 잃어버린 고향의 모습과 냄새, 회복해야 할 생명성의 어떤 상태를 의미하거나, 닮아 있다. 그런 원초적 생명성을 향한 천착이 끊임없이 그의 의식과 내면을 깨어 있게 하고 또 나아가게 한다. 그 나아감의 궁극적 지향점은 우주의 심연과 만나 하나가 되는 인간이다. 모든 시는 그곳에서 출발해 다시 그곳에서 귀결될 것이다. 이시영은 그가 체험한 자연의 파도와 섬광, 무늬를 우리에게 "오디세이"로 들려주고 있다.

2) 기억과 체험의 서정적 형상화

문학에 있어서 '체험'의 문제는 중요하다. 개별 체험의 총합과 그에 대한 해석은 사회적 현실을 파악하고 미래를 예측하는 유의미한 지표가 될 수 있다는 점에서 사회현상학적으로도 큰 의미를 지닌다. 체험은

16 박윤우, 「대담 : 시인의 근황」, 『시와시학』 1995년 가을호, 61쪽.

"쓰기"이기도 하고 "읽기"이기도 하다. 체험이 어떻게 문학작품으로 형상화되고 텍스트로서의 가치를 지닐 수 있게 되는지 이해하는 데서부터 문학은 출발한다. "경험의 여러 가능성들을 현실화한 것으로, 보편성과 당위성을 전제로 하여 '있을 수 있는' 세계를 기록"[17]한 문학작품에 내재된 체험에 대한 분석은 문학과 현실 사이의 상관관계를 연구하는 데 있어 매우 중요한 노력임에 틀림없다.

시인의 체험은 시세계 속에서 어떻게 그려지며, 어떠한 의미와 영향력을 가지는가? 체험을 문학적 질료이자 가능성으로 상정할 때, '기억'이라고 하는 의식작용과의 상호 연관성을 생각하지 않을 수 없게 된다. 기억은 체험의 재현인 동시에 해석이다. 해석되지 않는 기억은 존재하지 않는다. 기억이 세월에 따라 다른 내용으로 변용된다든가 아니면 그 의미를 달리하게 되는 것도 모두 이러한 까닭이다. 시도 기억의 창고에서 태어나는 문학이다. 시를 흔히 상상력의 산물로 보지만 엄밀히 말해 그 상상력 또한 시인 자신의 개인적 체험과 기억이 발현되는 것이다. 시인의 과거 체험을 주의(注意) 또는 의지(意志)라는 '선택'에 의해 보다 생생하고 정밀하게 완결된 양태로 변환시키는 것이 '기억'이다.

복잡하게 뒤섞이고 얽힌 정황과 광경, 여러 감각과 감정, 신체적 반응들과 심리적 움직임 등 수많은 저장 가능성들 중 특별히 선택된 것들을 버트런드 러셀은 '진정한 기억'이라 정의했는데 —이에 대비되는 개념은 '습관적 기억'이다—바로 이것이 '문학적 체험'과 중요한 의미 관계를 갖는 요소로 작용하는 것이다. "요컨대 기억은 우리들의 실제 경험

---

17 김준오, 『시론』, 삼지원, 1991, 290쪽.

을 수정하고 유형화시켜 '완성된 경험'으로 재현시킨다는 점을 간과할 수 없"[18]으며, "이것이 의의 있는 경험의 특질로 문학에서 사용되"[19]는 것이다. 기억과 문학의 관계는 이렇게 체험의 재현과 해석의 완성을 의미한다.

체험의 축적으로서의 기억이 창작활동에 미치는 영향과 의미 관계에 대해 거론하는 것이 새삼스러울 정도로 "예술가들의 체험의 축적, 즉 기억은 그가 행하는 작업의 처음과 끝이라고 말할 수도 있을 정도이다. 어떤 점에서 '기억은 모든 예술의 재료이다'라고 말하는 것만으로는 부족하다. '기억'은 개인의 존립과 사회의 존립 모든 것에 근간이 되기도 한다. 개인에게 기억은 자기 정체성의 중심이며, 사회에게 기억은 그 공동체의 역사가 되기 때문이다."[20] 그래서 문학은 언제나 자전(自傳)전 진술의 변형이다. 여기에는 사실과 기억 그리고 상상력과 서술의 방식이 연동된다.

문학의 가장 중요한 질료 두 가지는 '기억'과 '상상'이다. 흔히 기억을 있었던 일, 즉 사실과 관련된 영역으로 본다면 상상은 있기를 바라는 일, 꿈꾸는 소망과 관련된 영역이라고 본다. 이는 때로 '현실'과 '비현실'의 이분법이 되기도 하는데, 그것은 조금 다른 차원의 문제다. 현실에선 부재하는 과거의 현실이 때로 더욱 '현실적'이기도 하고, 현실 속 실재하는 어떤 대상이 전혀 '비현실적'일 수도 있기 때문이다.

가공의 사실도 문학에서는 때로 현실이 되기도 하고, 지극히 생생했

18 위의 책, 315쪽.

19 위의 책, 같은 곳.

20 최동호 외 24인, 『현대시론』, 서정시학, 2014, 85쪽.

던 현실도 시간의 섭리에 포섭되면 어김없이 기억 저편으로 사라지기도 한다. 그 과정에서 기억은 상상을 덧입어 다시 새롭게 창조되기도 하는데, 어떤 강렬한 기억들은 과거의 현실을 더욱 도드라진 빛깔로 기록하게도 하고, 미지의 세계를 그 기억의 잔상에 가장 근접한 가상의 현실로 그려내기도 하는 것이다.

때문에 기억과 상상의 거리는 그리 멀지 않다. 벤야민도 그의 글 「사유 이미지」 중 발굴과 기억 편에서 "기억은 지나간 것을 알아내기 위한 도구가 아니라 오히려 매개물(Medium)"[21]이라고 했다. 도구는 쓰임이 한정되어 있지만 매개물은 그 역할과 의미가 보다 확대된 것이다. 이런 관점에서 기억은 그 자체가 해석의 대상인 동시에, 해석의 주체가 되기도 한다. 바로 그 어떤 특정한 기억 때문에 다른 기억들에 대한 기억의 방식과 해석의 각도가 결정되기 때문이다. 상상은 이런 재현과 재해석의 과정에서 비현실적 질료까지 문학이라는 현실로 만들려는, 작가의 '경계선 넘기'의 동력이 된다.

그런 '기억'과 '상상' 영역에서 가장 예민한 결을 가진 예술적 존재가 바로 시인일 것이다. 만약 문학이 꼭 사실을 다루어야 하고 기억 아닌 기록을 바탕으로 해야 한다면 문학은 그 성립부터가 불가능할 것이다. 문학 속에 형상화된 진실은 현실의 사실과는 또 다른 의미의 사실이며, 설사 그것이 허구일지라도 인간의 삶에 작용하는 '문학적 진실'로서 큰 감동을 줄 수 있는 것이다. 그리고 이 문학적 진실이 작가에게나 독자에게나 하나의 의식으로 자리 잡는다면 그것은 하나의 의미 있는 "현

21 발터 벤야민, 『일방통행로 사유이미지』, 김영옥 외 역, 길, 2007, 182쪽.

실"로 그 존재가치를 얻게 된다.

이시영에게도 기억으로서의 지난날과 오늘이란 시간은 단지 시계열(時系列)적 사건이 아니다. 그는 과거의 일들이 망각 너머로 사라짐으로써 영원한 소멸로 종결되기를 원치 않기에 지난날 특별한 삶의 기억들을 현재의 시간 속에서 깊은 응시로 복원해내고 있다. 그리고 이 기억의 재현이 독자들에게서 저마다의 의미로 해석되기를 기다린다. 자신의 체험이라는 원초적 질료를 공유하려는 것이다.

때문에 이시영의 시세계를 파악하는 데 있어 그의 '체험'과 '기억'의 문제는 중요하다. 특히 그가 유년시절 자연을 통해 감각하고 인식한 것들, 그 생생한 체험은 그의 시세계에 특유의 서정성과 현실의식을 형성한 결정적 요인이기 때문이다. 원초적 생명력이 충만했던 고향 마을의 모습과 이웃들에 얽힌 기억은 그의 문학과 현실 인식의 근거가 되어왔다.

유년시절 고향에서의 체험은 「마음의 고향」 연작을 비롯한 수많은 시편들에서 그리움이라는 정서로 드러난다. 이시영은 사무치는 애정 없이는 도저히 기억할 수 없을 방대한 이야기들을 「우리 마을 宅號 풀이」, 「우리 마을 地名 풀이」(『바람 속으로』) 등의 시편에 풀어내고 있다. 이는 그가 '기억'을 현실과 단절되고 유리된 단순한 과거 사건으로 여기는 것이 아니라 '죽음'이라는 인간의 최종적 한계 뒤에도 '기억'은 여전히 현재와 교신하며 살아 숨 쉬는 의미가 될 수 있다고 믿기 때문이다. 그래서인지 아래 인용한 두 편의 시는 모두 종결어미를 현재형으로 처리하고 있다.

우리 마을 아낙들은 나이 오십이 넘어 귀밑머리에 새털이 돋을 때까지도 늘 하나씩의 고향을 지니고 살아가는 것이었다. 구성 새마을서 시집왔다 하여 새터댁 승주군. 삽치고개 너머서 시집왔다 하여 삽재댁 웃대내서 왔다 하여 웃대내댁 안대내에서 왔다 하여 안대내댁 메산잇골에서 왔다 하여 메산잇댁 간전면 홍대리에서 왔다 하여 홍대댁 바더리 서쪽에 있는 들에서 왔다 하여 잔지내댁 서당동에서 왔다 하여 서당골댁 향교 동네에서 왔다 하여 생기몰댁 상촌 동남쪽에서 왔다 하여 바저울댁 대죽골 서쪽 등성이에서 왔다 하여 부뭇등댁 절골에서 왔다 하여 절골댁 산태구미에서 왔다 하여 동매댁 마당재 너머에서 왔다 하여 마당재댁 당치에서 왔다 하여 당재댁 죽안 들에서 왔다 하여 고라실댁 구만리에서 왔다 하여 구만댁 가는젱이에서 왔다 하여 가는정댁 뿔당골 북쪽 골짜기에서 왔다 하여 통시골댁 개버들에서 왔다 하여 버드실댁 고사평댁 섬들댁 개정지적 납재댁 바른골댁 담안댁 발막댁 서냉기댁 서무니댁 손메댁 외앗등댁 화얏들댁 대수골댁 냉천댁 당그래골댁 횟골댁 수와대댁 아랫솨대댁 둔사치댁 배촌댁 새치미댁 달계댁 왼다몰댁 성재댁 더렁이댁 달뜨기댁 가작굴댁 간동댁 골몰댁 월등댁 야동댁 밤재댁 잿말댁 외산댁 내산댁 용두댁 배들재댁 넙들댁 황새몰댁 정쟁잇댁 갑산댁 한평댁 한들댁 됭편댁 구시막댁 지왓골댁 능쟁이댁 봉동댁 봉산댁 수월댁 들이 어디서 비를 그었는지 앞서거니 뒤서거니 왁자지껄 쏟아져나와 머리마다 빈 대소쿠리며 농약병이며 호미며 새참거리들을 이고 쏘내기 그친 쨍한 통새밋들로 막 내려서는 것이었다. 어디서 진한 풋깻잎 익는 냄새가 났다.

—「우리 마을 宅號 풀이」 전문(『길은 멀다 친구여』, 78~79쪽)

평생을 저 앞들에 엎드려 일하시다
죽어 북망이라 찾아든 곳이 겨우 동네 뒷산 야트막한 가래뜸
홍대댁 논실댁 곡성댁 새터댁 냇가물댁 들이
앞서거니 뒤서거니 사이좋게 누워 때론 더운 김도 내뿜으며

저세상을 새로 살고 계시구나

—「저 세상」 전문(『경찰은 그들을 사람으로 보지 않았다』, 54쪽)

위 두 편의 시에는 '저 세상'과 '이 세상'만큼의 시공간적 간극이 있다. 그럼에도 각기 다른 두 시공간은 완전히 분리되지 않고 동일한 장면(기억) 가운데 중첩되고 있다. 두 편의 시는 모두 "앞서거니 뒤서거니 왁자지껄 쏟아져나와" "앞서거니 뒤서거니 사이좋게 누워" 현재에도 여전히 현재적 존재로 기억에 살아 있는 과거의 인물들을 애틋한 눈으로 바라보는 시들이다. 과거의 인물들은 이시영의 문학적 시간 속에서 현재로 이주해온다. 과거의 기억들은 소멸되지 않는다. 소멸되지 않을 뿐만 아니라 새로운 힘을 발휘한다. 과거 우주 자연의 질서를 내면화하여 이웃과 더불어 살았던 이들의 삶을 재현함으로써 오늘날 현대인이 겪는 결핍과 불구, 질병들의 해결책과 대안을 제시하는 것이다.

이시영의 시에서 무수히 등장한 과거의 실존 인물들, 즉 "동네에서 그 집 부엌이 제일 정갈하여 홍대댁이 그 물로 반지르한 무쇠솥을 한번 가시고 퍼낸 밥맛이 일품"(「홍대댁」)이었던 길태 어머니 홍대댁이라든가 "그의 딸 영자 영숙이 순임이"와 "밭 사이로 일어섰다 앉았다 하며 커다란 웃음들을 웃"던 허리 굵은 논실댁(「마음의 고향 2」), "밤새도록 캄캄한 저승길을 하염없이 가다" 감쪽같이 돌아온 외미동댁이 내처 부르던 우리 어머니 곡성댁(「외미동댁」), "키가 훌쩍 커 어렸을 적 헤엄도 잘 쳤을" 냇가에서 시집 온 냇가물댁(「길은 멀다 친구여」) 등은 지금은 세상에 존재하지 않지만, 그들이 '기억'이라는 호흡을 통해 여전히 살아 숨 쉬는 오늘의 자리에서 시인은 '어제'와 '저세상'이 아닌 '지금' 그리고

'이세상'을 보고 있다. 이시영에게 기억이란 흘러가버린 죽은 시간에 관한 것이 아니며, 늘 현재적으로 현실을 구성하는 질료이다. 이러한 이시영의 과거에 대한 인식에 대해 신진숙은 다음과 같이 말한다.

> 그렇다면 이시영은 과거를 통해 무엇을 찾는가. 시간이 흐를수록, 시인은 더 많은 과거를 떠올린다. 가공할 기억력을 통해 떠올려지는 과거는 미래를 이기고 현재 속에 살아남는다. 그는 현재 우리가 살아가고 있는 가혹한 불모의 세계를 과거 이미지와 겹쳐 읽는다. …(중략)… 아마도 그것은 시인이 역사 속에서 기록되지 않은 삶에 주목하는 것과 관계 되리라. 역사의 진정한 주인은 기술되지 않았다. 그러나 사라진 '누군가'의 삶, 비천하지만 생생한 삶을 살아냈던 누군가의 고통이 없었다면 현재는 없다. 그러므로 과거는 현재에 대한 자신의 권리를 주장할 수 있다. 과거는 고통스럽지만 존재의 근원이며 현재를 구원해 줄 의미 있는 토대로 재사유된다.[22]

신진숙의 말처럼 이시영은 "사라진 '누군가'"들이 자기 목소리와 표정을 가지고 말하고 움직일 수 있는 공간을 시에 마련한다. 앞서 말했듯 이시영은 이런 면에서 '문학적 샤먼'이다. 그가 『바다 호수』의 자서에서 밝힌 바 "그분들 속에 내가 들어가 살아 있듯 그들도 내 속에 이렇듯 사라지지 않는 긴 시간을 함께 살고 있는" 상태, 그 상태를 가능하게 하는 동력이 바로 '기억'이다. 샤먼은 죽은 혼령들을 현실계로 불러낸다. 그때 혼령들은 현재의 주체가 되고, 현재의 인간은 그들의 과거와 자신들의 현재를 공유하게 된다.

---

22 신진숙, 「느낌의 동학(動學)」, 『문학선』 2013년 여름호, 59쪽.

그의 시에는 집안 어른과 친척들, 노복(奴僕), 동네 아낙들과 이웃, 학창시절의 벗들, 등하굣길의 풍경과 자연 속의 일상 등 그의 유년기를 채운 수많은 추억들이 빼곡히 들어차 있다. 그가 살아 있는 한 그 추억 속 시간과 공간, 사람, 사건들은 여전히 살아 있는 실체가 된다. 그는 언젠가 "과거도 오늘의 새로운 눈으로 보면 당당히 현재성을 가질 수 있다"고 말한 적 있다. 놀라운 것은 그의 기억을 이루는 요소들이 누구나 기억하는 큰 사건만이 아니라, 아주 소소하고 미미한 사건들, 무명(無名)의 존재들의 삶들로 채워져 있다는 점이다. 이로써 그의 시는 단지 이시영 개인의 사적인 자전(自傳)을 넘어 집단적 자서전 내지 민중전기(民衆傳記)가 된다. 목소리 없는 이들의 목소리가 된다.

> 머리를 풀고 풀숲을 가르는 배암의 착한 배처럼
> 허공을 향해 차고 오르는 새들의 무서운 첫 발자국처럼
> 먼 산굽이를 돌아나가는 꽃상여의 은은한 요령소리처럼
> 내 놀던 모래사장에 쓸리는 외로운 조가비의 낮은 탄식처럼
> —「범종소리」 전문(『경찰은 그들을 사람으로 보지 않았다』, 98쪽)

이 시에서 우리는 그 어떤 소란이나 큰 동작, 시끄러운 소리를 감지할 수 없다. 시인이 노래하는 대상이 모두 무(無)의 흔적을 남기는 것들이기 때문이다. 시간이 지나면 결국 마침내 화자가 어린 날 놀던 모래사장 "외로운 조가비의 낮은 탄식"처럼 결국 사라지고 마는 범종의 소리가 그렇다. 그 소리를 시인은 이 시대가 들어야 할 소리, 봐야 할 흔적으로 되살려내고 있다. 이러한 기억의 '환생'과 '부활'은 이시영이 유년시절 체험한 자연 속에서의 삶이 없었다면 불가능했을 일이다. 아스라이

소멸된 풍경, 장면, 소리 등 '과거'라는 낡은 필름은 시인의 기억을 통해 '현재'라는 디지털 영상으로 복원되는 축복을 누린다.

> 어렸을 적 석양녘이었다. 따스한 참새들의 알을 꼭 한 알만 얻겠다고 가만가만 새들이를 타고 올라간 여동생이 두근거리는 가슴을 누르며 처마 밑에 막 손을 집어넣었을 때였다. 콩닥거리는 참새들의 알 대신 차고 미끄러운 것이 쓰윽 고개를 내밀고 나왔다. 굵고 긴 구렁이였다.
>
> —「집지킴이」 전문(『은빛 호각』, 72쪽)

> 농약 때문에 구렁이들이 완도를 제외하곤 한반도에서 모두 사라졌다고 한다. 어릴적 마루에 엎드려 방학숙제를 하다 무언가 섬찍한 느낌이 들어 머리를 들면 돌담을 타고 스르륵 미끄러져가던 어른 팔뚝 굵기만하던 구렁이, 슬로우 비디오처럼 느릿느릿 배를 밀어 돌담 끝에 이르면 산보 나오신 할아버지처럼 꼭 한번 고개를 돌려 어린 나를 힐끔 내려다보곤 했다.
>
> —「집지킴이」 전문(『경찰은 그들을 사람으로 보지 않았다』, 71쪽)

어떤 과거의 경험은 한 사람의 일생을 관통하며 영영 잊히지 않는 기억으로 새겨지기도 한다. 이시영에게도 그런 기억들이 있다. 그 기억들은 그의 체험과 시선을 구성하며, 그가 세상의 수많은 양상들에서 '감동'과 '충격'을 민감하게 느낄 수 있도록 남다른 감각과 세포를 제공한다. 오늘날 우리는 바로 감동하는 능력, 충격을 느끼는 통각을 잃어버린 시대에 살고 있다.

이시영의 기억에 새겨진 장면들이 이시영 개인만의 특별한 경험은 아니었을 것이다. 그러나 이시영은 어느 한 세대의 보편적 경험을 문학이라는 특수한 액자에 단단하게 걸어놓을 줄 안다. 그 액자는 얼핏 낡은 듯하지만 늘 새로운 빛을 발한다.

> 중학교 일학년 일학기 때였다. 하굣길에 아래냇가 방천둑에서 소를 뜯기고 있던 아버지를 만났다. 다가가 모자를 벗고 인사를 올렸더니 아버지가 진짜 소처럼 웃었다.
>
> —「소처럼 웃다」 전문 (『경찰은 그들을 사람으로 보지 않았다』, 112쪽)

> 새갈지라는 전라도 무김치가 있었다. 한겨울 움속에서 갓 꺼내와 숭덩숭덩 썰어 밥 한 술과 함께 잇사이로 깨물면 먼 조상 적의 아득한 흙내음이 그대로 전해오는 것이었다.
>
> —「전라도 김치」 전문(『우리의 죽은 자들을 위해』, 31쪽)

> 저 위의 함경도 여자들은 머리에 임을 내려주거나 우물가에서 무거운 물동이를 이어주면 "아심찮슷꾸마"하고 마치 화가 난 듯 강한 악센트로 말하고 총총히 사라진다고 하는데, 저 밑의 내 고향 전라도 여인들은 그런 일을 당하면 보리밭에 종다리 나는 소리로 "아따 아심찮구만이요이……" 하면서 비음(鼻音)을 길게 빼면서 봄 훈김 어지럽게 어른거리는 밭둑 너머로 천천히 사라지는 것이었다.
>
> —「아심찮다」 전문 (『우리의 죽은 자들을 위해』, 20쪽)

어머니에 비해 상대적으로 먼 세계처럼 느껴지던 아버지가 "진짜 소처럼 웃"은 날의 기억은 따뜻한 슬픔의 정서를 불러일으키며 그의 시 속에 들어와 있다. 또 고유한 지역성을 가진 음식 '새갈지'와 사투리 "아심찮다"가 불러일으키는 향수는 그것을 향유하는 일상의 행위 과정과 함께 일반화되면서, 누구도 경험해보지 못한 공동체적 무의식에 대한 정서적 합일을 이끌어내기까지 한다.

이렇듯 이시영의 고향 체험들은 풍부한 표정을 지닌 다양한 시적 정황들로 그려지고 있는데, 기억이라는 이름으로 소환되는 과거의 장면들은 그에게 있어 그리움의 또 다른 표현일 것이다. 뿐만 아니라 그 '기억'들은 그 과거를 직접 체험해보지 못한 이들에게조차 향수를 불러일으킨다. 이는 이시영이 우리 역사 안에 깊게 잠겨 있는 무의식의 질펀한 원형을 길어 올릴 줄 알기 때문이다. 이 질펀함을 달리 표현하자면 섬세한 인정(人情)과 따뜻한 인연, 그리고 끈끈한 삶의 서사라고 할 수 있겠다.

> 이렇게 비 내리는 밤이면 호롱불 켜진 호야네 말집이 생각난다. 다가가 반지르르한 등을 쓰다듬으면 그 선량한 눈을 내리깔고 이따금씩 고개를 주억거리던 검은 말과 "얘들아, 우리 호야네 말 좀 그만 만져라!" 하며 흙벽으로 난 방문을 열고 막써래기 담뱃대를 댓돌 위에 탁탁 털던 턱수염이 좋던 호야네 아버지도 생각난다. 날이 밝으면 호야네 말은 그 아버지와 함께 장작짐을 가득 싣고 시내로 가야 한다. 아스팔트 위에 바지런한 발굽 소리를 따각따각 찍으며.
>
> —「호야네 말」 전문(『호야네 말』, 46쪽)

이시영의 시들은 바슐라르적 몽상보다는 김수영적 의식과 김종삼, 박용래에 가까운 호흡을 지니고 있다. 바슐라르처럼 독서체험이나 교양 혹은 무의식의 원형을 소환하는 것이 아니라 그 자신의 무의식에 파고든 원체험을 통한 구체적이며 깊은 울림을 시에 담아내고 있기 때문이다. 그 원체험은 끊임없이 우리에게 새로운 풍경을 제시하며 그 내부로 우리를 다정하게 초대한다. 이런 의미에서 이시영의 시는 일종의 '초대장'이다. 이토록 따스한 초대장을 어떻게 거부할 수 있을까?

이승원은 이러한 이시영의 시세계를 가리켜 정교한 사실적 묘사가 깃든 '구체성의 시학'이라 언급한 바 있는데, 가령 위의 「호야네 말」에서는 궁벽한 현실 가운데서도 당당함을 잃지 않는 가난한 사람들의 온기 있는 삶이 '따각따각' 울리는 말굽 소리처럼 맑고 쟁쟁하게 나타나는 식이다. 이처럼 이시영의 시는 대단히 입체적이고 재현의 수준이 높으며 몰입도 역시 강하다.

> 구례읍에 내리면 나는 우선 로터리의 호남약국 쪽을 돌아다본다. 거기에 나이 드신 황의복 선생님이 앉아 계시면 고향은 아직 안녕한 것이다. 1958년 4월 유리창으로 노오란 햇살이 미끄러지던 첫 학기 첫 수업시간, "저기 흰옷 입은 학생 31쪽 '바닷가 어부'를 한 번 읽어 보세요!" 세상에서 맨 처음 나를 지명해주셨던 분, "우리 언제 성동이랑 함께 압록으로 은어회 먹으러 가자 이" 하시면서 이제는 진열장에서 박카스를 한 병 꺼내주시는 분.
>
> —「황의복 선생님」 전문(『아르갈의 향기』, 38쪽)

위 시에는 이시영의 과거 기억과 생생하게 중첩되며 되살아나는 현재적 풍경이 또 하나 펼쳐지고 있다. "1958년 4월 유리창으로 노오란 햇살이 미끄러지던 첫 학기 첫 수업시간"에 "세상에서 맨 처음 나를 지명해주셨던 분"에 대한 기억이 그것이다. 이름을 부르는 행위는 대상과 관계를 맺는 일이며, 존재의 의미를 인식하게 됨을 뜻한다. 더욱이 단순한 '호명'이 아닌 수많은 대상들 속 우연적 필연으로서의 '지명'은 세계 속에서 존재에게 새로운 의미를 부여하고 그를 특별한 존재로 재탄생시키는 행위가 된다. 이시영의 이 특별한 체험은 단지 그의 개인사에 그치는 것이 아니라 보편 다수에게 일종의 "순수시대의 회화"가 될 수 있도록 공유의 통로를 열고 있다.

"저기 흰옷 입은 학생"으로 지목되어 '바닷가 어부'를 읽어본 그 날은 이시영이 시의 언어를 통해 관계의 세상을 만난 첫날이었을 것이다. 이시영은 과거 체험에 대한 구체적이고 생생한 기억들을 놓치지 않으며, 그 자신이 기억들에게 고유한 '이름을 붙여주고' '호명하는' 작업을 지속하고 있다. 그가 그려내는 기억의 회화는 독자로 하여금 저마다 개인적으로 지녔던 지난날의 순수를 호명하게 한다.

이것은 과거를 현재 속에 되살려내는 복원 작업일 뿐만 아니라 이시영 그 자신 스스로가 과거의 기억을 통해 현재 속에 지난날의 자기존재를 더욱 생생히 존재하게 하는 일종의 부활 방식이다. 과거의 기억을 현재의 삶과 중첩시키면서 생생한 현실의 시간으로 되살려내는 그의 서정의 힘은 강하다. 현실에서는 이미 사라져버린 과거의 공간과 시간이지만, 기억에 의해 현재에 복원되어 현현한 생명력을 얻게 되는 것이다. 기억이 살아 있는 한 존재는 영원하며, 보존된 기억의 축적을 통해 존재는 실체와 의미를 지닌 존재로 되살아나게 된다.

이시영의 과거 기억 중 가장 비중이 큰 것은 향토적 원체험이다. 그 체험은 그의 시로 하여금 현대사의 굴곡을 거치면서 시대마다 새로운 발언의 힘을 갖추게 해왔다. 그의 문학의 모태가 되는 농촌에서의 전원적 삶이 보편적 도시의 삶으로 전환되는 과정을 연대기적으로 살펴보면, 유년기를 지나는 1950~60년대는 농경사회를 체험하고, 1970~80년대 상경 이후로는 도시에서의 삶을 꾸려왔음을 알 수 있다. 그가 청년기를 지나 사회로 진출할 무렵 한국 사회는 대격변기였다. 이념의 충돌과 민주화 투쟁, 급격한 산업화와 도시화로 인한 농촌의 축소 등 시대적 소용돌이 속에서 개인도 사회도 급전의 기로에 서 있었다. 이시영 역시 시대의 혼돈을 피해갈 수 없었을 뿐만 아니라, 외려 시대의 복판으로 뛰어들어 스스로 간난신고의 시간을 관통해오는 삶을 택했다. 그 절박한 삶의 행보에서 얻은 체험들은 이후 그의 문학 세계의 큰 자양분이 되어 깊은 서정과 날카로운 현실의식의 형성에 기여하게 된다. 시골에서 도시로 올라온 그가 마주한 현실은 근대의 그림자가 드리워 있는 서울의 게토였고, 거기서 고통 받는 존재들은 고향의 누이들이었다. 그러나 이시영은 이 현실 앞에서 "구토"하지 않고 현실을 이겨나갈 힘을 시 속에서 모색해나갔다.

> 전라도에서 완행열차 타고 꼬박 열한 시간을 서서 올라와 새벽녘 서울역 내리면 맨 먼저 달려드는 사람이 온몸을 오바로 감싸고 부엉이처럼 눈만 내놓은 뚜쟁이 아줌마들이었다. "총각, 쩔쩔 끓는 아랫목 있는데 몇 시간 푹 쉬었다 가아!" 따라가 보면 양동 비좁은 언덕길 다닥다닥 붙은 쉰내 나는 닭장 방, 15촉 전등 아래에 약기운 풍기며 축 늘어진 여자들은 다 순자나 숙자 들이었다. 고향 닭 잡아먹으려고 나 여기까지 왔나? 그러나 그땐 그 누이들이 내게 가장 따뜻한 가정이었다.
>
> —「1960년대」 전문(『경찰은 그들을 사람으로 보지 않았다』, 25쪽)

이성부는 이시영의 첫 시집 발문에서 "자기가 살고 있는 시대나 사회현실을 노래하는 시인들이 흔히 빠지기 쉬운 곳은 관념의 늪"이라고 말한 바 있다. 현실에 대한 강도 높은 비판은 오히려 시의 언어를 이념 선동의 구호로 몰고 가기 십상이라는 것이다. 이념성의 함정에 빠지게 되면 시는 문학이 아닌 강변(强辯)으로 전락해 그 본래의 기능과 존재 의미를 잃고 만다. 문학은 이념의 고양이 아닌 서정성의 진실한 고백을 통해 그 위상이 나타나는 법이다. 진실한 문학적 고백은 체험의 진정성과 함께 시인 자신의 내면에 대한 깊은 성찰, 그리고 사회현실을 향한 성실한 애정과 날선 의식이 동반될 때 비로소 가능해진다. 위 시에서 그의 구토가 없는 까닭도 이와 다르지 않다. 이시영은 처연한 슬픔보다 그 슬픔 안에 여전히 숨 쉬고 있는 인간애의 온기를 노래한다. "그땐 그 누이들이 내게 가장 따뜻한 가정이었다"라는 고백에서처럼 말이다.

위의 「1960년대」에서 이시영은 1960년대의 시대적 상황에 대한 구체적 묘사와 함께 자신이 체험한 일에 대한 진솔한 고백, 그리고 당대 인간 존재 양식에 대한 깊은 인식을 드러내 보이며 '문학의 진정성'에 다가서고 있다. 그 과정에서 그의 자의식과 현실인식은 감정적 분출 대신 자기응시의 방식으로 더욱 생생한 구체성의 옷을 입는다. 시에 등장하는 인물들을 단시 수동적 관찰 대상으로 삼는 게 아니라, 그 인물들이 지닌 주체적 체온을 그려내고 있는 것이다. 여기에 바로 "이시영의 시의 인간성"이 있다.

"약기운 풍기며 축 늘어진" 수많은 순자, 숙자들의 삶에 가해진 시대의 폭력성을 조명하면서, 약자들의 아픔을 그는 함께 나누고 있다. 그 고통의 나눔이 서로에게 "가장 따뜻한 가정"의 탄생을 가능하게 했다. 그러므로 그의 시는 아픔과 위로 그리고 희망이 한데 뒤섞인 풍경이 된다. 그의 시 「서울행」 또한 마찬가지다.

여수 발 서울행 밤 열한시 반 비둘기호

말이 좋아 비둘기호 삼등열차
아수라장 같은 통로 바닥에서 고개를 들며
젊은 여인이 내게 물었다
명일동이 워디다요?
등에는 갓난아기 잠들어 있고
바닥에 깐 요엔
예닐곱 살짜리 사내아이
…(중략)…
대낮에도 광산촌같이 컴컴하던 동네
스피커가 칵칵 악을 쓰고
술 취한 사내들이 큰 댓자로 눕고
저녁이 오면 낮은 처마마다
젊은 아낙들의 짧은 비명이 새어나오는 곳
햇볕에 검게 탄, 향기로운 밭이슬이 흐르는
저 여인의 목에도 곧 핏발이 서리라
…(중략)…
그러나 나는 또 안다
그녀가 모든 희망을 걸고 찾아가는 명일동은
이제 서울에 없다는 것을.
엿장수 고물장수 막일꾼들의 거리는 치워지고
바라크 대신 들어선 그린맨션 단지에선
깨끗한 아이들이 재잘거리며
푸른 잔디 위를 질주하고 있음을.
여수 발 서울행 밤 열한시 반 비둘기호
보따리를 풀어 삶은 계란을 내게 권하며
젊은 여인이 불안스레 거듭 물었다
명일동이 워디다요?

—「서울행」 부분(『바람 속으로』, 38~39쪽)

1985년에 발표된 「서울행」은 그 당시 시대상을 잘 엿볼 수 있는 작품이다. '실농'(농촌 사회의 붕괴)하고 '집을 나간'(고향 상실, 가족 해체) 남편을 찾아 상경하는 여인이 닿는 곳은 명일동인데, 화자는 그 명일동의 실상을 알고 있다. 그곳은 "대낮에도 광산촌같이 컴컴"한 소외의 공간이며, 소상인들이나 공공방송의 "스피커가 칵칵 악을 쓰"느라 조근대는 사람의 목소리는 들리지도 않는 비명과 소음의 장소, 또 순연한 자연의 일부였던 사람들이 "목에도 곧 핏발이 서"는 생활인으로 변해 악다구니를 벌이는 현장이다. 그곳에는 '희망'이 없다. 명일동은 가난한 자들에게는 캄캄하고 막막한 어둠의 공간이다. "엿장수 고물장수 막일꾼들의 거리는 치워지고", 임시막사로 지은 집이 헐린 자리엔 '그린 맨션'이 들어서고, 그 "푸른 잔디 위"에서 "깨끗한 아이들"이 뛰노는 풍경은 완행열차 "바닥에 깐 요"에 주저앉아 서울로 가는 아이의 모습과 극명한 대조를 이루고 있다.

도시화의 반대편에는 그늘이 짙게 깔려 있다. 가난한 이가 희망을 갖고 '비둘기'처럼 날아가고픈 서울을 향해 비둘기호 기차는 달리지만, 발을 내딛기만 하면 가난을 벗고 성공할 기회가 생길 것만 같은 그 믿음의 땅은 현실 가운데 존재하면서도 부재하는 곳이다. 물리적 현실 공간으로는 분명 존재하지만, 가난한 이들이 꿈꾸는 이상적 유토피아로서는 존재하지 않는 곳이 바로 명일동이다.

"모든 희망을 걸고 찾아가는 명일동은 이제 서울에 없다는 것을" 모르는 가난한 여인은 낯선 이에게 "보따리를 풀어 삶은 계란"을 권한다. 당시 삶은 계란 한 개가 지닌 가치와 의미를 상기하면, 이 장면은 진한 페이소스를 자아내며 독자의 마음을 아리게 한다. 가진 것도 없으면서,

그나마 자신이 가진 소중한 것을 낯선 이에게 내어밀며 "명일동이 워디다요?" 자신의 '모든 희망'이 헛된 파랑새가 아님을 확인하려는 여자의 모습은 절박하다. 명일동이 어디냐고 묻는 질문은 마치 "나에게 마지막 남은 희망이 있기는 한 것인가요?"라는 물음처럼 들린다. 그러나 그녀가 찾고 있는 명일동은 이제 서울에 없다. 그러므로 그녀는 명일동에 갈 수 없다. 새로운 명일동은 가난한 여인에게 높은 장벽으로 가로막힌 다른 세상일 뿐이다. 경기도에서 강남이 되고 이후 강동이 된 명일동은 삼등열차의 통로 바닥에 앉아 서울로 오는 시골 여인이 들어갈 수 없는 거대한 성채다. 이시영은 이 여인이 겪는 고통을 함께 품어 안는다. 이것이 이시영의 시가 가지는 "인간성"이자 "인간적 온도"이다.

이시영은 끊임없이 자본도시 서울의 뒷골목을 누비는 '시골의 목소리'에 주목한다. 그 소리는 도시인들이 망각한 농촌공동체의 삶, 이웃과 정을 나누며 살던 시절의 기억을 호출해준다. 위 시에서 시골 여인이 건넨 삶은 달걀과 아래 시의 동태, 꽁치, 갈치, 자반고등어는 별반 다르지 않다. 그 기호들은 전부 질퍽한 삶의 밑바닥에 잠겨 있는 휴머니즘의 모습들이자 현대인이 상실한 타자지향의 마음이며, 가난하고 소외된 이웃들이 자신의 생을 고백하는 진솔한 육성이기 때문이다.

동태 싸유……
물오징어 싸유……
꽁치 싸유……

얼굴을 보지 않아도
나는 그를 알 것만 같다

갈치 싸유……
자반 고등어 싸유……
이면수 싸유……

나른한 한낮이면 어김없이 골목 끝에 나타나
바다 밑처럼 혼곤한 주부들의 꿈길을
웃음으로 환히 뒤흔들고 가는

—「생업」 전문(『사이』, 53쪽)

"나른한 한낮"의 몽상 속에서 시인은 생생한 삶의 소리를 감각한다. 그리고 그것이 끝내 발휘할 힘에 대해 예감한다. 일상의 최전선에서 늘 분투하는 주부들을 혼곤한 잠 속에만 머물지 않도록 흔들어 깨우는 생선장수의 '삶의 목소리'는, 자신뿐 아니라 공동체적 삶을 공유하는 모든 이들의 삶에 생생한 각성의 힘을 발휘한다. 화자가 "얼굴을 보지 않아도 나는 그를 알 것만 같"은 익숙함을 느낄 때, 화자가 느끼는 그 기시감은 독자들에게 고스란히 동일 체험의 기억으로 환기된다. 이렇게 이시영은 도시의 삶에 길들여진 현대인이 상실한 풍경과 소리를 보여주고 또 들려준다. 그 순간 발전만을 앞세워온 시대가 잃어버린 인간애가 회복되는 동시에 더불어 사는 공동체 복원의 가능성이 움트기 시작한다.

"시를 가장 즐겁고 의미 있게 읽는 방법은 바로 시적 자아와 독자 자신을 하나로 일치시키는 것이다"[23]라는 말은 대단한 일깨움은 아니다.

---

23 이동순, 『우리 시의 얼굴 찾기』, 선, 2007, 552쪽.

하지만 독자가 시적 자아와 자신을 일치하는 과정은 생각보다 쉽지 않다. 하지만 이시영은 직접 소리를 들려주고, 풍경을 보여주고 그 안에 담긴 울림을 공유하게 해줌으로써 독자로 하여금 시적 자아와 자신을 수월하게 일치하게끔 돕는다. 이시영의 시는 구체적인 체험과 기억을 생생한 삶의 언어로 구현해냄으로써 보편성을 바탕으로 공감을 획득한다. 오거스틴은 그의 '기억론'에서, "기억 속에서 존재하는 과거란 위 속으로 보내진 음식물과도 같다"고 비유하며 기억의 미적 초연성(超然性)[24]에 관련한 자신의 생각을 피력했다. 이 논리에 따르면 기억은 그 자체로 존재하는 것이 아니라 어떤 여과과정을 통과하면서 더는 사라질 수 없는 핵심체가 자신을 드러내는 결과물이다. 이 논리를 시에 적용하면, 여과과정의 주관적 성격과 결과물의 객관성이 통일될 때 미학적 울림이 발생한다는 것을 우리는 확인하게 된다. 이시영은 바로 그 주관적 범주의 고유한 기억과 공감의 객관성 사이 균형을 통해 시적 성취를 이뤄온 것이다.

오거스틴을 비롯한 많은 이론가들은 문학적 형상화에 성공한 작품의 경우 그 속에서 구현된 기억은 이미 사실 그 자체에 대한 복기가 아니라 어떠한 방식으로든 정서적 유화와 변전을 이루어야 한다고 말한다. 김준오는 『시론』에서 기억의 승화 즉 '기억의 초연성'이 문학에 작용하는 방식에 대해 다음과 같이 주장한 바 있다.

---

24 고전적인 미학에서는 예술적 자율성을 말할 때 현실의 실제적 관심이나 욕망으로부터 일체 자유로운 무관심의 만족 상태인 쾌락을 근거로 삼는데, 그 무관심성과 거리, 초연성이야말로 진정한 미적 상태인 것으로 보는 입장이다. 한마디로, 기억의 초연성에 근거한 것이 미의 본질이라는 것이다.

"서정적 특질은 감수성이나 정조로부터 유래한다. 그러나 그 정조는 정서가 아니라 오히려 옛 생각, 유년기의 회상, 시인으로 하여금 고대의 숭배자가 되게 한 과거다"(G. Leopardi)라든가 "시인은 고통의 와중에도 그 고통을 노래하는 것은 경계해야 한다. 시는 한층 온화하고 거리를 둔 기억으로부터 써야하지 현재의 정서에서 써서는 안 된다"(J.C.F. Schiller)라든가 "시에서 격렬한 감정은 배제되어야 한다. 시는 감정 그 자체가 아니라 감정의 기억이어야 한다"[마넹]라든가 "서정시는 기억에 의하여 이미 유화(柔和)된 정서를 고정시키거나 영원화하려는 기도다"(A. Wilhelm), 그리고 "감정의 유로는 고요히 회상된 정서로부터 유래한다"(W.W. Worthwords) 등은 모두 감각체험을 시적 정서로 승화시키는 기억의 초연성의 기능을 지적한 말들이다. 무사무욕의 상태에서 상상력을 작용하게 하는 것은 기억이다. 기억은 단순히 상상력의 보조자가 아니라 상상력의 근원이다.[25]

김준오가 제시한 방법론과 유사한 방식으로 이시영은 자신의 시적 상상력을 넓혀간다. 그의 문학에 근원으로 작용하는 '체험'은 그 자체로 기록의 가치도 있지만, 현실과 만나 새롭게 해석될 수 있는 독자의 체험으로 전환될 수 있는 기능을 가진다. 그가 개인적 체험의 문학적 승화를 통해 닿고자 하는 지점은 공동체적 삶의 휴머니즘, 즉 모든 구성원과 생명체들이 집단의 구성원으로서 평화와 공존을 이루고, 체험하는 것이기 때문이다.

---

25 이동순, 앞의 책, 318쪽.

내 영혼은 오늘도 꽁무니에 반딧불이를 켜고 시골집으로 갔다가 밤새워 맑은 이슬이 되어 토란잎 위를 구르다가 햇볕 쨍쨍한 날 깜장 고무신을 타고 신나게 봇도랑을 따라 흐르다가 이제는 의젓한 중학생이 되어 기나긴 목화밭 길을 걷다가 느닷없이 출근했다가 아몬드에서 한잔 하다가 밤늦은 시간 가로수 긴 그림자를 넘어 언덕길을 오르다가 다시 출근했다가 이번에는 본 적 없는 어느 광막한 호숫가에 이르러 꽁무니의 반딧불이도 끄고 다소간의 눈물 흘리다.

—「잠들기 전에」 전문(『은빛 호각』, 115쪽)

인간은 누구나 자신의 삶이 아름답기를 바라고 여유롭기를 갈망한다. 그러나 현실은 이런 기대를 배반하고 만다. 애초의 출발은 아름다웠으나 세월이 지나 거친 현실과 마주하는 동안에 그 꿈은 퇴색하고, 삶의 비탈에서 인간은 남루해진다. 인간의 삶은 출발점에서 '반딧불이'가 되어 유년의 시골집에 머물다가, 곧장 '새벽이슬'이 되어 토란잎 위를 굴러떨어져 봇도랑에 이르고, 그 곁을 지나는 깜장 고무신 신은 어엿한 '중학생'으로 변모했다가, 시간을 건너뛰어 일상 속 '성인'이 되며, 밤늦어 퇴근하고 다시 출근하는 반복된 일상 가운데 시간도 장소도 알 수 없는 낯선 인생의 지점에 이른다. 위 시는 과거와 현실, 미지의 시간과 공간이 교차되면서 기억과 상상의 몽환적 분위기를 연출하고 있는데, 마지막 "꽁무니의 반딧불이도 끄고" 처음의 지점으로 되돌아온 화자가 "다소간의 눈물을 흘리"는 모습에서 시는 현실의 비극성을 일깨운다. 우리는 "언덕길을 오르다가 다시 출근했다가 이번에는 본 적 없는 어느 광막한 호숫가에 이르러"야만 하는 현실을 살고 있다. 이건 그저 탄식이 아니다. 생에 대한 근본적인 질문이다. 길고 긴 길을 돌아 결국 도달한 현재의 자리에는 도대체 어떤 가치와 의미가 존재하는지를 우리에게 묻고 있기 때문이다.

이시영 시의 서정성은 역사적 현실이나 생생한 삶의 일상들과 동떨어진 미학으로서 존재하는 것이 아니다. 자신의 기억이 지닌 풍경의 무늬와 정서적 울림, 그에 대한 깊은 응시와 사유를 시에 복원해내 현재적 의미로 생생하게 살아 숨 쉬게 한다. 그는 시대에 의해 강요된 망각과 소멸에 의해 우리 기억에서 사라진 과거의 사건들을 호출하여 이야기의 복원을 시도한다. 그의 시 「이름」은 망각되어 유실된 존재를 '호명'하는 행위를 통해 역사로 귀환시킨다.

> 밤이 깊어갈수록
> 우리는 누군가를 불러야 한다
> 우리가 그 이름을 부르지 않았을 때
> 잠시라도 잊었을 때
> 채찍 아래서 우리를 부르는 뜨거운 소리를 듣는다
>
> 이 밤이 깊어갈수록
> 우리는 누구에게로 가야 한다
> 우리가 가기를 멈췄을 때
> 혹은 가기를 포기했을 때
> 칼자욱을 딛고서 오는 그이의
> 아픈 발소리를 듣는다
>
> 우리는 누구인가를 불러야 한다
> 우리는 누구에게로 가야 한다
> 대낮의 숨통을 조이는 것이

형제의 찬 손일지라도
언젠가는 피가 돌아
고향의 논둑을 더듬는 다순 낫이 될지라도
오늘 조인 목을 뽑아
우리는 그에게로 가야만 한다
그의 이름을 불러야 한다
부르다가 쓰러져 그의 돌이 되기 위해
가다가 멈춰 서서 그의 장승이 되기 위해

—「이름」 전문(『만월』, 12~13쪽)

위 시에서 화자가 누군가를 불러내는 것은 '밤이 깊어가'는 현실 때문이다. 역사에서 지워진 이름과 기억을 현실에 복귀시키는 일을 포기하면 "칼자욱을 딛고서 오는 그이의/아픈 발소리를 듣"게 될 것이라는 사실을 예감하고 있기 때문이다. 칼자국 딛고 살아야 했던 과거의 그이들이 역사적 환생의 과정에서도 같은 고통을 다시 겪게 될 것을 화자는 우려하고 있다. 비통한 역사를 되풀이하지 않으려 애쓰고 있는 것이다.

여기서 주목할 것은 화자가 불러내고자 하는 것이 단지 기억으로만의 의미가 아니라는 것이다. 기억은 하나의 매개물일 뿐이다. 그가 도달하고자 하는 지점이 어디인지는 "부르다가 쓰러져 그의 돌이 되기 위해/가다가 멈춰서서 그의 장승이 되기 위해"라는 대목에서 확연해진다. 그에게 호출 행위는 기억을 매개로 하여 훼절된 생명성을 복원하려는 작업이다. 그 작업을 완성할 때 역사는 자기 임무를 다하게 된다. 이는 벤야민이 말한 '기억행위'와 유사한 모습으로 다가온다. 벤야민에게 기억은 사유의 무대이자 역사적 경험의 발굴 행위이며, 은폐되었던 존재를 재구성하는 작업을 의미한다.

기억은 지나간 것을 알아내기 위한 도구가 아니라 오히려 매개물이라는 사실을 언어가 의미하고 있다는 것은 오해의 여지가 없다. 옛 도시들이 흙에 뒤덮여 파묻혀 있는 땅이 매개물이듯이, 기억은 체험된 것의 매개물이다. 파묻힌 자신의 과거에 다가가고자 하는 사람은 발굴작업을 수행하는 사람과 같은 태도를 지녀야 한다.[26]

기억의 발굴 작업은 파묻힌 기억뿐만 아니라 그 기억이 매장된 현장까지를 동시에 기록하는 일이며, 그로써 그 현장의 역사적 총체성을 함께 언급하는 과정이라는 것이다. 이시영에게 기억을 재구축하는 일이란 그의 시 전체를 통해 매우 중대한 비중과 의미를 지닌다. 그는 어떤 이름 하나를 발굴하고 호출하면서 단지 그 이름만이 아니라 그 이름이 묻혀 있던 지층의 역사도 아울러 이야기 속에 되살려낸다.

이시영은 기억의 승화와 창조라는 치열한 수행 작업을 통해 문학적 항로를 개척하는 고투를 계속해나간다. 그가 기억하려는 대상은 주로 역사가 묵살하거나 은폐하거나 아예 단 한 순간도 주목받지 못했던 소외된 목소리들이다. 이러한 행보는 그의 시가 가지고 있는 정치적 맥락과 역사적 의미, 서정성의 본질을 잘 나타내준다. 이시영의 시는 정치적으로는 억압당하지 않는 '자유', 역사적으로는 지워지지 않는 항구적인 '기억'을 추구한다. 이 '자유'와 '기억'을 통해 이시영은 모든 이의 삶이 평등하게 충만한 세상을 꿈꾼다.

26 최성만, 『발터 벤야민 기억의 정치학』, 길, 2014, 331쪽.

3) 사회인식의 신서정화

1970년대에 쓰인 이시영의 시편들은 여전히 궁핍한 시대의 꽃으로 남아 있다. 우리 시대가 아직도 일제강점기 한용운이 『님의 침묵』에서 노래한 “늦은 봄 꽃 수풀”이 되지 못하고 있기 때문이다. 그런 점에서 『만월』은 이시영 시의 원형인 동시에 그의 향후 시세계가 어떻게 펼쳐질 것인지를 보여주는 묵시록이 되었다.

인간의 역사는 언제나 궁핍을 경험해왔으며, 이 궁핍을 돌파하려는 의지가 정치와 경제는 물론이고 문화와 예술로 집적되어왔다. 이시영의 『만월』은 현실의 궁핍을 해부하고, 궁핍에 덮인 세상을 헤쳐 나오면서 부른 노래이다. 비극의 역사를 날것 그대로 드러내면서, 역사를 망각하지 말라는 요구를 담고 있다.

보리밭 속에 일렁이는 피
누나는 깜둥이에게 깔려 있었다
쪼콜렛과 소총이
다붙은 입술을 열고
오디처럼 오래오래 마을에 터졌다
가을 밭갈이 때
쟁기날에 머리가 으깨어진
깜둥이 한 쌍을
구호물자와 함께 늙바리 황소는
삼켰다 긴긴 해 황토밭엔 깜부기만 익고
땅을 벌리고 황소가 낳은
네발의 흑송아지

누나는 건초 밑에서 목을 매었다.

—「흉년」 전문(『만월』, 131쪽)

1950년 한국전쟁 이후 미군은 대한민국의 구원자로 인식되었다. 그러나 이시영이 본 미군의 민낯은 다르다. 미군의 주둔이 이 땅 역사에 대한 강간이었음을 이시영은 보리밭 속에서 "깜둥이에게 깔려" 유린당하는 "누나"의 모습을 통해 나타내고 있다. 미국이 한국에 안긴 것은 "쪼콜렛"이라는 달콤함과 구호물자라는 선물, 그리고 "소총"이라는 무기였다. 그것은 우리를 지켜내기 위한 것으로 보였으나 사실은 우리 스스로를 겨냥하는 폭력이 되었다.

보리밭에는 피가 흥건하고, 황토밭은 깜부기만 익는 폐허가 되어가는 흉년의 시대. 누군가의 "쟁기날"에 미군 병사의 머리가 으깨지고, 미국이 준 구호물자를 받아먹은 세상은 누런 황소가 낳은 "네발의 흑송아지"가 이어간다. 여기서 "깜둥이"라는 말은 인종차별적 뉘앙스로 읽힐 수도 있지만, 이시영이 이 단어를 통해 나타내고자 하는 바는 세상의 시커먼 암담함과 거대한 폭력의 실체다. 이 폭력에 맞선 쟁기 날의 복수가 있었지만, 그렇다고 강간당한 누이의 삶이 복원되는 것은 아니다.

이 역사는 일본 제국주의 전쟁에 성노예로 강제로 끌려간 여성들의 삶과 별반 다르지 않다. 이 「흉년」은 1972년 유신체제가 시작되기 1년 전에 발표됐다. 박정희 군사정권의 폭력성이 이 땅 전체를 암흑의 공포 속으로 몰아가던 때였다. 암울한 시대적 현실과 미국이라는 거대 강국의 흑인 병사가 누나를 강간한 과거 기억이 서로 겹치면서 이 시는 절망의 끝을 보여준다. "누나는 건초 밑에서 목을 매"는 것으로 귀결되는 비극은 희망이 소멸하고 절망이 지배하는 시대를 암시한다.

20대의 이시영은 이렇게 역사가 전면에 기록하지 않은 배제된 침묵의 현실을 들추어냄으로써 비극의 진상 규명과 함께 근원적 생명성에 대한 파괴의 실상을 폭로한다. 구호물자가 쏟아져 들어왔지만 정작 흉년은 해결되지 않고, 오히려 황소가 검은 송아지를 낳는 생태계 교란이 일어났다. 그 송아지가 먹고 자랄 건초 밑에서 목을 맨 누나의 죽음이 바로 미국이 이 땅에 가져다 준 비극이다. 이시영은 역사와 문학의 접점을 이러한 방식으로 탐색해 형상화해나간다.

권력에 의해 망각된 역사와 현실을 발굴하고 직시하는 것은 그의 시세계에서 강렬한 의지를 담은 작업이 된다. 1969년 『월간문학』 등단작인 「채탄(採炭)」에서부터 그 의지가 나타난다.

> 바닷가에 버린 原木더미에도
> 죽은 炭夫의 돋아나는 귀
> 地層 밑껍질 겹겹이
> 나는 빠져 있고
> 혀끝이 짤린 시간 속에서도
> 무한한 가늠대를 세우고
> 일어서는 자, 나는
> 빙하 끝으로 둥둥 뜬다
> 한랭선의 그물코에 걸려
> 납작해진 사람이여
> 내 안의 까맣게 탄 뼈에 깨어
> 듣고 있는가
> …(중략)…

석회암 깊이깊이 나는 매몰되고
매몰되고, 통찰의 번쩍이는 렌즈
地層벽에는 死者들의 맑디맑은
혼이 박혀 있다
오 난해한 내 믿음의 곡괭이가
보이느냐
…(중략)…
온몸에 열려 있는 삽질소리를 열고,
퍼낸 바다를
炭船은 떠났다.

— 「採炭」 부분(『만월』, 152~154쪽)

석탄은 산업화의 기본 동력이며 탄부는 그 석탄을 지하갱도에서 캐내는 노동자다. 그러나 그들의 삶 자체는 산업화 시대의 중심으로부터 외면되고 망각되어 있다. 채탄(採炭) 없는 산업화란 성립조차 될 수 없음에도, 탄부들이 어떤 노동을 하며 어떻게 죽어가고 있는지 관심을 갖는 이가 없다. 이시영은 채탄의 과정에서 죽어간 이들에게 눈길을 돌린다. "혀끝이 짤"리어 발언조차 할 수가 없고 세상과 절연된 이들이다. 소외와 외면에 얼마나 외로웠으면, 사람의 소리가 얼마나 그리웠으면 "바닷가에 버린 원목(原木) 더미에도 죽은 탄부(炭夫)의" "귀"가 돋아난다. 탄부들은 이미 육체가 없다. "지층 밑껍질 겹겹이" "빠져 있는" 존재들일 뿐이다.

그렇게 "까맣게 탄 뼈"가 내는 소리를 시인이 대신 울어주고 있다. 탄부들은 현실에서 끊임없이 "매몰되고 매몰되"는 땅속에 갇혀 죽어간 자들이지만 이들이 남긴 소리는 "사자들의 맑디맑은 혼"으로 "지층(地層)

벽에" 박혀 있다. 시인은 "난해한 내 믿음의 곡괭이"를 들고 깊은 갱도로 들어가 묻혀버린 소리들을 파고 캐내어 세상에 알린다. 문학을 통해 역사의 지층 밑에 은폐된 진실을 발굴해내는 것이다. 그 작업은 시인 스스로에게 대단히 복잡한 심사를 일으킨다. 시인은 스스로도 해명하기 어려운 '난해'함을 느낀다. 그러나 발굴 행위를 멈추지 않는다. 그러나 현실은 당장 변하지 않으며, 탄선(炭船)은 오늘도 아랑곳없이 바다를 떠난다. 사람들 눈에는 탄선만 보이고 탄부는 보이지 않는다. 탄광에 대해서는 알지만 거기 매몰된 존재들의 사연은 그 누구도 알지 못한다.

그럼에도 불구하고 시인은 죽은 탄부의 돋아나는 귀가 못다 한 이야기를 세상에 알리는 자가 된다. 이시영의 시는 언제나 진실에 대한 목소리로 압축된다. 이시영은 진실을 향한 시적 행동을 망설이지 않는다.

> 대가 자라는 소리가 들린다
> 대숲에는 아무도 가지 않았다
> …(중략)…
> 소리가 대목발을 짚고 걸어나온다
> 댓잎파리들이 귀가 패인 소리를 달고 걸어나온다
> 머리털이 하얗게 센 말들이
> 궁둥이를 하늘로 쳐들고 걸어나온다
> 대숲에는 아무도 가지 않았다
> 대숲에는 아무도 가지 않았다
>
> —「대숲에서는」 부분(『만월』, 54쪽)

'임금님 귀는 당나귀 귀' 이야기를 현실에 적용하면서 이시영은 문학이 생명을 억압하고 질식시키는 현실에 대한 증언이 되지 못하는 시대적 비애를 토로한다. 폭로와 증언을 들을 대숲은 있으나 그곳에 아무도 가지 않으니 권력자의 폭압과 부패, 그 끔찍한 민낯을 알리는 소리는 울려 퍼지지 않는다.

유신정권의 압제와 검열 아래 문학은 임금님으로 표상되는 정치권력의 눈치를 보느라 대숲에 가지 못하는 상황에 몰린다. 이시영에게 대가 자라나는 것은 소리, 즉 발언으로서의 문학에 대한 갈망인데, 그곳에 갈 수 없는 처지는 고통과 슬픔을 유발한다.

침묵의 강요와 역사적 진실을 은폐하는 음모는 당시 유신정권 아래 언론, 문학, 예술, 국민 모두가 겪는 현실이었다. 그 은폐의 폭력을 통해 언어는 결국 존재성을 잃고 소멸 판정을 받기에 이른다. 언어를 '존재의 집'으로 파악한 하이데거의 논법에 따르면, 언어의 소멸은 시인만의 위기가 아니라 인간 존재 자체의 위기다. "한 줄이라도 쓰지 않은 날은 없도다"[27]라고 고백한 사르트르는 언어가 자신을 구하고 존재를 입증하는 길임을 깨달았다. 사르트르의 고백은 모든 글 쓰는 이들의 문학의 소임이 무엇인지 말해주기도 한다. 언어가 묵음(默音)이 되기를 강요받는 현실에서 이야기와 역사는 실종되며, 정신사의 혈육은 존재조차 휘발되고 말 것이라고 사르트르는 경고한다. 이시영의 시쓰기는 사르트르의 경고를 받아들여, 비극적 현실에 대한 최소한의 저항과 함께 새로운 시대를 준비하기 위한 문학적 근육의 훈련과정으로 나아가기 시작한다.

---

27 장 폴 사르트르, 『말』, 정명환 역, 민음사, 2009, 270쪽.

1976년에 발표된 「바람아」에서 이시영은 시가 시대와 양심, 근원적 생명성을 보전하기 위한 '증언'이 되지 못할 때 어떤 어둠이 찾아오는지를 비장하게 묻고 있다.

바람아 너희 나라엔 누가 있는가
날 저물면 산에서 내려와 문고리 두드리는
커다란 그림자가 있는가
뒷문 열고 기침하는 늙으신 어머니가 있는가
밤새도록 대밭에서 끄덕이다
땅 끝으로 사라지는 반딧불이 있는가
아버지가 있는가
바람아 너희 나라엔 얼굴도 없는가
서서 멈출 발자욱도 없는가
풀섶을 헤쳐가는 소리 죽인 눈도 없는가
떨리는 가슴 닿을 다음 땅은 없는가
바람아 너희 나라엔 아무도 아무도 없는가

—「바람아」 전문(『만월』, 10쪽)

이시영은 대밭에 아무도 가지 않았다고 말하고, 이제 아무도 없는가를 부르짖으며 절규한다. 정신사의 대가 끊어지고 이야기를 들려줄 존재도 보이지 않으며 아름다운 기억을 떠올릴 수 있는 근거도 사라져가고 있다. 시인은 바람에게 이걸 묻고 있다. 바람은 형체가 없이 스쳐 지나가고 어느새 종적을 감추니 흔적을 남기지 않는다. 독재 권력의 검열이 눈치채지 못하게 하려는 고육지책인 셈이다.

바람에게 던지는 질문에는 뼈아픔이 있고 절망의 깊이가 담겨 있다.

"날 저물면 산에서 내려와 문고리 두드리는/커다란 그림자가 있는가"라는 대목은 산으로 쫓겨간 빨치산의 역사를 떠올리게 하고, "뒷문 열고 기침하는 늙으신 어머니가 있는가"라는 대목은 기다림에 병든 무수한 어머니들의 눈물을 떠올리게 한다. 이 모든 것들이 확실한 사실임에도 불구하고 현실은 이 사실이 부재하는 것처럼, 허구인 것처럼럼 인식하도록 만든다. 그것은 기억의 왜곡이자 추방이다. 이는 벤야민이 말했던 "이야기의 몰락"[28]과 다르지 않다. 이야기를 몰락시킴으로써 악은 면죄부를 받고 선과 정의인 양 행세할 수 있게 되는 것이다. 그 지점에서 이시영의 문학은 침묵을 선택하지 않는다.

두고 온 것들이 빛나는 때가 있다
빛나는 때를 위해 소금을 뿌리며
우리는 이 저녁을 떠돌고 있는가
…(중략)…
잊혀진 목소리가 살아나는 때가 있다
잊혀진 한 목소리 잊혀진 다른 목소리의 끝을 찾아
목메이게 부르짖다 잦아드는 때가 있다.
…(중략)…
그래도 두고 온 것들은 빛나는가
빛을 뿜으면서 한번은 되살아나는가
우리가 뿌린 소금들 반짝반짝 별빛이 되어
오던 길 환히 비춰주고 있으니

—「그리움」 부분(『만월』, 14~15쪽)

28 최성만, 앞의 책, 315쪽.

"두고 온 것들이 빛나는 때가 있"으며 "잊혀진 목소리가 살아나는 때가 있다"고 시인은 말한다. 또 그걸 위해 우리는 "소금"을 뿌려야 한다고 시인은 말한다. 여기서 소금이 무얼 의미하는지 명확하게 드러나 있지 않지만, 소금은 무언가를 썩지 않게 하는 것이므로 시인의 의도는 곧 그늘진 시대를 잊지 않게 하려는 것임을 짐작할 수 있다. 부패하고 타락해가는 시대를 구하기 위하여 이시영은 우리에게 오염된 현실을 정화하기 위한 '행동하는 정신'을 요청하고 있다. "이야기의 몰락"을 막고 역사와 문학이 하나의 몸이 됨을 지향하자는 것이다.

"어서 오라 그리운 얼굴/산 넘고 물 건너 발 디디러 간 사람아/댓잎만 살랑여도 너 기다리는 얼굴들/봉창 열고 슬픈 눈동자를 태우는데/이 밤이 새기 전에 땅을 울리며 오라/어서 어머님의 긴 이야기를 듣자"(「서시(序詩)」 전문, 『만월』)에서, 화자가 간절히 듣기를 바라는 "어머님의 긴 이야기"는 바로 그 역사와 문학이 모태적 원체험 속에서 하나가 되는 지점을 의미한다. 또한 "그리운 얼굴", "기다리는 얼굴"은 모두 과거의 존재가 서정적으로 현재화되는 것을 의미한다. 그건 단지 정서적 풍경이 아니라 우리가 갈망해 마지않는 미래의 목표가 되어야 한다.

가야 할 길은 하나
등 뒤에 쓰러진 벗들, 발목을 붙들고
같이 가자 소리쳐도
뿌리치고 걸어야 할 길은 하나
저 태양 소리 없는 눈을 뒤집어뜨고
까무러치는 곳
돌덩이 같은 달 파랗게 박힌 하늘로

지평선으로
…(중략)…
목메이게 불러야 할 것은 하나
흔들어야 할 깃발은 하나
싸움이 끝난 땅에서
칼날이 잠든 땅에서

그러나 이내 걸어야 할 길
숨 막힌 밤 속을 뚫고
갑옷을 뚫고
가야 할 길은 천리
함께 걸어야 할 그리움에
몸부림치는 이름없는 벗들
못내 떨치고 가야 할 길은 만리

—「갈 길」 부분(『만월』, 56~57쪽)

유년의 자연 속에서의 생명력 가득했던 체험들을 비롯해 시대가 상실한 가치 있는 것들에 대한 집요한 문학적 복원을 통해 역설적으로 이시영은 현실에 대한 더욱 치열한 의식을 가지게 되었다. 기억이 아름답고 위대할수록 현실의 추함은 더욱 대비되어 드러나므로, 현실의 부당함에 대해 말하지 않을 수 없게 되는 까닭이다.

이시영은 역사적 현실과 인간 내면의 풍경이 서로 합치되는 지점을 향해 나아가고자 하며, 그 나아감을 위해 역사와 서정이 진정성 있게 조화되기를 지향한다. 돌아가야 할 근원을 분명히 기억하고 그 근원의 힘을 믿는 존재는 삶의 현상적 고통에 결코 쉽게 매몰되지 않는다. 끈질기게 자신의 내면을 응시하는 동시에 역사와 현실의 본질을 직시하기 때문이다. 그렇게 내면과 현실에 대한 깊은 응시와 사유를 통과한 서정은 문학적 형상화를 거치며 한층 강력한 사회적 발언이 된다.

장사나 잘 되는지 몰라
흑석동 종점 주택은행 담을 낀 좌판에는 시푸른 사과들
어린애를 업고 넋나간 사람처럼 물끄러미
모자를 쓰고 서 있는 사내
어릴 적 우리 집서 글 배우며 꼴머슴 살던
후꾸도가 아닐는지 몰라
천자문을 더듬거린다고
아버지에게 야단 맞은 날은
내 손목을 가만히 쥐고 쇠죽솥 가로 가
천자보다 좋은 숯불에 참새를 구워주며
멀뚱멀뚱 착한 눈을 들어
소처럼 손등으로 웃던 소년
…(중략)…
갑자기 서울서 온 형이
사년 동안 모아둔 새경을 다 팔아갔다고 하며
그믐날 확독에서 떡을 치는 어깨엔
힘이 빠져 있었다
그날 밤 어머니가 꾸려준 옷보따리를 들고
주춤주춤 뒤돌아보며 보름을 쇠고
꼭 오겠다고 집을 떠난 후꾸도는
정이월이 가고 삼짇날이 가도 오지 않았다
장사나 잘 되는지 몰라
천자문은 다 외웠는지 몰라
칭얼대는 네댓살짜리 계집애를 업고
하염없이 좌판을 내려다보며 서 있는 사내

그리움에 언뜻 다가서려고 하면
나를 아는지 모르는지 모자를 눌러쓰고
이내 좌판에 달라붙어
사과를 뒤적거리는 사내

—「후꾸도」 부분(『만월』, 30~32쪽)

용산역전 늦은 밤거리
내 팔을 끌다 화들짝 손을 놓고 사라진 여인
운동회 때마다 동네 대항 릴레이에서 늘 일등을 하여 밥솥을 타던
…(중략)…
콩깍지를 털어주며 맛있니 맛있니
하늘을 보고 웃던 하이얀 목
아버지도 없고 어머니도 없지만
슬프지 않다고 잡았던 메뚜기를 날리며 말했다
…(중략)…
동지섣달 긴긴밤 베틀에 고개 숙여
달그당잘그당 무명을 잘도 짜더니
왜 바람처럼 가버렸는지 몰라
빈 정지 문 열면 서글서글한 눈망울로
이내 달려나올 것만 같더니
한번 가 왜 다시 오지 않았는지 몰라
식모 산다는 소문도 들렸고
방직공장에 취직했다는 말도 들렸고
영등포 색싯집에서 누나를 보았다는 사람도 있었지만
어머니는 끝내 대답이 없었다
용산역전 밤 열한시 반
통금에 쫓기던 내 팔 붙잡다
날랜 발, 밤거리로 사라진 여인

—「정님이」 부분(『만월』, 39~41쪽)

이시영의 시세계를 논할 때 빠뜨릴 수 없는 대표적 작품이 위의 「후꾸도」와 「정님이」일 것이다. 옛 고향집 정경과 함께 떠오르는 두 인물 "후꾸도"와 "정님이 누나"는 어린 시절 "우리 집"에서 "글 배우며 꼴머슴 살던" "멀뚱멀뚱 착한 눈을 들어 소처럼 손등으로 웃던"이라는 대목과 "아버지도 없고 어머니도 없지만 슬프지 않다고 잡았던 메뚜기를 날리며" "빈 정지 문 열면 서글서글한 눈망울로 이내 달려 나올 것만 같"다는 구절을 통해 부모 없이 화자의 집에서 기식을 하며 머슴살이, 식모살이하던 소년 소녀로 추정이 가능하다.

이들은 화자와 평화로운 시절을 공유했지만 산업화로 인한 농촌 붕괴 시기에 불가항력의 사정들로 고향을 떠나게 된 인물들이다. 두 시는 여러 가지 면에서 대응 구조를 보이는데, 공동체적 삶이 파괴되는 과정과 결과를 시간적 비약을 통해 추측의 화법으로 보여준다는 공통점을 가지고 있다.

어린애를 업고 "흑석동 종점"의 "은행 담을 낀 좌판"을 하염없이 내려다보는 현실의 저 사내가 정말 후꾸도인지 아닌지, 혹은 "용산역전 늦은 밤거리"에서 "내 팔을 끌다 화들짝 손을 놓고 사라진 여인"이 바로 그 정님이 누나인지 아닌지의 여부는 확인할 수 없다. 그러나 이들은 화자의 기억 속 함께 울고 웃었던, 보고 듣고 만났던 모든 사람들의 표상인 것이다. 이들은 고통을 안고 사는 존재들이며 자신의 삶을 시대의 정면에 드러낼 수 있는 이들이 아니다. 그 어디에서도 주체로서의 삶을 인정받지 못하는 이들이다.

그들은 가난으로 인해 고향에서조차 쫓기듯 내몰려 사라진 사람들이다. 그들의 현실은 지금 떠날 수도 정착할 수도 없는 종점과 역전, 좌판과 밤거리 속에 있다. 화자의 눈에 그들은 영락없이 형제나 누이와 진배없던 후꾸도와 정님이 누나이며, 화자는 그들의 현실이 야반도주 같았던 지난날 마지막 행적과 이어져 여전히 암울한 어둠 속에 처해 있음을 본다. 이시영은 이들을 결코 그냥 지나쳐가는 타자들로 남겨놓지 않는다. 그들을 그들 삶의 주체로 우뚝 세워 그 고통스러운 삶을 깊게 응시하게끔 했다. 이것이 이시영의 문학이 가진 온도다. 그는 자신과 삶의 근원적 뿌리가 같은 '보편적인 사람들'의 삶이 현실에서 수난당하고 몰락하는 과정을 생생한 실감을 통해 그려 보여주고자 한 것이다. 그의 시를 읽으면 함께 아파지고 아련해지며 마음에서 눈물이 배어나오는 까닭이 바로 여기 있다.

이에 대해 강형철은, "이시영의 시 「정님이」나 「후꾸도」는 70년대 이 땅의 민중사를 시로 옮기되 이야기시의 한 성과로, 나아가 리얼리즘의 한 예로 거론되어 온 것은 당연하다. 짧은 이야기 속에 당시의 시대상황이 고스란히 응축되어 있으되 그것이 우리에게 익숙한 이야기 형식으로 짜여져 있기 때문이다. 임화, 백석, 이용악 등등의 시적 전통이 가까이는 신경림에서 이어지는 이른바 단편서사시 혹은 이야기시 전통이 그대로 전승되고 있는 것이다"[29]라고 평하고 있다. 그렇다. 이시영의 시선은 본질적으로 따뜻하며, 그는 「채탄(採炭)」에서 그가 표현했던 바대로 '한랭선의 그물코에 걸려 납작해진 사람'들과 늘 함께 걷고자 한다.

이시영의 시는 문학을 통해서조차 진실을 드러내기 어려웠던 시절에 더욱 날카로운 의식과 미학으로 무장하고 사회적 발언의 소임을 다하

29 강형철, 『대표시 대표평론 1』, 실천문학사, 2000, 342쪽.

는 데 주저하지 않았다는 점에서 더욱 큰 가치를 지닌다. 이시영은 스스로 "진정한 민중문학은 무엇인가. 자기 땅의 민중들의 염원에 적극적으로 응답하는 문학일 것이다"[30]라고 묻고 답한 바 있는데, 「후꾸도」, 「정님이」, 「머슴 고타관씨」, 「낙식이형」, 「일만이형」 같은 시들은 민중들의 실제 삶을 묵묵한 응시와 통찰로 독자에게 펼쳐 보여준다.

이시영은 시를 통해 시대현실의 폭력성 아래 한 개인의 삶, 개인에게 투시된 민중의 삶이 어떻게 유린되고 좌절되는지를 그저 덤덤히 보여주고 있는 것이다. 그 '보여줌'을 통해 문학이 사회적 현실을 반영하는 미학적 원리이자 지표로서 어떤 역할을 감당하며, 어떠한 방향으로 나아가야 할지를 '온몸의 시'로 표현해낸다.

벗이여 남주여 그러나 나의 벗을 넘어 민족의 아들이여 민주 전사여
가다 못 가면 쉬었다 가자고
그대의 가쁜 숨결에 속삭여댔지만
아픈 다리 이끌며
가로질러 산을 넘고 물 건너 허허로이 저세상 입구로 먼저 가버린 친구여
남도엔 때아닌 폭설이 들판을 덮고
짚북더미 속에서 마늘 싹들은 파릇파릇 시퍼런 눈을 뜨는데
우리는 그대의 죄 없이 맑은 눈을 덮어
기어이 고향 마을로 돌려보내야 한단 말인가
…(중략)…
어여 가게 남주

30 이시영, 『곧 수풀은 베어지리라』, 한양출판, 1995, 91쪽.

이 세상 일일랑 이제 남은 자들의 몫
자넨 일생은 제국주의의 억압자들과 사력을 다해 싸웠고
이제 역사 속에 가 아기 손으로 새로 태어나야 할 때
세상은 자네에게 너무 많은 짐을 지웠고
자네는 한번도 그 짐을 등에서 내린 적 없었는데
이제는 그 짐일랑 우리에게 내려놓고 편안히 가게

—「金南柱 시인 영전에」 부분(『무늬』, 18~20쪽)

이시영의 초기 시들은 주로 유년의 고향과 자연, 그 속의 민중들의 삶과 질곡을 담고 있다. 여러 특별한 체험 속에서 그는 시대적 삶에 대한 보다 민감한 의식을 보유하게 된다. 이후 그는 같은 인식을 공유하는 이들과 대사회적 발언의 대열에 동참하면서 우정을 나누게 되는데, 그 중 그의 벗이며 '민족의 아들'이자 '민주 전사'였던 김남주에 대한 마음은 각별한 것이었다.

1988년 김남주의 『나의 칼 나의 피』가 실천문학사에서 나왔고 같은 해 같은 출판사에서 이시영의 『길은 멀다 친구여』가 출간됐다. 이시영은 그 시집 중 「남쪽 시인의 시」에서 "남쪽 친구의 시를 읽으면/온몸이 화끈거리고 아랫도리가 뿌듯해온다/사람사랑운동의 목숨사랑운동의 그의 시를 읽으면/…(중략)…/그의 시에는 사람을 살리는 입김이 있다/풀잎 땅에 입 맞추는 긴 긴 숨결이 있다/아 얼마나 우리 닫혀 있었는가 죽은 문법 속에/아 얼마나 우리 죽어 있었는가 싸늘한 도식 속에/그러나 그의 손길이 닿으면/무심히 가로누운 산맥도 은은한 형님이 되어 웃고/콘크리트 시멘트의 금남로도 격정의 눈물 어린 누이가 된다"며 동지이자 시인으로서 김남주를 향한 무한한 신뢰와 존경을 표하고 있다.

'벗을 넘어'서는 벗, 김남주의 유고에 대한 애통의 조사(弔辭)에서 이시영은 드문 감정적 표출을 보인다. 역사와 현실의 무거운 짐을 지고 일생 분투해온 벗 앞에서 그가 향후 걸어갈 길에 대해 동지로서의 굳은 약속을 해 보인다. 그 다짐은 이후 이시영의 문학 행보에서 철저히 지켜지는데, 많은 시편들에서 그는 김남주에게 약속한 금석(金石)의 맹세를 때로는 맑은 서정으로, 때로는 현실의 정곡을 직격하는 방식으로 드러내며 이어간다. 아래의 시는 그와 같은 이시영의 사회현실적인 의식과 서정이 보다 선명하게, 촌철살인의 반어적 풍자로 그려진 작품들 중 하나이다.

양지다방에서 내려다보면 구례읍 로터리의 교통순경은 늘 그 사람이었다. 푸른색 상의에 남색 바지, 가슴과 등에 X자로 흘러내리는 흰색 벨트를 메고 챙이 짧은 경찰모에 어깨에 잎사귀 견장을 붙인 그가 원통형의 교통 지휘대에 올라서서 멋진 수신호와 함께 다람쥐처럼 은빛 호각을 불어제끼면 구례읍으로 들어오는 모든 차들은 일단 멈춤을 했다가 그의 손길이 머무는 곳으로 움직였다. 하루에 대여섯 차례씩 들락거리는 광주발 부산행 시외버스나 순천발 남원행 완행버스가 전부이긴 했으나 …(중략)… 키가 작달막하고 박정희처럼 뒤꼭지가 툭 튀어나온 그가 거기 서 있다는 것만으로도 장날의 우마차꾼들이나 지게꾼들에겐 큰 위협이었을 것이다. 하루는 어느 나무꾼이 마른 장작짐을 지고 북문 쪽으로 길을 건너다 호각소리에 혼비백산하는 것을 보았고 송아지를 달고 나온 농부의 착한 소가 놀라서 아스팔트 위에 푸른똥을 싸는 것을 보았다. 그러거나 말거나 그는 모든 질주하는 것들의 안내자이자 길의 활달한 통제사. 로터리의 한쪽은 군청과 병원이고 다른 쪽은 학교였는데 어쩌다 하교길에 교통 지휘대에 선 그가 안 보이면 읍내 거리가 일시에 통제기능을 잃고 비틀거리

> 는 것처럼 보였다. 20년 뒤 정년퇴직할 때까지 그는 그렇게 오랫동안 구례읍의 푸른 근대의 상징이자 뒤꼭지가 툭 튀어나온 권력의 작은 집행자. 그의 호각소리가 등뒤에서 들리지 않는 날이면 사나운 개들도 무척 심심해하였다.
>
> ―「푸른 제복」 부분(『은빛 호각』, 34~35쪽)

제복까지 갖춰 입었음에도 결코 권위 있어 보이지 않는 외모의 '그'이지만, 어쨌거나 그의 수신호에 "모든 차들은 일단 멈춤"한다. 또 "거기서 있는 것만으로도" 그는 "큰 위협"이 된다. 그나마 하루 몇 대뿐인 교통편과 우마차, 지게꾼, 어린 학생들, 길 건너는 소들에게 행사되는 그의 힘은 그들을 '혼비백산'하게 할 정도로 무시무시한 것이었으리라. "그가 안 보이면 읍내 거리가 일시에 통제기능을 잃고 비틀거리는 것처럼 보였"을 정도이기 때문이다.

그러나 멋진 제복의 이미지는, 호각을 다람쥐처럼 불어제끼고, 작달막하고, 뒤꼭지가 툭 튀어나온 외형과 충돌을 일으키며 슬그머니 반어적 웃음을 불러일으킨다. 이른바 "푸른 근대의 상징"이자 "호각소리"인 매서운 통제자, 권력자인 그가 기껏 한 일이라곤 착한 소로 하여금 푸른 똥을 싸게 만들고, 그의 부재시에 사나운 개들을 심심케 한 정도에 지나지 않기 때문이다.

이 시는 휘황한 근대화의 이면에 숨은 공허한 그늘을 우화적으로 표현하고 있다. '완장'이나 '제복'은 흔히 문학에서 '권력'의 상징으로 등장해서 그 문학 내적인 상황에서 종종 일방적 힘의 '행사'를 시도하곤 한다. 그러나 진정한 권위는 완장이나 제복의 힘에서 나오는 것이 아니며, 세월이 지나면 그것은 한갓 우스운 광경으로 남을 뿐이다. 이시영은 이렇게 역사의 한 풍경을 특유의 깊은 응시로 꿰뚫어보며 역사란 무엇인지에 대해, 역사를 장악한 권력의 본질에 대해 반문하고 있다.

김현을 비롯한 많은 평자들이 사회적 발언의 수위가 높은 일부 참여문학 작품들의 경우 의식의 돌출로 인해 문학성이 상할 수 있음을 우려한 바 있다. 하지만 이시영은 사회현실에 대한 강한 비판적 안목과 의식을 지녔음에도 평자들의 염려를 불식할 만한 충분한 문학적 성취에 이르고 있다.

> 사는 것이 사는 것 같지 않고 으스스 몸이 시릴 때, 아니 내 삶이 내 삶으로 도저히 용납되지 않을 때, 그것이 또한 오로지 남의 탓이 아닐 때 등을 돌리고 서면 거기 안서호의 황혼녘에 오리들이 몇 유쾌한 직선을 그으며 나아가고 있었나니, 나 425호 남의 연구실 유리창에 이마를 갖다대고 그것들의 한없이 자유로운 유영을 지켜보곤 하였으나 내가 저 오리가 되기엔 너무 늙었거나 조금 일렀으며, 생은 어디에 기댈 데도 없이 저처럼 뭉툭한 머리를 내밀고 또 물밑에선 죽어라고 갈퀴질을 해대며 쌩까라고 저 홀로 갈 데까지 가보는 것이라고 다짐하곤 했는데, 그때쯤이면 해가 풍덩 가라앉은 저녁 안서호의 따스한 물결이 내 가슴 통증께로 조금씩 밀려오곤 해 나는 서둘러 텅 빈 가방을 챙겨 의대에서 오는 여섯시 막차 퇴근버스를 타러 언덕길을 총총히 내려가곤 했다.
>
> —「저녁의 몽상」 전문(『경찰은 그들을 사람으로 보지 않았다』, 50쪽)

'나'는 현실에서 "죽어라고 갈퀴질을 해대"는 치열함을 피할 수 없고, 그 치열한 삶에서 그는 늘 '텅 빈 가방'이 되어버린 채 귀가한다. '나'는 "사는 것이 사는 것 같지 않고 으스스 몸이 시릴 때, 아니 내 삶이 내 삶으로 도저히 용납되지 않을 때, 그것이 또한 오로지 남의 탓이 아닐 때" 라는 현실인식에 마주하여 자기존재를 응시한다. 이러한 '나'의 태도가 바로 이시영의 시에 '과잉의 위험'을 막고 절제와 도전이 함께 어울리는 문학의 풍경을 만들어낸다.

이러한 이시영의 문학적 자기성찰과 현실인식에 대해 염무웅은 이 시가 수록된 시집의 추천사에서 이렇게 밝히고 있다.

> 이시영의 시는 언제나 시 자체에 대한 방법론적 성찰을 동반한다. 그가 사물의 묘사에서 되도록 '감정의 유로'를 억제하고 '정서의 침윤'을 배제하는 것은 단순히 감상주의의 거부만을 뜻하는 것이 아니다. 그것은 존재하는 것들의 참모습을 실상에 가깝게 드러내려는 그의 시학적 의도를 반영한다. …(중략)… 그러나 이번 시집에서 내게 진정 큰 울림으로 다가온 것은 「아침의 몽상」「마음의길」「저녁의 몽상」「싸락눈 내리는 저녁」「행복도시」 같은 작품들에 그려진 짙은 우울과 한없는 적막감, 벗어날 길 없는 생활의 무게, 그리고 주체적 삶에 대한 갈망과 절망이다. 그것은 한평생 시의 외길만을 걸어온 한 진지한 인간이 역사의 정당성에 대해 던지는, 생애를 건 질문이라 할 수 있는데 그것이 서정시 본연의 깊은 내면성과 높은 심미적 완성도를 통해 발화됨으로써 드물게 탁월한 시적 성취에 이르고 있다.[31]

"서정시 본연의 깊은 내면성과 높은 심미적 완성도"라는 평가는 한 시인에게 주어지는 최고의 찬사라 할 만하다. 최원식이 "이마가 서리처럼 하얀 지리산이 나를 낳았고/허리 푸른 섬진강이 나를 키웠다"(「형님

31 염무웅, 『경찰은 그들을 사람으로 보지 않았다』 표4, 창비, 2012.

네 부부의 肖像」)는 이시영 시의 일부를 인용하며 그를 가리켜 "타고난 서정시인"이라 했을 정도로 이시영은 독특한 자기만의 스타일로 이 시대 문학에 뚜렷한 이정표를 세워가고 있는 서정시인이다. 경이로운 것은 그 서정성이 역사의식과 함께 문학적 성취의 길을 뚫어내고 있다는 점이다.

최원식은 이시영이 "진정한 서정시인이 그러하듯 조국과 민중의 역사적 운명에 일찍이 눈을 뜨고 있었"[32]다고 평가하고 있는데, 문학적 연대기에서 확인할 수 있듯 이시영은 이 시대에 속한 시인으로서 한시도 그 자신을 사회적 현실과 책무로부터 분리시키지 않아왔다.

> 그의 생은 자기보다 무거운 역사의 짐을 지고 노을진 산비탈길을 올라야 하는 남루한 등짐장수와 같은 것
> 그러나 그의 시는 저 깊은 생의 밑바닥을 치며 올라오는 고요론 저녁 놋종 소리와
> 푸른 밀물 같은 것
>
> —「시인 나귀」 전문(『무늬』, 88쪽)

위 시는 일종의 메타시로 읽을 수 있다. 이시영 자신의 시론을 담아내고 있는 작품으로 읽힌다. 열세 권의 시집을 내는 치열한 작품 활동과 함께 문학의 사회적 발언이 필요한 순간마다 어김없이 목소리를 내온 이시영은 '시인'이라는 존재가 "자기보다 무거운 역사의 짐을 지고 노을진 산비탈길을 올라야 하는 남루한 등짐장수"여야 한다고 주장한다. 그

32 최원식, 「서정시의 재건」, 『세계의문학』 1986년 겨울호, 190~191쪽.

에게 시는 "저 깊은 생의 밑바닥을 치며 올라오는 고요론 저녁 놋종 소리와 푸른 밀물"이기 때문이다. 이는 시학을 일관해서 관통하는 시선이자 태도이다. 그의 시편들에서는 그의 순정한 서정이 낳고 기른 굳건한 현실의식의 결정들을 만날 수 있으며, 이는 개인 문학의 차원을 넘어 공동체적 삶의 뚜렷한 지표로 완성된다.

> 화살 하나가 공중을 가르고 과녁에 박혀
> 전신을 떨 듯이
> 나는 나의 언어가
> 바람 속을 뚫고 누군가의 가슴에 닿아
> 마구 떨리면서 깊어졌으면 좋겠다
> 불씨처럼
> 아니 온몸의 사랑의 첫 발성처럼
>
> —「詩」 전문(『무늬』, 64쪽)

앞서 인용한 「시인 나귀」에 대해 김용락은 "지극한 사실인식이 안이하게 평면적으로 나열되어 있을 뿐, 이전의 그의 시가 보여주었던 구체적인 삶의 역동성이 결여되어 있"[33]다고 말하며 시의 추상성과 관념화 경향에 대해 지적했다. 그러나 이는 이시영의 시가 감당하고 있는 역사적 무게를 과소평가한 것이다. 이시영의 전체적 문학 행보를 살펴볼 때 「시인 나귀」는 그의 근원적 시론에 해당되는 내용으로서 충분한 문학적 설득력을 지닌다.

열세 권의 시집이라는 시적 결산을 내놓기까지 그는 각 시집마다 시

33 김용락, 「생명의 교감과 시적 진정성」, 『녹색평론』 1994년 9~10월호, 165쪽.

와 시인, 그리고 그들이 이 세계에서 감당해야 할 몫에 대해 끊임없이 질문을 던져왔다. 그 몫은 때로는 간절히 "불러야" 하는 이름으로, 또 때로는 간절히 "가야 할" 길의 모습으로 나타나기도 하고, "자기보다 무거운 역사의 짐을 지고 노을 진 산 비탈길을 올라야 하는 남루한 등짐장수", 혹은 "나귀"로 제시되기도 하며, 또는 위에 인용한 「시」에서와 같이 "공중을 가르고 과녁에 박히는 화살", 떨리는 "불씨", "발성" 등 무수한 의미들로, 무수한 풍경들로 그려져왔다. 이는 이시영이 시인으로서 자신의 임무를 완벽히 수행해낸 산물이라고 할 만하다.

제5시집 『무늬』의 경우 총 84편의 시들 중 '시'와 '시인'을 제목으로 삼거나 직접 대상으로 삼은 것만 해도 13편에 이르며, 상징이나 은유로 읽어낼 경우 훨씬 더 많은 시들이 그에 해당된다는 점을 주목해야 한다. 이런 사실은 이시영이 시인으로서의 자신의 정체성과 사회적 책무에 대해 끊임없는 고뇌를 거듭해왔다는 얘기이다. 그러므로 현실인식의 근원적인 핵심이라 할 자기정체성의 문제는 이시영에게는 불가피한 문학적 화두가 된다. 이러한 정체성을 시의 진지로 삼아, 이시영의 현실의식은 폭력적 세계에 저항하고 그것을 뛰어넘고자 하는 문학적 투쟁을 이끌어왔다. 그는 고통 가득한 세계의 소외된 약자들, 박해받는 자들, 죽어가는 생명들에 대해 무한한 관심과 애정을 보이면서 시를 통해 그들을 보듬고 구원하고자 해왔다.

자연친화적 유년기의 체험은 이시영으로 하여금 누구보다 예민하고 치열하게 현실 속에서 깨어 있도록 만들었다. '자기로부터 나온 눈'으로 세계의 심연을 바라보게 하고, 시대의 삶 속으로 자신을 던지도록 하였다. 자연으로부터 나온 생명의 힘은 근원적인 것이어서, 이시영은 고통스런 현실의 삶을 그 자신의 섬세한 의식세계에 강렬한 비극적 무늬로 새겼으며, 그 무늬를 통해 더욱 날카롭고 깊은 현실의식과 문학적 서정을 그려내게 되었다.

생명의 절대적인 가치를 내면화한 이시영은 자연의 생명이 유린되는 폭력적 현실 앞에서 강한 내면의 힘으로써 맞서 왔다. 늘 깨어 있는 지성으로서 사회적 발언을 지속해온 것이 그 싸움의 방식이었다. 그 과정에서 그의 깊은 서정과 현실 인식은 그의 시선을 우리 사회의 그늘진 곳곳으로 향하게 했으며, 더 나아가 지구촌 각지의 생명과 평화의 문제에 이르기까지 관심의 폭을 쉬지 않고 넓히게 했다. 그 각고의 노력은 마치 무거운 짐을 등에 지고 가는 '시인 나귀'의 모습이다. 이시영은 김남주가 등에 지고 가던 짐을 자기 등에 옮겨 묵묵히 지고 온 것이다. 이시영의 문학은 역사와 정치 그리고 근원적 생명의 현장을 갈망하는 서정이 합일하는 조화를 계속해서 유지해왔다.

2. 현실인식의 심화

그렇다면 이시영의 시세계가 나타내고자 하는 정신의 본질은 무엇일까? 그의 시가 가진 형식의 변화는 단지 시를 기술하는 방식의 변화만을 뜻하지는 않는다. 이는 그의 '문학적 의식'이 거쳐온 변모의 과정을 반영하고 있다.

1) 현실인식의 표현 양상

기존의 연구 성과들을 참고하여, 이시영 시세계의 변모를 내용과 형식, 출간년도 등에 따라 세 시기로 나누면 다음과 같다. 먼저 『만월』(1976), 『바람 속으로』(1986), 『길은 멀다 친구여』(1988)를 포함하는 첫 번째 시기, 『이슬 맺힌 노래』(1991), 『무늬』(1994), 『사이』(1996), 『조용한 푸른 하늘』(1997), 『은빛 호각』(2003), 『바다 호수』(2004), 『아르갈의 향기』(2005)까지를 포함하는 두 번째 시기, 『우리의 죽은 자들을 위해』(2007), 『경찰은 그들을 사람으로 보지 않았다』(2012), 『호야네 말』(2014), 『하동』(2017)을 포함해 현재에 이르는 세 번째 시기로 나눌 수 있을 것이다. 하지만 이와 같은 문학적 연대기 구분과 관련해 이시영의 창작활동이 여전히 지속되고 있고, 향후 시적 변모의 가능성이 있으므로 더 자세한 논의는 나중에 도모하기로 한다.

이시영 시의 외형적 '길이'의 변화 속에 담긴 특징을 구체적으로 살펴보고자 한다. 각 시기별로 형식의 변화가 잘 나타나 있는 작품들을 크게 두 개의 경향으로 나누어 묶어보면 다음과 같다.

(1)
그는 왼손이었어 숫돌에 갈아
왼손으로 말하고 마늘내 나는
들판을 벗고 머슴들을 불러
미농지 위에 오른 손을 잘랐어 갈대밭에서
돌아온 그의 낫은, 일어서는
불꽃을 소리지르는 호박을 자르고
볏가리에 숨은 주인의 고요한 귀를 베었어
…(중략)…
벼랑 위에는 아내도 버린 채 지게만 동여메고
그가 불붙은 한쪽 다리로 달리는 것이 보였어
아직도 복삿빛 환한 아내는
그의 녹슨 왼손과 함께 장터마을에 사는데
그의 한쪽 다리를 사로잡은
그때 그 순사를 따라 사는데

—「머슴 고타관씨」 부분(『만월』, 114~116쪽)

나 죽으면 저 일하던 진새미밭 가에 묻어 달라고 다짐다짐 하시더니

오늘은 이 도시 고층아파트의 꼭대기가
당신을 새처럼 가둘 줄이야 어찌 아셨겠습니까
엘리베이터가 무겁게 열리고 닫히고
어두운 복도 끝에 아들의 구둣발 소리 들리면
오늘도 구석방 조그만 창을 닫고
조심조심 참았던 숨을 몰아 내쉬는
흰 머리 파뿌리 같은 늙으신 어머니

—「어머니」 부분(『바람 속으로』, 33~34쪽)

당신의 글에선 창조적 소수의 백랍 같은 얼굴이 보인다
…(중략)…
실천의 영역에서는 인간적 뿌리가 없는
너무도 허약한 자족의 다리,
역사는 당신과 같은 소수 정예가 콤파스로 밀고 나가는
싸늘한 죽은 무덤이 아니다

—「이 책을 보라」 부분(『이슬 맺힌 노래』, 92쪽)

"이형, 요즈음 내가 한달에 얼마로 사는지 알아? 삼만원이야, 삼만원…… 동생들이 도와주겠다고 하는데 모두 거절했어. 내가 얼마나 힘든지 알어?" 고향 친구랍시고 겨우 내 손을 잡고 통곡하는 그를 달래느라 나는 그날 치른 학생들의 기말고사 시험지를 몽땅 잃어버렸다. 그리고 그날 밤 홀로 돌아오면서 생각했다. 그가 얼마나 하기 힘든 얘기를 내게 했는지를. 그러자 그만 내 가슴도 마구 미어지기 시작했다. 나는 속으로 가만히 생각했다. 『혼불』은 말하자면 그 하기 힘든 얘기의 긴 부분일 것이라고.

—「최명희 씨를 생각함」 부분(『은빛 호각』, 20~21쪽)

1849년 12월 22일 쎄묘놉스끼 연대의 연병장. 빠뜨라솁스끼 써클에 가담한 스물한명에게 모두 사형이 언도되었다. 이어 십자가에 입을 맞추게 하고 머리 위에서 칼을 부러뜨리고 흰 가운을 입혔다. 그러고는 형 집행을 위해 우선 세사람을 말뚝 옆에 세우고 천으로 얼굴을 가렸다. …(중략)… 도스또옙스끼는 훗날 그의 형 미하일에게 보낸 편지에서 그 순간을 이렇게 회고했다. "나는 낙담하거나 절망하지 않았어. 삶이란 어디를 가나 있는 거니까."

—「1849년, 뻬쩨르부르그에서 옴스끄까지」 부분
(『호야네 말』, 118쪽)

이시영의 시세계를 전체적으로 살펴보았을 때, 위 시편들에서처럼 비극적 역사 현장인 고향과 해체된 농촌에 대한 조명, 산업화로 뿌리 뽑힌 민중의 삶 제시, 민주화 과정의 공동체적 삶의 고통 표현, 실존 인물들에 얽힌 후일담과 그에 따른 비애와 비의 그리고 자각, 다시 회복할 수 없는 풍경에 대한 묘사와 회고, 불평등한 세계의 현실에 대한 고발, 생의 부조리에 대한 반어와 풍자 등을 나타낼 때 시가 장형화되고 있음을 알 수 있다. 즉 현실의 부정성이나 근원성에 대한 인식과 고발, 역사성을 띤 후일담 등을 전하는 경우 시가 길어지고 있는 것이다. 증언해야 할 부정적인 현실 앞에서 시인으로서의 비판적 의식을 담아내자면 자연히 시의 길이를 길게 할 수 밖에 없었을 것이다.

이런 시들은 "대부분의 배경을 이루고 있는 것은 농촌이다. 그러나 그 농촌은 꽃이 피고 새가 우는 목가적인 곳이 아니라 가난과 눈물과 피로 얼룩진 역사의 현장"[34]이라는 신경림의 평가라든가 또 "「머슴 고타

---

34 신경림, 「신간 해제 – '만월'」, 『독서생활』 1977년 3월호, 224쪽.

관씨」, 「어느 변사」, 「덕석몰이」 등에서 보듯 농촌을 배경으로 한 민중 설화의 대체로 음산한 읊조림이고, 다른 하나는 「한강을 지나며」, 「소문을 듣고」, 「출분」 등에서 보듯 정치적 억압 상황의 섬뜩한 알레고리적 묘사를 담고 있다. 이들은 일종의 정치적 시라는 하나의 뿌리를 갖고 있다. "많은 경우 식민지 현실 혹은 분단 현실에서의 민중적 폭력적 저항과 그 주변을 내용으로 하고 있는 것"[35]이라는 성민엽의 평가와 적확하게 맞아 떨어지는 대목이다.

이러한 이시영 시세계의 현실인식이 지닌 '고발의 서사성'에 대해 여러 평자들은 다음과 같이 말한다.

> 이시영의 시에 담겨 있는 '이야기'는 기본적으로 체험에 근거한다. 체험에 근거한다는 것은 그의 시의 형상 일반이 사실에 바탕을 두고 있다는 뜻이 된다. 그의 시에서 개연성이 없는 비현실적인 이미지나 정서를 찾아보기 힘든 것도 다소간은 이와 무관하지 않아 보인다. 이에서도 알 수 있듯이 체험적 사실에 뿌리를 내리고 있는 것이 그의 시의 형상 일반이 갖고 있는 특징이라고 해야 옳다.[36]

> (이시영의 시를 통해) 시가 전해줄 수 있는 가장 강렬한 '기억'의 두 심급(審級)을 경험할 수 있게 된다. …(중략)… 사실성과 서술성을 시적 근간으로 하면서, 우리로 하여금 공동체적 차원과 개인적 차원의 '기억'을 다양하고도 심층적으로 경험하게 하는 유력한 시적 실체를 제공하고도 있다고 할 수 있다. 우리는 그 두 심급의 하나가 우리

35 성민엽, 『문학의 빈곤』, 문학과지성사, 1987, 190쪽.

36 이은봉, 「시 혹은 응축된 이야기」, 『문학의문학』 2007년 창간호, 421쪽.

> 역사를 관통했던 사건들에 대한 실재적 재현과 해석에 있다면, 다른 하나는 시인 개인 삶에 얽힌 기억 충동에서 찾아질 수 있음을 알게 된다. …(중략)… 기억 속의 시간 형식을 현실의 변화 과정 속에서 읽음으로써 삶의 구체성을 시적으로 복원하는 기획을 일관되게 반영하고 있다.[37]

> 이번 시집 『경찰은 그들을 사람으로 보지 않았다』 역시 이시영 특유의 시적 세계관과 방법론이 잘 드러난 시집이라고 생각됩니다. …(중략)… 정치 사회적 위기 상황에서 시민의 생존권이 어떻게 국가 공권력에 의해 원천적으로 부정 당하는지를 극적으로 보여준 이 사건을 시인은 주관적 감정의 개입 없이 극히 담담하고 객관적인 신문 기사적 어조로 '진술'하고 있습니다. 이러한 정치적 상황 자체가 예외적인 상황이 아니라 우리 시대의 '객관적' 상황이라는 점을 강조하려는 시적 의도라고 할 수 있죠.[38]

이시영 시가 지닌 단형 서정시로서의 위상에 대해 언급한 최원식에 따르면 "이시영의 시의 문학적 근간은 결국 그의 유년의 농촌공동체 속 민중적 삶에 대한 체험의 기억"이다. 이시영의 자전을 통해서도 확인되는 그의 문학적 의식의 발원은 고향인데, 농촌이 해체되는 순간 이 세계는 그에게 '잃어버린 현실'이 되어버렸다. 1970년대와 80년대는 이시영이 자신의 문학적 의식의 근원인 고향과 자연을 멸절시킨 시대의 폭력에 맞서 싸운 시기였다. 이후로도 그는 과거의 시간을 현실에 재구성

37 유성호, 「기억의 두 심급(審級)—우리의 죽은 자들을 위해」, 『본질과현상』 2007년 가을호, 274쪽.

38 유성호 외, 『2013 '작가'가 선정한 오늘의 시』, 작가, 2013, 223쪽.

하고 복원하는 고고학자처럼 우리 사회가 잃어버린 가치들을 문학을 통해 부활시키는 작업을 지속해왔다.

(2)
저물녘 먼 하늘에 띠를 두르고 선
남빛 산의 완강한 부드러움이여
가서 그 어깨 뒤로 서고 싶다
—「저물녘」 전문(『이슬 맺힌 노래』, 40쪽)

에미 목을 필사적으로 끌어안고 잠든 새끼의 팔뚝에
아, 파란 정맥이 돋아 있다
—「새벽」 전문(『사이』, 26쪽)

건너편 창가에 비둘기가 아슬아슬 걸터앉는다
아이가 작은 주먹을 펴 무엇인가를 열심히 먹여주고 있다
바람이 불어온다
—「이 세계」 전문(『조용한 푸른 하늘』, 36쪽)

막내야 네가 제일이다
꺼칠한 턱수염의 아버지가 일어나 조용히 나를 맞는다
—「성묘」 전문(『은빛 호각』, 83쪽)

몽골 말들은 인간의 심장박동 수에 맞추어 길들여졌다고 한다
소년처럼 부푼 배를 내밀고 봉긋한 고원 위에 선 앳된 말이여
—「말」 전문(『바다 호수』, 48쪽)

남녘 하늘에 초사흘 달이 선명하게 찍혀 있다
새벽 바다는 지금 막 한 사리를 끝내고

활처럼 휘인 허리를 차갑게 식히고 싶을 때,

—「수평선」 전문(『우리의 죽은 자들을 위하여』, 15쪽)

여름비가 사납게 마당을 후려치고 있다
명아주 잎사귀에서 굴러떨어진 달팽이 한 마리가
전신에 서늘한 정신이 들 때까지
그것을 통뼈로 맞고 있다

—「소나기」 전문(『경찰은 그들을 사람으로 보지 않았다』, 29쪽)

양들이 조심조심 외나무다리를 건너 귀가하고 있습니다
곧, 저녁입니다

—「곧」 전문(『호야네 말』, 14쪽)

위 시편들은 앞서 인용한 장형화된 시편들에 비해 확연히 길이가 짧다. 이시영에게서 단형 서정시의 경향은 시인 자신과 시적 대상과의 긴장 혹은 시인의 자아성찰과 깊이 연관되어 있는 경우에 흔히 발현된다. 즉 이는 시인 자신에 대한 엄격한 객관화의 노력과 자기성찰의 결과인 것이다.

"현실에 대한 시인의 태도가 극도로 절제된 정신에 기반함으로써 그의 시는 엄정한 정신적인 압축미를 수반하게 되"[39]는 것인데, 현실에 깊숙이 뿌리내리고 있으면서도 말에 대한 장인적 탁마의 흔적을 간직하고 있는 이시영의 시편들은 분명 비범한 것이다. 이는 마치 할 말이 많은 사람이 오해나 왜곡, 과장을 피하기 위하여 도리어 가능한 한 말을

39 김윤태, 「인간적인, 그리고 서정적인 노래—이시영의 '이슬 맺힌 노래'」, 『한길문학』 1991년 가을호, 276쪽.

최대로 아끼고 고르는 경우[40]라고 할 수 있다.

이처럼 이시영의 시세계를 논의할 때 반드시 짚고 넘어가야 할 단형 서정시로서의 특징에 대해 최원식과 김용락은 다음과 같이 분석한다.

> 농업적 세계관에 입각하여 민족 모순의 자각과 민중의 발견으로 의식의 지평을 외연적으로 확대하는 과정에서 독자적인 이야기시의 문법을 확립한 시인은 한편 내포적 총체성을 지향하는 짧은 노래에 착목하게 된다.[41]

> 이번에 펴낸 《무늬》는 종래 이 시인이 즐겨 다뤄오던 〈민중 이야기〉에서 얼마쯤 벗어나 있다. 이 시집의 중심에는 이전의 〈민중〉대신에 〈자연〉이 자리 잡고 있으며 시의 형식도 이야기체라기보다는 짧게는 2행으로까지 이루어진 단형(短型)의 아포리즘 형태이다. 이러한 형식은 필연적으로 메시지의 전달보다는 분위기의 전달에 강하며, 무엇을 주장하기보다는 그냥 보여주고 독자들이 판단하라는 식의 열린 사고체계를 지향한다.[42]

이시영은 초기 시집인 『만월』, 『바람 속으로』, 『길은 멀다 친구여』 등에서는 이른바 민중시, 즉 서사성을 지닌 이야기로서 민중의 정서와 세계를 그려내고 있으며 이후 『이슬 맺힌 노래』, 『무늬』, 『사이』 등의 시집에서는 단형 서정시에 집중하며 자연과 인간의 본질적이고 근원적인

---

40 손경목, 「몸을 얻는 정신주의의 시-이시영 시집 '이슬 맺힌 노래'」, 『오늘의시』 1991년 하반기호, 180쪽.

41 최원식, 「서정시의 재건」, 『세계의문학』 1986년 겨울호, 190~191쪽.

42 김용락, 앞의 글, 164쪽.

문제에 천착하고 있다.

그러나 그와 같은 형식적 변모에도 불구하고 그의 시들은 민중의 삶에 대한 관심과 연민, 애정이라는 일관된 핵심을 견지하는데, 이는 "무너지고 만 농촌공동체 사회에 대한 아픔과 그 속에서 어려운 삶을 지탱해나가는 이웃들에 대한 그리움을 나타내고 나아가 순수한 인물들을 통하여 모순된 사회구조와 비인간적인 물질주의 사회를 비판하고 있다. (그러나) 그의 시들은 엄격한 자기 내면의 여과 과정을 거쳐 나온 산물이기 때문에 감정의 지나친 분출이나 생경한 관념 또는 설익은 과신이 나타나지 않는다. 이는 부단한 자기 각성이 동반되어야만 진정한 인간해방의 길을 열 수 있다는 시인 자신의 세계관에 기인"[43]하는 것으로 파악할 수 있다. 결국 형식의 변화는 있지만, 그 안에 담겨 있는 현실인식의 일관성은 지속된 것이다.

한편 인물에 대한 형상화의 경우, 비극적 '사건'이 종종 동반되었던 초기 '민중시'에서는 시인의 저항적 정서가 비교적 선명하게 개입되고 있는 반면, 후기 '이야기시'로 넘어가면서는 인물에 대한 시인의 시점이 한 발 물러난다. 이는 현실에 대한 시인의 비판의식이 퇴조했다기보다는 도리어 문학적 투쟁에 여유가 생겨난 것이라고 보는 편이 맞을 것이다. 그 한 발 물러남의 거리는 초기 민중시의 절박성을 넘어서는 문학성을 획득하려는 과정에서 확보된 시적 공간이라고 할 수 있다.

그렇기 때문에 초기의 장형 민중시들에서 현실에 대한 저항이 격앙된 목소리로 드러났던 반면 근래의 이야기시에서는 우회적 말하기 방식,

---

43 김용구, 「이시영 시 연구」, 동국대학교 문화예술대학원 석사학위 논문, 2002, 2쪽.

즉 풍자나 해학, 반어의 방식으로 발화하는 점이 눈에 띄는 가장 큰 차이라 할 수 있다. 자신의 주관적 정서를 거의 배제하고 객관적 현실을 전달하는 자료, 기사 등을 그대로 스크랩하여 보여줌으로써 현실세계의 고통이 주관적 감정에서 발생하는 것이 아니라 객관적 사실에 그 근원을 두고 있음을 강조하기도 한다. 이러한 시도를 통해 이시영의 시는 일종의 현실탐사 보도의 성격을 띠게 된다. 현실을 날것 그대로 드러내는 시적 표현방식이 오히려 더 강렬할 수 있음을 이시영의 시는 증명하고 있다.

일부 특정한 시적 상황이 시인의 내면 풍경과 겹치며 치열한 자아응시로 들어서는 경우 상대적으로 시가 길어지는 경우도 없지는 않다. 「아침의 몽상」, 「저녁의 몽상」, 「싸락눈 내리는 저녁」 등이 그러하다. 요컨대 시인의 현실의식이 대상을 거쳐 외부로 향하는 경우는 보다 사회적인 발언으로서 장형화되며, 그 시선과 의식이 사물을 통과하면서 내면으로 굴절되는 경우에는 상대적으로 서정성을 띤 짧은 시의 경향이 된다.

이시영의 시에는 요즘 한국 현대시에서 흔히 목격되는 난삽한 중언부언이나 주술적 독백의 언어가 나타나지 않는다. 그 어떤 경우라도 그의 시는 정갈한 언어적 정제를 보여준다. 직조된 한 편 한 편의 시 어느 작품에서도 묘사와 서술의 군더더기를 찾아볼 수 없다. 이는 그의 자기 성찰적 자세와 내면적 지향, 현실과 문학을 대하는 염결한 태도와 관련이 있다. 또한 그가 초기에 서정과 운율의 정교한 언어적 합치를 지향하는 시조 장르의 작업을 병행하였다는 사실과도 무관하지 않을 것이다. 결국 이시영은 그의 시를 통해 명료한 현실인식을 어떻게 드러낼 것인가를 부단히 고민해왔으며, 그의 시 형식은 이러한 그의 고민을 그대로 반영해주고 있는 것이다.

2) 현실인식의 표면화

'문학의 발언'은 어떤 의미를 가질까? 제2차 세계대전 종전 후 망명지에서 프랑스로 귀국한 드골이 나치에 부역한 수많은 언론인들을 처형할 당시 "나는 아무 일도 안 했다"고 항변하는 그들을 향해 "바로 그것이 죄"라 했다는 유명한 일화가 있다. 정의와 진실에 대한 침묵 역시 죄악임을 질타하는 이 말은, '침묵은 금'이라고 하는 통념을 뒤집으며 사회적 책무로서의 발언 행위에 대해 생각해보게 한다.

어지러운 한국의 현대사를 통과해오면서 시인이라는 존재가 문학과 사회를 위해 무엇을 할 수 있고 어떻게 해야 하는지를 고민하며 자신만의 길을 걸어온 시인 이시영의 행보를 떠올리면 드골의 유명한 발언이 자연스럽게 오버랩된다.

해방 및 한국전쟁 전후로 임화, 오장환, 이용악, 설정식, 박산운 등 많은 시인들이 정치적 전언의 시들을 다수 남겼다. 하지만 그 시적 전언이 과도한 정치적 구호로 변질되면서 문학의 근원적 가치와 배치되는 경우가 많았다. 구호와 시는 엄연히 다르다. 구호는 선동하지만 시는 성찰하게 한다.

문학이 경계하는 것은 문학이 품는 정치성 자체가 아니라, 그 정치성에 대한 구현의 성패 여부이다. 문학의 발언으로서 실패한 정치적 전언은 문학이라고 보기 어렵기 때문이다. 즉 "우리가 거부하는 것은 정치적 전언과 함의의 안이함과 피상성"[44]인 것이다. 그러므로 시가 전달하고자 하는 '메시지'만이 시의 전부가 아님을 재확인해둘 때, 바로 여기서 문학의 정치적 발언이 지향해야 할 시적 표현의 방식에 대한 고민이 시작된다.

이 대목과 관련하여, "정치적인 전언이 전경화(前景化)되어 나타날수록 그것은 시인 자신의 절실한 느낌이나 사고에 기초해 있기보다도 집단적 피암시성이 수용한 수동적이고 기계적인 반응인 것처럼 보인다. 이러한 상황에선 으레 이러한 반응을 보여야 한다는 미리 설정하여 부과한 판에 박힌 태도가 보이는 것이다. 그리하여 즉각적 소비와 효과를 노리는 구호적 연설을 닮게 된다"[45]고 한 유종호의 지적은 '사회적 발언'으로서 문학이 감당할 지점에 대해 생각해보게 한다. 문학이 자신의 창조적 긴장을 상실하고 즉자적인 구호에 기울어버릴 수 있는 위험성을 인식하는 것은 시의 자기 정체성을 세우는 필수 과정이 된다.

한국문학의 현실을 두고, 파편화된 일상 속 대중문화의 '가벼움'에 휩쓸리고 문학 자체의 '내면 부재'로 인해 들떠 전복되어버린 데 대한 내부적 자성의 목소리도 높다. 박수연은 "현재 한국문학은 '참여의 외부'에서 빠져나와 문학의 미적 내면으로 침잠한 후 다시 '참여 없는 외부'의 가벼움으로 투신한 상태"[46]라고 말하며 다음과 같이 첨언한다.

> 이런 한계를 넘어서서 공통의 무엇인가를 만들어보려는 사람이 글

---

44 유종호, 『시란 무엇인가』, 민음사, 1995, 222쪽.

45 위의 책, 216쪽.

46 박수연, 「한국문학의 난경」, 『실천문학』 2009년 봄호, 17쪽.

을 쓰는 사람이고 그 글을 읽는 사람이다. …(중략)… 아무것도 약속되지 않은 기투만이 미래를 열어볼 수 있다는 사실, 바로 그곳에서 민주주의가 싹튼다고 할 수 있다. 참여의 민주주의가 바로 그것일 것이다. 작가는 독자에게 문학적 의미를 전달하기 위해 미적 장치를 고안하고, 독자는 미적 장치를 통해 현실을 넘어서는 현실을 경험하는 사태가 이때 발생할 것이다. 이런 점에서, 미래를 향해 자신의 의도된 '기투'를 감행함으로써 정련된 미적 장치로 작품을 닫아놓는 사람만이, 미적 장치를 독자와 공유하면서 소통의 민주주의를 실현하게 되는 법이다.[47]

현실에 작용하는 공적인 어떤 힘을 '정치'라고 할 때, 이시영이 인식하는 현실의 정치는 그 자신의 이상과는 거리가 멀어 보인다. 그의 작품 속에 반영된 현실과 그것에 관여하는 정치는 결코 소외된 자의 울타리가 되어주지도 못하고 사회를 정(正)의 방향으로 이끌어가지도 않는, 다만 '행사'하는 권력의 모습으로만 그려진다. 나아가 때로는 그 무소불위한 제도의 힘 자체가 진실을 압박하고 통제하는 폭력으로서 나타나기도 한다. 이는 이시영이 정치를 비판적으로 마주한 결과다. 그의 문학은 정치와의 이 치열한 싸움에서 태어난다.

현실의 폭력성 앞에서 이시영은 자신의 기투(企投)로 맞서고자 한다. 그 기투는 '문학'이라는 '행위'와 '발언'을 두 주먹으로 삼는다. 정치는 그의 문학의 본령이기도 하다. 정치는 인간이 인간답게 살 수 있는 현실을 만들어내야 하며, 문학 역시 동일한 의무를 지니기 때문이다. 따라서 가장 좋은 문학은 가장 정치적일 수밖에 없다. 왜냐하면 문학적으

---

47 위의 글, 20쪽.

로 훌륭히 구현된 작품에 나타난 본질적인 삶의 진실은 독자의 의식에 깊은 영향을 미쳐 내면의 성숙과 현실 인식의 확장을 이끌어내기 때문이다.

이제 현실의 변화를 이끌어내는 '정치적 힘'으로서의 문학과, 그 속에 깃든 정치로서의 '행위'의 양상을 실제 작품을 통해 살펴볼 것이다. 이를 위해 이시영 문학의 연혁에서 현실에 대한 정치적 의식이 가장 특징적으로 드러난 『만월』과 『경찰은 그들을 사람으로 보지 않았다』를 두 개의 큰 중심축으로 삼고 분석의 예로 삼고자 한다. 이 작업은 이시영의 현실에 대한 치열한 의식이 어떤 '정치적 행위'의 언어들로 문학 속에 구축되고 있으며, 또 그 문학을 통하여 그가 현실 사회에 어떤 정치적 실천으로서의 '발언'을 감당하고 있는지 살펴보는 일이 될 것이다.

> 불러다오
> 밤이 깊다
> …(중략)…
> 새들이 마지막 남은 가지에 앉아
> 위태로이 나무를 부르듯이
> 그렇게 나를 불러다오
>
> —「너」 부분(『만월』, 11쪽)

> 밤이 깊어갈수록
> 우리는 누군가를 불러야 한다
> 우리가 그 이름을 부르지 않았을 때
> 잠시라도 잊었을 때
> 채찍 아래서 우리를 부르는 뜨거운 소리를 듣는다

—「이름」 부분(『만월』, 12쪽)

마음으로 향한 눈을 갖고 싶구나
마음에 대고 듣는 귀,
마음을 열고 고이는 소리를 갖고 싶구나

—「나의 노래」 부분(『만월』, 16쪽)

한쪽 귀만 열심히 달고 다니는 사람들을 보았습니까
法定 귀를 안 달았다간 개좆이 되는 나라를 보았습니까
한쪽 귀만 단 사람들의 귓속을 보았습니까
귓속에 또 한 개의 귀를 은근슬쩍 감추고
숲 속으로 가는 사람들을 보았습니까

—「귀 이야기」 부분(『만월』, 80쪽)

누구도 들을 수 없는 나라에
소리가 내린다.
소리 뒤에 주먹처럼 고요히 내린다.

—「눈이 내린다」 부분(『만월』, 96쪽)

밤이 깊었다. 우리나라엔 밤이 깊어도 돌아오지 않는 이가 많다. 내 친구야 아무리 돌아누워도 들린다. 파도소리, 네 굽은 등이 이끄는 그 소리 점점 커져 감을.

—「소문을 듣고」 부분(『만월』, 98쪽)

위 여섯 편의 시는 '듣고 부르고 말하는 것'에 대한 치열함을 노래하고 있다. 이시영의 시는 아무도 들으려 하지 않는 것들, 또 누구도 듣지 못한 것들을 들려주고, 그 어떤 이도 부를 생각을 하지 않는 것들을 부르면서 세상을 일깨운다.

용산참사의 비극을 그린 「경찰은 그들을 사람으로 보지 않았다」가 특히 주목되는 이유다. 폭압적 공권력에 대한 비판의 목소리를 시의 전면에 내세우고, 사건의 비극적 전개 과정을 객관적으로 진술하는 냉철함 속에 시인의 분노와 함께 문학을 통한 '정치행위'를 엿볼 수 있다. 객관적 진술은 오히려 사건을 진실 자체로 보전함으로써 독자에게 온전한 울림을 준다. 그 시에 대해 박수연은 아래와 같이 평하고 있다.

> 이시영의 최근 시문법이 보다 비극적인 형태로 전개되고 있는 시편이다. 기존에 보여주었던 소품 형태의 유쾌한 이야기 산문시는 여기에서 비극적인 객관적 사태 진술의 형태로 변화된다. 이 시를 그가 1980년대 후반부터 감행한 시적 전환의 결과로 이해하는 것도 의미 있는 일이다. 세계에 대한 사유 방식으로 연속보다 단절이 강조되는 시대에 그는 사회적 소외층의 비극을 다시 시 안으로 끌고 들어온다. …(중략)… 그러나 시적 전환 이후 저간에 만들어졌던 목소리가, 첫째 몽환적인 사물의 분위기를 거쳐, 둘째 웃음을 유발하는 삶의 순간에 대한 포에지로 전개되어왔던 데 비해 「경찰은 그들을 사람으로 보지 않았다」는 그의 전기 시편들의 비장한 목소리를 다시 도입하고 있는 것으로 판단된다."[48]

"경찰은 그들을 적으로 생각하였다"와 "애초에 경찰은 철거민을 사람으로 생각하지 않았으며 철거민 또한 그들을 전혀 자신의 경찰로 여기지 않았다"라는 두 문장은 사건 자체의 비극성을 직접적으로 환기시키는 한편 사회 공동체의 '관계 파괴'를 전제적 사실로 삼고 있어 더욱 충

48 위의 글, 25쪽.

격적으로 다가온다. 그런데 현실은 시인의 이러한 외침을 듣고자 하지 않는다. 그래서 이시영은 용산 참사 사건 자체에다 그저 시의 형식을 입혀 세상에 고스란히 "발언"한다. 문학의 사회 참여 의무가 제대로 이행되지 않는 순간 그 사회에 속한 인간의 존엄성이 무너질 것이라는 절박한 불안감을 느끼기 때문이다.

이시영의 문학관에서 보자면, 참혹한 사건의 발생 이전에 이미 우리 사회엔 공동체적 관계의 기본 요소인 '인간 존엄'이 '제거'되어 있던 것이다. 인간 존엄이 더 이상 기능하지 않는 사회에서 발생한 이 비극적 사건에 대해 "서로가 같은 입장이었으며, 법의 집행은 그러니 정당하였다"고 말하는 것은 온당치 않다. 그 부당함을 이시영은 시를 통해 세상에 알리고 있다.

요컨대 "경찰은 그들을 적으로 생각하였"고, 애초부터 "사람으로 생각하지 않았다"는 점을 기억해야 한다. 이는 "전혀 자신의 경찰로 여기지 않았다"는 말과는 의미적으로 전혀 다른 층위에 속한다. 철거민들이, 자신을 주적으로 삼은 경찰들을 "사람으로 생각하지 않았다"라고 한 것이 아님에 반해, 경찰로 상징되는 국가 공권력은 국민인 그들, 그 이전 '천부인권적' 존재인 인간으로서의 그들을 "철거민으로 생각하지 않는"(법 집행을 무력화하는 범법자로 생각하는) 정도가 아닌, '사람 아닌 존재'로 규정하고 있었다는 사실이다. 세상의 비극은 여기서 비롯된다. 누군가 자신만이 사람이고 타자는 사람이 아닌 것으로 인식하는 순간부터 노예제가 시작되었고, 식민주의가 정당화되었으며, 강자가 약자를 지배하는 것이 당연시되어버렸다. 이시영은 이러한 폭력에 맞서 싸운다. 벤야민이 말한 '박탈의 삶'의 양상들을 있는 그대로 보여주고,

그 박탈과 소외의 폭력을 극복하기 위해 현실 폭로라는 방법을 사용한다. 이러한 구체적 대응의 방법론은 이시영이 지닌 정치적 의지의 시적 발현이다.

「경찰은 그들을 사람으로 보지 않았다」 외에도 엄혹한 현실의 비극성과 인간 존엄 박탈의 참상을 보여주는 시들을 시집 곳곳에서 만날 수 있다.

> 1950년 한국전쟁 발발 직후 부산형무소, 소년의 앳된 얼굴도 끼인 수백명의 홑바지 차람의 죄수들이 허리에서 허리를 한 줄 오라에 묶인 채 트럭에 실려 어딘가로 막 호송되고 있다.
> 저것이 학살이 아니라고 말할 수 있는 자 누구인가.
> —「게르니까」 전문(『경찰은 그들을 사람으로 보지 않았다』, 96쪽)

> 면도기가 충전이 다 되었다고 녹색등을 깜빡이는 동안,
> 반딧불이가 난생처음 하늘을 차고 올라 수줍은 후미등을 켜고 구애하는 동안,
> 대학병원에서 죽어가는 환자가 원망인지 사랑인지 모를 눈빛을 가족에게 지어 보이고 있는 동안,
> 오늘도 세계의 어딘가에선 장착된 토마호크 미사일이 날고
> 사소한 약속을 지키러 나온 맨해튼 42번가의 사내는
> 째깍거리는 시계를 자주 보며 공허한 두 손에 피로한
> 두 얼굴을 묻는다
> —「동안」 전문(『경찰은 그들을 사람으로 보지 않았다』, 136쪽)

> 인도 경찰과 시민단체, 언론이 급습 · 적발한 다른 섬유공장들의 형태도 크게 다르지 않아서 열 살가량 밖에 되지 않은 어린이들이 어두운 조명 아래서 바느질을 하고 있었다. 여론이 나빠지자 갭은 최근

"어린이노동은 결코 용납할 수 없다"며 관련 상품을 시장에서 회수했다고 하는데, 이는 이 회사가 다른 개발도상국에서 이미 써먹은 수법이다.

보다 심각한 것은 "어린이노동을 전면적으로 금지한다고 해서 이들이 학교에 다니며 생활에 필요한 모든 것을 얻을 수 있는 것은 아니"(인도의 일간지 『타임즈 오브 인디아』)라는 사실이다. 어린이노동자 대부분은 부모가 가족을 제대로 부양하지 못하는 빈곤층 출신이며, 공장이나 식당 등은 차라리 나으며 여기에서마저 일하지 않는 아이들은 구걸이나 범죄로 연명하고 심지어는 마약에 손을 대기도 한다는 것이다.*

* 한겨레 2007.11.3.

—「어린이노동」 부분
(『경찰은 그들을 사람으로 보지 않았다』, 104~105쪽)

사회학자 장 지글러는 『왜 세계의 절반은 굶주리는가』에서 정치, 경제 질서가 인간의 생사를 가르는 기준이 되는 현실을 고발했다. 이시영은 어떤 감정적 주석이나 정보에 대한 해석도 시도하지 않은 채 자신의 체험을 상황 자체로 그려 보여주거나, 신문 기사 내용을 그대로 인용해와서 시의 본문으로 쓰고 있다. 이러한 문학적 작업을 통해 그는 현실세계에서 벌어지는 불평등과 부조리의 문제를 정면으로 응시하고자 한다. 그렇게 함으로써 그의 시는 현실을 소재로 한 적나라한 르포르타주(reportage)가 된다. 언론이 포기하고 외면하는 현실의 비극적 양상들을 향해 이시영의 시는 눈을 돌린다. 저널리즘과 문학을 서로 만나게 하는 것이다. 이러한 시도는 문학이 현실과의 연결고리를 상실하고 있는 요즘의 상황에서 매우 중요한 의미를 갖는다. 혹자는 "그게 어찌 문학인가?”라는 질문을 던질 수 있겠지만, 현실을 은폐하고 있는 문학과 저널리즘은 모두 인간의 비극을 더욱 심화시킬 뿐이라는 점에서 이시영의 시도는 더 소중하다.

시집 후기에서 “때론 한 줄의 기사가 그 숱한 ‘가공의 진실’보다 더 시다웠다”고 한 이시영의 말은 그래서 다시 평가되어야 한다. 특히 위에 인용한 「어린이노동」이라든가 같은 시집에 실린 「아, 이런 시는 제발 그만 쓰고 싶다」 등에서는 이시영의 일관된 현실의식이 나타난다.

> 목련이 활짝 핀 봄날이었다. 인도네시아 출신의 불법체류 노동자 누르 푸아드(30세)는 인천의 한 업체 기숙사 3층에서 모처럼 아내 리나와 함께 단란한 시간을 보내고 있었다. 목련이 활짝 핀 아침이었다. 우당탕거리는 구둣발 소리와 함께 갑자기 들이닥친 출입국관리사무소 직원들이 다짜고짜 그와 아내의 손목에 수갑을 채우기 시작했다. 겉옷을 갈아입겠다며 잠시 수갑을 풀어달라고 했다. 그리고 그 짧은 순간 푸아드는 창문을 통해 옆 건물 옥상으로 뛰어내리다 그만 발을 헛디뎌 바닥으로 떨어져 숨지고 말았다. 목련이 활짝 핀 눈부신 봄날 아침이었다.
>
> —「봄날」 전문(『우리의 죽은 자들을 위해』, 111쪽)

> 미시케에서 제일 유쾌한 짐꾼 노동자 하싼은 “신께서 저희에게 이렇게 힘든 일을 시키시는 것은 다 이유가 있을 것”이라며 그분께서 언젠가는 우리 등에서 가장 무거운 짐을 내려주실 것이라고 말하는 것이었는데, 그는 오늘도 글리마딘, 슈빌과 함께 석유통을 지고 5킬로의 길을 걸어 67루피(1,400원)의 돈을 벌었다.
>
> —「세상에서 가장 무거운 짐」 전문(『우리의 죽은 자들을 위해』, 66쪽)

루커스빌 교도소는 사형수가 입감하는 날부터 그 다음날 장의사가 시신을 옮겨갈 때까지 그들의 일거수일투족을 차가운 사실주의 문체로 기록해두었는데 그중에는 이런 것도 있다.

"2001년 6월 14일 새벽 5시 2분. 절도 현장에서 살인을 저질러 사형을 선고받은 존 디 스콧은 코를 골며 자고 있다. 형집행 5시간 전이다."

—「다섯 시간 전」 부분(『우리의 죽은 자들을 위해』, 53쪽)

'가디언'에 따르면 이스라엘이 레바논 공습시에 사용한 폭탄은 'M483A1'이라는 대량살상무기인 정밀유도폭탄이라고 하는데, 이는 미국에서 생산된 것이고 세계의 분쟁지역마다 즉각적으로 아주 비싼 값에 공급되고 있다고 한다. 그리고 부시는 라이스 장관이 중동을 이륙한 직후 가진 주말별장 회견에서 산뜻한 와이셔츠 차림으로 서서 전날 밤 남부 레바논 카나 마을에 밤새도록 퍼부어진 이 무차별 폭격을 새로운 중동 탄생을 위한 산통이라고 했다.

—「전쟁범죄자들」 전문(『우리의 죽은 자들을 위해』, 45쪽)

"때론 한 줄의 기사가 그 숱한 '가공된 진실'보다 더 시다웠다"고 말하는 시인은 시적 진실과 현실적 본질에 대한 고민을 통해 나름의 분명한 지평을 그려내고 있다. 이시영은 현실을 묘사하는 방식에 제한을 두고 있지 않다. 그 어떤 문장이든 그것이 현실의 모순을 드러내고 현실 극복의 방향을 성찰하게 한다면 이미 그것은 문학의 임무를 감당하고 있다고 보는 것이다. 사실 이런 방식의 문학은 그리 즐거운 것은 아니다. 비극을 고스란히 드러내는 작업을 누가 반기겠는가? 한 인터뷰에서 이시영은 "참여시를 쓰지 않는 세상이 왔으면 좋겠다"고 한 적이 있다. 그럼에도 그는 '참여시'를 포기할 수 없다. 시집 『경찰은 그들을 사람으로 보지 않았다』의 「시인의 말」에서 그는 "어떤 이들은 이런 유의 작품을 시가 아니라고 타매하기도 하지만, 나는 시가 아니라도 좋으니 이런 작업을 통해서 감추어진 세계의 진실을 드러내는 게 더 시급하고 중요한 일이라고 본다"고 썼다. 참여시 쓰지 않는 세상이 왔으면 좋겠다는 말은 아직 그런 세상이 오지 않았다는 말이고, 아직은 참여시를 쓸 수밖에 없는 세상이라는 말이기도 하다.

시를 읽자
부지런히 읽자
네 영혼에 때가 끼기 전에
시도 쓰자
부지런히 쓰자
마른 영혼이 바람에 불려가지 않게
묵직한 놈으로
시의 길은 처음 가는 길
아무도 가지 않은 길을
처음으로 처음으로 가는 길

—「金洙暎調로」 전문(『무늬』, 34쪽)

위 시에 나타난 것처럼 이시영은 어떠한 경우에도 결코 자신의 걸음을 멈추지 않을 것이며, 변함없는 치열함으로 "부지런히 쓰자"는 자신과의 약속을 지켜나갈 것이다. 시와의 분투는 그가 세계를 만나는 방식이자 그 세상을 건너가는 방식이기 때문이다.

지금 이 순간에도 세계 도처에서 '게르니까'의 참상이 벌어지고 있을 것이다. 뿐만 아니라 과거에도, 현실 속에서도 삶의 게르니까는 존재했으며, 존재할 것이다. 이곳에서는 일상의 평화가 지속되고 자연은 여전하지만, 세계 어딘가, 누군가의 삶은 전쟁의 비참 속에 있다. 어떤 의미에서는 현실이 곧 전장이고, 전쟁의 포화 속에서도 삶은 진행되는 것이지만, 파괴와 살육으로써 평화를 이루어야 할 이유는 없는 것이다. 그렇기 때문에 이시영은 시가 평화의 논법이 되게 하는 노력을 멈추지 않는다. 그의 문학이 정치성을 나타내는 까닭은 그의 시가 권력을 추구하기 때문이 아니라, 권력의 폭력과 불법을 고발하고 이를 교정하려 하기 때문이다. 현실은 이를 버거워하기 때문에 문학의 정치성을 공격하지만 도리어 이러한 노력이 현실을 다르게 만들 수 있다. 문학이 현실을 은폐하는 대신 현실의 날것을 그대로 드러낼 때 문학의 본령과 더 가까워진다면, 이시영은 그 방식을 과감히 선택한다.

"이시영의 글쓰기는 흐려지고, 무뎌지고, 부서지고, 망가져가는 것들에 대한 관심이다. 이 관심은 본래의 우리로 우리가 복귀하는 것이다. 이것은 오래 전에 지워진 그리고 여전히 지워지고 있는 지워진 태초의 말을 재건하는 것"[49]이라는 박은선의 말을 기억할 필요가 있다. 이시영은 문학이 자꾸만 문학 스스로를 포장하려 드는 것을 비판한다. 그는 문학이 현실 앞에서 정직해야 한다고 믿고 있다. 이시영 문학의 힘은 거기서 비롯된다. 이시영은 문학이 정직할 때 정치적 메시지가 자연 발생한다고 여긴다. 인간의 존엄을 파괴하는 폭력은 언제나 정치와 연관되어 있기 때문이다.

결국 문학의 정치성이란 문학의 역할과 본질에 관계된 문제이다. 문

---

49 박은선, 「시의 사상으로서의 언어」, 『시와정신』 2012년 여름호, 229쪽.

학이 구원의 문제를 깊게 파고들지 않으면 그것은 단지 놀이이거나 도피 또는 의미 없는 분장(扮裝)에 불과해질 수 있다. 그것은 문학이라는 이름의 기만이다. 현실이 고통스러우면 문학은 그 고통 속으로 진격해 들어가야 한다. 그로써 인간은 문학의 가치로 삶을 달리 만들어 갈 수 있다. 세계의 모든 비극을 불식시킬 수는 없지만, 그 불행을 조장하는 폭력의 본질을 간파하고 이성적으로 대처하는 것이야말로 가장 '문학다운' 대응 방식임을 이시영은 보여주고 있다. 이시영은 현실과 문학의 접점에 서는 것에 있어 결코 게으르지 않다.

3) 현실인식의 내면화

이시영의 첫 시집 『만월』이 지향하는 역사의식과 원초적 체험의 발산은 이후 그의 시를 전개시켜나가는 기본 동력이 된다. 두 번째 시집 『바람 속으로』까지의 10년은 그 동력이 어떤 방향으로 나갈 것인지를 모색한 시간이라고 할 수 있다. 이후 그의 시는 머뭇거림 없이 현실과 마주하며 자신의 시세계를 표출해나간다.

정치적 압박과 질식할 것만 같은 시대적 비극의 연속은 이시영에게 현실과 어떻게 마주설 것인가를 고민하게 한다. 당연하게도 이러한 고뇌와 성찰은 시를 잉태하는 힘이 되고, 어떻게든 현실을 문학에 담아내려는 의지로 작동한다.

여기서 주목되는 바는 그의 시의 기반에 '기억'이라는 요소가 하나의 시적 렌즈로 작동하고 있다는 점이다. 이 '기억'은 그가 살았던 고향에 대한 원체험이기도 하고, 또 그가 전해 듣거나 학습한 '역사'라고도 할 수 있다. 이 '기억'은 사라져가는 것들을 복원하는 힘으로 나타나기도 하며, 현실의 모순이 뿌리내리고 있는 근원을 폭로하는 역할을 감당하기도 한다.

그의 시에는 이를테면 '기억의 정치학'이 작동하며, 이것이 이시영으로 하여금 문학을 통해 현실 정국과 대치하는 기제 역할을 한다. 이시영은 끊임없이 회상하고 기억하며, 그것을 다시금 해부해 분석하는 가운데 현실이 어떤 처지에 놓여 있는지 파악한다.

기억은 망각과의 싸움이기도 하다. 정치와 자본이 '집단적 망각'을 조장한다는 점에서 망각과의 대결은 결국 정치 행위가 된다. 망각은 권력에 의해 기획되기도 하므로 망각과의 대결과 투쟁은 언제나 정치적 행위의 가치를 지닌다.

정치 행위라 함은, 이시영의 문학이 지배세력의 죄목들을 결코 묵과하지 않고 기록하고 환기하며 그로써 앞으로 어떤 세상이 오도록 해야 할 것인가를 묻는다는 뜻이다. 이러한 질문은 필연적으로 기득권 질서와의 충돌을 야기하는데, 결과적으로 그 쟁투 과정이 기득 세력의 해체 전략을 심화해나가는 단계가 되는 것이다. 따라서 이시영의 시는 그의 독자들에게 과거를 기억하게 하며, 현실과 대치하게 하고, 부당한 질서를 해체해나가도록 촉구하는 일종의 문학적 선동이 된다.

대개의 경우 선동이라는 용어는 매우 부정적으로 쓰이나, 문학이 패권적 기존질서에 맹종하지 않고 저항하는 '불온성'을 포기하지 않는 이상 결국 선동의 자리에 서지 않을 수 없게 된다. 독자들을 격동시키고, 불의한 것에 대해 분노하게 하며, 저항의 길 위로 나서도록 하는 것이 선동의 요체이기 때문이다.

주목할 것은 이시영 시의 선동은 '미학'이라는 문학적 근원과 정체성을 결코 잃지 않는다는 점이다. 그의 시는 언제나 읽는 이의 가슴에 강한 내적 동학(動學)을 일으키는 힘을 갖추고 있다.

이시영은 "시의 미학적 조건을 윤리 안에서 묻"[50]는 방식으로 자신의 시들을 구조화해 나간다. 그렇다 하여 이시영의 시가 그 미학적 형상화의 과정에서 혁명성을 상실하거나 역사의식의 약화를 일으키는 것 또한 결코 아니다. 바로 이 점이 그의 시가 처음부터 지금까지 일관되게 견지하는, 후퇴하지 않는 '시적 정의(poetic justice)'인 것이다.

「백로」에서는 우리의 역사적 상황이 지니는 엄중함을 미학적 차원으로 끌어올린 이시영 시의 놀라운 한 경지를 엿볼 수 있다.

> 휴전선은 끝이 없다
> 달도 저문다
> 떡갈나무 숲속 외로운 초병의 총구 끝도
> 싸늘히 춥다
> 숲 그늘에 잠든 새들아 날아올라라
> 동터오는 새벽 하늘 가르며 북녘 끝까지
> 어젯밤 남방한계선을 넘다가
> 몇 점 불빛으로 산화한 것들의 아득한 날갯짓을
> 초병은 안다
>
> —「백로(白露)」 전문(『길은 멀다 친구여』, 8쪽)

---

50 신진숙, 앞의 글, 66쪽.

남북 분단의 경계선을 지키는 초병은 다만 자신이 바라보는 지점만을 응시할 뿐이다. 그러나 시인은 그 응시 끝의 아득한 '남방한계선'이 얼마나 끝을 알 수 없는 먼 길인지를 일깨운다. 분단의 역사는 여전히 작동하고 있고, 서로를 겨누는 총구는 거두어질 줄 모르기 때문이다.

하지만, 초병에게는 그런 현실과는 전혀 다른 눈앞의 현실이 또한 존재한다. 숲이 있고 새들이 날아오르고 반딧불이 넘나드는 풍경, 그리고 그 안에 있는 자신의 외로운 실존이다. 분단이 인간에게 안기는 저 막막한 쓸쓸함을 이시영은 차분하고 정밀하게 묘사한다. 시를 통해 독자는 고독의 무의미성을 발견하게 된다. 그러고 나서야 이 시의 제목이 하얀 이슬을 뜻하는 '백로(白露)'임을 알게 된다. 여기서 이슬은 허무가 아니고, 새로운 아침을 일깨우는 정언(定言)이 된다.

이처럼 이시영의 시는 역사적 상황을 개인의 실존과 만나게 하고 그것이 얼마나 한 인간의 내면에까지 파고드는 사건인가를 짚어내고 있다. 바로 이렇게 그의 시는 개인과 사회, 역사와 실존을 분리하지 않고 조우하게 한다. 그런 까닭에 그의 시는 정치적 발언인 동시에 미학적 탐구가 된다.

사실 초병의 의무는 적을 향한 적개심과 철통같은 경계태세, 그리고 그 어느 순간에도 낭만적 상념에 물들지 않는 것이라고 할 수 있다. 그러나 이 시는 그런 국가적 요구와는 정면으로 배치되고 있는 초병의 모습을 그려내고 있다. 이로써 시인은 국가 이데올로기를 해체시키고 자연으로 회귀하려는 인간을 우리에게 제시하고 있다. 결국 그는 이를 통해 현실의 기득권 질서를 은밀하게 공격한다. 그런데 이러한 작업의 내면에는 그의 독특한 시 전략이 숨어 있다.

경계초소에서 초병은 고독하다. 이시영은 이 초병의 고독 속에 분단체제의 무용함과 한 개인이 짊어진 인간 보편의 쓸쓸함을 담아내고 있는 한편, 태양이 뜨면 사라지고 말 이슬처럼 분단이라는 헤게모니 싸움도 새로운 역사의 태양이 뜨면 휘발될 것임을 말하고 있다.

그 순간 백로(白露)는 낡은 역사의 청산과 새로운 역사의 도래를 꿈꾸는 자들의 은밀한 반역이 된다.

이러한 시적 발언들은 냉전 이데올로기가 지배하는 시대에서는 오직 변방의 목소리이므로 한없이 외롭다. 하지만 당대를 살아가는 이들의 역사의식을 후퇴시키지 않기 위해 그 목소리는 끊임없이 나아가야만 한다. 이시영의 시는 이 불굴의 전진을 지속하기 위해, 시대와의 전투를 위한 참호를 어느 지점에 파야하는지를 우리에게 일깨워준다.

방금 참새가 앉았다 날아간 목련나무 가지가 바르르 떨린다
잠시 후 닿아본 적 없는 우주의 따스한 빛이 거기에 머문다
—「아침이 오다」 전문(『경찰은 그들을 사람으로 보지 않았다』, 63쪽)

그 참호에서는 아주 작은 움직임도 소홀히 보지 않는다. 관찰자는 참새의 무게에도 바르르 떨리는 목련나무 가지의 미세한 움직임을 주목한다. 이것이 이시영 문학의 세계가 가진 비경(祕境)이다. 거대한 소리나 광활한 움직임에 대한 경탄도 있지만, 미세한 진동에 담긴 우주의 섭리를 결코 놓치는 법이 없어 독자들을 감동시킨다. 참새의 무게로 떨리는 나뭇가지에서 우주의 따스한 빛을 보는 시인의 시선은 아침이 어떻게 태어나 우리에게 오는가를 선(禪)의 화두처럼 보여준다.

저물녘 벼랑에 선 나무들은 외롭지 않다
능선의 보이지 않는 힘들이 팔을 뻗어
바람이 불어오는 쪽으로
그들을 강력하게 끌어안고 있기 때문이다
—「인력(引力)」 전문(『무늬』, 14쪽)

위 시에서 시의 표면적 대상은 물론 '나무들'이다. 그것도 저물녘, 바람을 맞으며 "벼랑에 선" 나무들이다. 그런데 그 벼랑 끝 절박한 상황에서 발휘되는 "보이지 않는 힘", 그들을 구원하는 강력한 힘은 바로 자신들의 내부로부터 나오고 있다. 즉 서로를 붙들고 끌어안는 힘은 이렇게 개별적 생명들 상호간에 인력으로 작용하여 결국 생명 그 자체를 보전하는 힘으로 확장, 심화되고 있는 것이다. 이시영이 갈망하는, 역사를 움직이는 민중의 동력은 이렇게 만들어지는 것이다. 고독한 시대의 한 가운데서 버티고 이겨내고 넘어서는 힘이 어떻게 만들어지는지, 이시영은 그 비밀을 우리에게 귀띔해준다.

위 시에서 주목해야 할 또 한 대목은 "바람이 불어오는 쪽으로"이다. 시인은 "고통의 실체 속으로" 뛰어들어 역사를 진보시키는 동력을 일구어내고자 하는 것이다. 벼랑 앞에 몰려서도 굴하지 않고 버텨내는 원초적 뿌리의 힘에서 김수영의 「풀」이 연상되기도 한다. 그러므로 이 시는 자연물의 외부적 생태 여건에 대한 단순한 보고서가 아니며, 개별적 생명성 안에 내재하는 소통과 연대의 힘, 그리고 외부 현실과의 주체적 대결 속에서 이루어지는 진정한 구원의 의미에 대해 말하고 있는 것이다.

이처럼 이시영에게 있어 자연은 단지 현실의 가시적 대상이자 현상으로서 존재하는 것이 아니라 그의 삶의 근원적 생명성이 될 뿐만 아니라 치열한 삶의 고투의 현장 그 자체가 되기도 하는 것이다. 이시영은 세속의 풍파나 현실의 고통을 벗어날 도피처로서의 자연을 희구하는 것이 아니다. 그에게 자연은 치열한 대결이 실재하는 공간으로 역사적 시간 속에서, 사회적 현실 속에서, 또 자아의 내면에서 현재에도 끊임없이 벌어지고 있는 대결의 현장이다. 따라서 그를 서정적 민중시인이라고 부를 때에도 그의 서정성에는 역사를 바로 세우려는 염원과 사회 변혁의 의지가 강하게 실려 있다는 점을 간과해서는 안 된다.

그렇기 때문에 이시영은 자연적 대상에 대한 인식과 시적 발화의 과정에서도 개인으로서나 공동체의 일원으로서 치열한 내적 고투 과정을 거친다. 대상으로서의 자연이 그의 내면으로 수용되는 동안 그는 끊임없이 집단적 의식과 무의식, 또 개인적 가치관과 현실 세계 사이에서 어울림과 부딪힘, 받아들임과 물리침의 과정을 거치는 것이다. "그런 점에서 그의 자연시는 동시에 저항시"[51]일 수밖에 없다. 그에게 자연은 관조의 대상이 아니라 함께 힘을 모아 새로운 역사를 지향하는 파트너인 것이다.

> 어서 오라 그리운 얼굴
> 산 넘고 물 건너 발 디디러 간 사람아
> 댓잎만 살랑여도 너 기다리는 얼굴들
> 봉창 열고 슬픈 눈동자를 태우는데
> 이 밤이 새기 전에 땅을 울리며 오라
> 어서 어머님의 긴 이야기를 듣자
>
> —「序詩」 전문(『만월』, 8쪽)

이시영의 시 중에는 자연을 직접적 대상으로 삼은 시편들도 많지만, 위 시처럼 자연성의 근원적 서정을 통해 시대의식을 표현해낸 작품들

---

51 염무웅, 「스스로의 힘으로 살아있는 풍경－李時英의 시의 한 노선」, 『시와시학』 1996년 여름호, 62쪽.

도 있다. 정서적 상관물로서의 자연 속에 그는 서늘한 현실의식을 투사하기도 한다. "산 넘고 물 건너" 험한 세상에 발 디디러 간 사람들을 기다리며 "댓잎만 살랑여도" 그 소리에 "봉창 열고" 내다보는 어머니의 슬픈 얼굴이 보이는 듯하다. "땅을 울리며" 안고 돌아와야 할 먼 곳 소식은 무엇이며, "이 밤이 새기 전" 돌아와 그 너른 가슴에 기대고 들어야 할 어머니의 이야기는 또 무언가. 그것은 어쩌면 너무 늦어버리기 전 우리가 회복해야 할 근원적 삶의 가치, 어머니 같은 대지와 자연, 고향의 삶에 대한 이야기일 것이다. 그런 이야기들은 결국 시인의 정치의식으로 귀결되고 있다. 그 이야기 안에 역사가 숨 쉬고 있고, 치열하게 극복해내야 하는 현실이 엄존하고 있다. 거듭 강조하거니와 이시영은 이렇게 역사와 자연이 합일된 현실을 갈망한다. 그의 시는 보다 나은 미래를 이루어내려는 정치적 의지와 결합되어 있고 그로써 기존의 서정시가 지니는 한계를 넘는 역사적, 정치적 역동성을 획득하는 것이다.

> 전문가들에 따르면 첫배를 낳은 암소의 고기가 제일 맛있다고 한다. 그러나 나는 후들거리는 다리로 트럭에 오르던 암소의 그 선량한 뒷모습을 잊을 수 없다.
>
> —「암소」 전문(『아르갈의 향기』, 62쪽)

사람들이 '암소의 고기'라는 물화된 대상에 대해 논할 때, 이시영은 암소의 후들거리는 다리를 기억한다. 이 기억의 관점이 바로 그가 시를 쓰는 태도이고 정신이다. 이시영은 현실이 잘 드러내지 않는 비극의 면모를 그려내고 있다. 그는 역사에서 도살당한 이들의 얼굴, 그들이 묻힌 곳, 발굴된 유골이 전하는 역사적 진실을 외면하지 않는다. 그것이 바로 폐허를 응시하는 그만의 방식이다. 그때 이시영의 시는 목소리 없는 이들의 목소리가 된다. 그는 폐허 안에서도 여전히 생명을 유지하며 살아가는 인간을 목격하고 그것을 시를 통해 보고한다. 비극에 대한 고발은 결코 비극의 영속성을 강화해서는 안 된다. 희망의 제시 없이 단지 비극만을 서술하는 것은 폭력적인 기존질서 유지에 기여할 우려가 있다.

> "위험 : 본 건물은 붕괴 위험이 있는 건물로서
> 접근을 금함-용산구청장"
> 그러나 그 안에서도 비둘기들과 함께 아직 사람들이 산다
> 아침이면 새로 빨아 넌 운동화 두 켤레가 창틀에서 하얗게 반짝인다
>
> —「산천아파트」 전문(『사이』, 30쪽)

결국 이시영의 시를 읽는다는 것은 소외되거나 망각되거나 또는 은폐된 것들을 주목하고 새롭게 발견해내는 시선을 획득하는 일이다. 소외와 은폐, 망각된 것들을 시를 통해 확인하는 순간 우리에게는 세상을 새롭게 바꾸는 힘이 조금씩 창출된다. 이시영의 시가 지향하는 정치적 실천의 뿌리가 바로 여기에 있다. 그에게 정치란 인간이 인간답게 살아가고 존재할 수 있는 세상을 만드는 것이다.

이시영의 시에서 인간과 역사, 자연과 우주는 달리 떨어져 존재하는 것이 아니라 강력한 상호 연결성을 통해 우리들 생명의 근거를 이루고 있다. 시인은 바로 이 생명의 근거를 억압하는 모든 폭력에 정면으로 도전한다. 그 도전에 이시영의 시가 뜨겁게 품은 정치성이 있으며, 우

리는 그 정치성을 통해 이루고자 하는 생명의 미학을 발견하게 된다.

이시영의 시에서 서정은 이 생명의 미학이 담기는 그릇이며, 그의 시에서 나타나는 정치성은 이 미학을 확보하기 위한 시적 투쟁이라고 할 수 있다. "자연과 우주는 인간의 어머니"이며, "자연의 어머니는 모성성, 영원성, 예시적 기능 등의 상상력을 거느리고 있"[52]는 것이기에, 자연을 지켜내는 일은 결국 인간과 더불어 살아 있는 모든 것, 또 인간이 이룩한 모든 가치를 지키는 일이다. 이러한 관점에서 이시영의 시세계를 파악해 들어갈 때 그의 시가 줄기차게 외치고 있는 정치적 발언의 성격을 확정할 수 있다. 그렇지 않으면 그의 시를 단지 권력에 대한 풍자나 기득권 질서에 대한 반격 정도로만 받아들이게 되는 우를 범하기 쉽다.

이시영의 개인적 시사(詩史)는 농촌의 삶에서 기억되었던 원체험이 부서지고, 그 파괴의 과정에서 겪은 고통의 원인을 규명해나가는 일련의 작업구도를 가지고 있다. 그 작업의 연속이 결국 이시영 시의 정치의식이 되고, 역사의식이 되며, 시의 혁명성을 유지하는 문학적 체력이 되었다. 그의 시는 식민지 시대로부터 오늘의 신자유주의 시대에 이르기까지 권력자들이 어떻게 우리 사회를 지배하고 고통스럽게 하는지를 폭로해나간다. 그 과정에서 그의 시에 나타나는 서정성은 이러한 문학의 정치의식을 미학적으로 제련하는 노력의 결과물이라고 할 수 있다.

이시영의 시세계는 인간의 삶에 대한 끊임없는 사랑과 인간 생명의 본질을 회복하고자 하는 의지를 표출하고 있다. 결국 사람이 사람답게

52 김수복, 「시와 신화적 상상력」, 『미주문학』 2010년 가을호, 63쪽.

살아갈 수 있고, 사람과 자연이 하나로 어울려 생명의 건강한 힘을 나누는 세계를 도모하는 것이다. 이는 상처 입은 시대에 대한 문학적 위로와 격려인 동시에 정치적 의지와 상상력을 불어넣는 작업이다. 문학이 당대의 고통을 외면하지 않고 새로운 시대를 향한 혁명적 정치의식과 미학적 의지를 어떻게 하나로 엮어내 그 기능과 임무를 다할 것인가라는 과제가 그 작업에 녹아 있다. 따라서 이시영의 시는 문학이 오늘날 시대적 발언을 포기하거나 퇴각하는 가운데 더더욱 가치를 지닌다. 1970년대와 80년대에 쌓아올린 문학의 투쟁력이 어느새 고갈된 오늘날에도 그의 시는 끈질기게 정의를 위한 싸움을 포기하지 않고 있기 때문이다. 나는 그 싸움을 '문학적 감격'이라 부르고 싶다.

이시영의 문학은 시대가 아무리 바뀌어도 변함없이 지켜야 할 시의 자리가 어디인지를 끊임없이 일깨우고 있다. 그것은 문학의 타락과 정치의 폭력을 막아내는 힘이기도 하다. 이 힘을 이끌어내는 것이 우리 문학을 진정한 문학으로 만드는 방법이라는 점에서 이시영의 시세계는 한국 시문학의 본질을 회복시키기 위한 큰 여정이었다고 할 수 있다.

그의 시는 김소월, 윤동주, 이육사, 임화, 서정주, 김수영, 김남주 등의 시가 구가해온 문학의 정신을 수용한 동시에 시의 정치적 본질을 보다 확실하게 드러낸 발언이라고 볼 수 있다. 그런 까닭에 이시영의 시는 역설적으로 문학을 통해 구원에 이르는 문학적 본질에 가장 천착하는 모습을 보여준다. 이시영의 시가 견지하는 관점에서 구원은 문학이 결코 포기할 수 없는 본질적 본령인 것이다.

새끼 새 한 마리가 우듬지 끝에서 재주를 넘다가
그만 벼랑 아래로 굴러떨어졌다
먼길을 가던 엄마 새가 온 하늘을 가르며
쏜살같이 급강하한다

세계가 적요하다

—「화살」 전문(『조용한 푸른 하늘』, 25쪽)

시인의 눈은 새끼 새 한 마리가 벼랑 아래로 굴러떨어지는 것을 발견해내는 어미새의 눈과 같은 시야와 시력을 지녔다. 이 '눈'이 결국 구원이다. 문학이란 "온 하늘을 가르며 쏜살같이 급강하"하며 추락하는 존재를 붙드는 힘인 것이다. 그 힘을 기르지 않는 것, 추락하는 존재를 외면하는 것은 이시영에게 있어 문학이 아니다.

황현산은 "어느 시인이 '하얀 새가 산을 벤다'고 말하더라도 산을 베는 새가 없으며, 베어지는 산이 없다"[53]고 말했지만 우리는 이시영이 보여준 것과 같은 시적 표현의 과정을 통해 산을 베는 새를 상상하고 그로써 베어지는 산이 어디에 있는지를 주목하게 된다. 황현산의 말을 하나 더 빌리면 "시의 말은 확실한 외관을 뽐내는 모든 것들의 불확실함에 대한 확인이며, 끝없이 꼬리를 무는 질문의 연출"[54]이다. 이시영은 이러한 시의 본질적 임무에 대해 충실하다. 그는 희망의 미학을 결코 포기하지 않는다. 그 희망의 미학은 그의 문학에 탄탄하게 살아 움직이는 시적 의지다. 그의 시에는 싱싱한 구릿빛 육체의 시가 살아 움직인

53 황현산, 『잘 표현된 불행』, 문예중앙, 2012, 30쪽.

54 위의 책, 78쪽.

다. 『은빛 호각』에 실린 두 편의 시 「작별」과 「비상」은 그런 그의 시적 육체의 역동성을 보여준다.

> 민들레는 마지막으로 자기의 가장 아끼던 씨앗을 바람에게 건네주며
> 아주 멀리 데려가 단단한 땅에 심어달라고 부탁했습니다.
>
> —「작별」 전문(『은빛 호각』, 111쪽)

이시영이 자신의 시를 세상에 내보내는 방식이 위 시에 잘 나타나 있다. 그는 자기 내면에 잉태된 후 오랜 고난 끝에 태어난 시가 읽는 이의 가슴과 영혼에 단단히 뿌리내리기를 간절히 바란다. 그러면서 동시에 자신의 시가 어떻게 태어났는지 독자에게 알리고 싶어 한다.

> 녹음 속에서도 까치들은 힘차게 날아올랐다
> 작년에 헐벗은 겨울을 난 새들이다
>
> —「비상」 전문(『은빛 호각』, 102쪽)

헐벗은 겨울을 지나 힘차게 날아오르는 새들처럼, 냉혹한 현실의 계절을 통과하고서야 비로소 시는 비상한다. 그래서인지, 이시영의 시에서는 세상을 향한 어떤 두려움도 엿보이지 않는다. 시인은 문학이 현실 사회에서 어떻게 겨울을 나며, 숨 쉴 만한 곳으로 날아오를 수 있을지 두려움 없이 질문을 던진다. 좌절하지 않고 꺾이지 않는 생의 자세는 시의 근본 태도이다. 그 자세와 태도가 없는 작품은 시 문학이 아니라 하소연이며 무기력한 호소에 그치고 만다.

오늘날 한국문학은 문학으로서의 근원성을 상실한 것이 아닌가 하는 의심을 받고 있다. 억압과 폭력에도 굴복하지 않았던 문학 정신과 용기

가 현실이라는 공룡 앞에 스스로를 위축시킨 것은 아닌지 의문을 던지게 되는 이 지점에서, 이시영은 자신의 시로 우리 문학이 당면한 어려움에 대한 해답의 단서를 제공한다. 외부 현실과 자기 문학의 내면 모두에 문학의 현재, 그리고 미래에 대한 끊임없는 질문을 던지고, 스스로 지표가 됨으로써 확고한 방향성을 제시해야 한다는 것이다. 자칫 현실의 무게에 휘청거리면서 문학적 의지를 포기하기 쉬우나 결코 뒤로 물러서지 않을 때 시대를 일깨울 수 있다는 것이다.

이시영은 거대한 현실의 압박에도 굴하지 않고 시대적 양심으로서의 역할을 자처해왔으며, 스스로 부끄러움을 용납하지 않는 일관된 정신으로 향후 자신과 우리 문학, 그리고 미래의 현실을 지속적으로 감당해왔고 감당해나갈 것이다. 이시영 문학의 문학사적 좌표는 이런 관점에서 평가되어야 할 것이다.

3. 범우주적 초월의식

1) 생명에 대한 외경심

이시영의 시적 관점은 역사의 현실에서 우주적 의식으로까지 확장된다. 그의 시가 현실과의 투쟁에만 머무는 것이 아니라 자연과의 합일로 기꺼이 나아가는 것을 우리는 지금껏 확인해왔다. 이시영의 시가 역사의 변혁을 꿈꾼다면 그것은 종국에는 우주적 생명의 힘이 현실에 관철되는 것을 바라기 때문일 것이다. 세월과 자연의 섭리를 바라보는 그의 시선은 그래서 대단히 관조적이다. 그가 바라보는 세계의 대상과 현상들은 모두 생명의 리듬과 연관되어 있다.

> 아침이 오면 러닝셔츠바람으로 團地를 벗어나
> 물비늘 반짝이는 외론 강물 위에
> 코피 묻은 희망의 詩도 한줌 놓아야지
> 중년이 온다 중년이 온다
> 아침 햇살 찬란한 이마 우으로

푸른 산이 뼈 으스러지게 다가서는 소리
물러나는 소리

—「중년」 부분(『길은 멀다 친구여』, 18쪽)

"코피 묻은 희망"을 말하는 시인의 어깨가 한층 가벼워진 느낌이 든다. 중년을 맞은 그는 세상에 대한 한결 밝고 건강한 시선을 갖게 된 듯하다. 젊은 날의 수사로부터 한 걸음 비켜섬으로써 이시영은 이제 한층 더 상승한 곳에서 자신의 마음을 고백할 수 있게 된 것이다. 이 상승은 그의 의식이 현실에 뿌리내리고 있으면서도 현실에 묶여 있지 않는 초월적 의지를 지녔다는 것을 증명한다.

그리고 나는 어느 새 안경을 쓴 가파른 사십 비탈에 서있다
이대로 바퀴가 빠진 채 비탈 아래로 굴러 내려갈 것이냐,
땀 흘리며 다시 리어카를 끌고 생의 햇빛의 언덕으로 기어오를 것이냐를
결정해야 할 때이다
시간이 내 앞을 가로막고 서서 그것을 묻는다
자지 자신에게서 출발할 시간이 얼마 남지 않았노라며.
웃으며 혼자 갈 시간 또한!

—「출세간(出世間)」 전문(『길은 멀다 친구여』, 60~61쪽)

이시영은 더욱 깊은 자신과의 만남을 준비한다. 시간의 생명논리에 대한 깨우침이 여기에 담겨 있다. 현실의 가파른 비탈에서 바퀴 빠진 삶으로 굴러 떨어지고 말 것인지, 언덕 위로 올라 또 다른 능선을 바라볼 지를 그는 우리에게 생각하게 한다. 이러한 실존적 각성은 시인의

부단한 노력의 결과물이며, 그 노력은 결국 그건 자연의 비밀을 열람하는 깨달음이 된다.

가을 산이 옷을 벗고
눈을 뜬다
갈대들도 마른 발짝 소리를 낸다
지난 여름 우리는 참으로 뜨겁게 불타올랐다
그러나 이제 조용히 눈을 감고
스스로의 중심을 향해 돌아서야 할 때
가을 산이 갈색 눈을 뜨고
뿌리 깊이에서 다시 한번 불끈 솟는다

—「가을 산」 전문(『길은 멀다 친구여』, 21쪽)

그에게 '가을'은 결코 마르고 시들어 "눈을 감"는 계절만이 아니다. 때로 무모해 보이고 대책 없어 보이기도 하던 열정이 지나간 자리에는 고요하게 퍼지는 중심의 파문이 남는다. 그때 눈을 감는 것은 외부로만 향하던 눈길을 자기 자신에게로 돌리는 행위이며, 그 '눈감음'을 통해 주체는 더욱 명징한 내면적 '심안(心眼)'을 갖게 되는 것이다. 중년은 그에게 성숙의 계절이므로 현실을 향해 온몸으로 밀고 나가는 문학적 힘 또한 사뭇 달라지는 것이다. 여기서 우리는 시인의 내적 변모를 감지할 수 있게 된다. 이시영에게 가을이라는 '시의 시간'은 겨울로 향하는 어둠의 시간이 아니라 '봄'으로 열리는 해방의 시간이다.

강변 고속도로변에 늙은 느티나무 한 그루가 서 있다
말라 비틀어진 수많은 검푸른 가지를 하늘로 늘어뜨린 채

봄이 와도 싹 하나 틔우지 못하는 커다란 밑둥치를 보며
…(중략)…
'보호수'라는 무거운 패찰을 허리에 매단 채
흐린 하늘 아래 주저앉을 듯 버티어 선 나무를 보며
나는 차라리 기운이 다한 뭇 생명 가진 것들의
찬란한 해방을 꿈꾸어 본다
지는 꽃은 지게 하라
지금 죽어가는 나무는 스스로 죽게 하라
꽃이 지고 나무가 죽는 자리에서
죽은 땅도 자신을 도려내고 새 흙을 품는다

—「종언(終焉)」 부분(『길은 멀다 친구여』, 55쪽)

시의 배경은 봄이지만, 봄에도 그는 "흐린 하늘"과 "주저앉을 듯 버티어" 서 있는 나무들을 본다. 아직 가시지 않은 겨울의 그림자를 발견하는 것이다. 그리고는 생명의 조락과 "제대로 꽃 지는 일"의 찬란함을 떠올리며 그것만이 진정한 해방, 진정한 개화의 계절을 불러올 것임을 노래한다. "지는 꽃은 지게 하라, 지금 죽어가는 나무는 스스로 죽게 하라"는 대목은 자연의 생명력을 향한 깊은 신뢰이다. 이 신뢰가 있기에 시인은 "꽃이 지고 나무가 죽는 자리에서 죽은 땅도 자신을 도려내고 새 흙을 품는"다고 말할 수 있다. 죽음은 소멸이 아니라 다음 생명을 위한 예비 단계이다.

이와 같은 인식은 다른 여러 시편들에서도 확인되는데, 위에 소개된 「가을 산」, 「中年」 등에서의 시적 알레고리를 통해서는 물론, "가을은 내 영혼을 가볍게 한다/마음에도 잔물결 일게 한다"(「寒露」), "뜨락에 가득한 분분한 것들의 낙화 속에서/문득 멈추었다 한 송이 고난의 꽃은

타오른다"(「꽃」), "겨울 아침 흰 김 뿜어 올리며 달리는 세찬 흐름도 없이/여름날 성난 폭포 사랑도 없이/…(중략)… /가을 아침 한강 다수굿하여라"(「형님」) 등에서도 마찬가지로 이시영은 지금 계절의 내면에서 움직이는 다음 계절의 힘을 주목한다. 그리고 그것을 자신의 실존과 연결하는 태도를 유지한다.

이렇듯 자신이 서 있는 지점을 돌아보고 주변 현상을 헤아리며 그 속에서 의미를 발견해나가는 것은 "중년의 나이가 되면서 더욱더 삶의 실상에 다가서고 싶고, 살아서 꿈틀거리는 삶을 전하고 싶은"[55] 시인의 의지이며, 결국 자기 내면의 진면목과 더욱 가까이 마주함으로써 외부 세계에 대한 인식 역시 한층 깊게 하는 일이다. 이는 그의 시가 점차 우주적 초월성으로 나아감을 예고하는 변화다.

시인의 의식과 시적 대상이 맞부딪치는 순간에 고양되는 시인의 정신, 정서가 고도로 정제되어 표현되는 것을 고전적 의미에서 '서정시'라 한다면, 이시영은 현실이라는 외부 세계와의 대결과 조응, 절제와 자기심화를 통해 한층 고양된 서정의 단계로 올라서게 된 것이다. 이제 그는 '서정'이라는, 인간의 정신적 진정성에 대한 문제를 우리에게 제기한다.

> 가슴에 흰 줄무늬가 있는 지리산 반달가슴곰 두 마리가 어느새 자라 내 고향 뒷마을인 문수리까지 내려와 벌통 사십개를 작살내고 사라졌다고 한다. 먼 남쪽에서 아카시아꽃을 따라왔다가 하루아침에 벌농사를 망친 양봉업자 최씨가 곰들의 배설물을 증거로 들고 나와

55 최동호, 「가까운 사람들의 삶」, 『문학사상』 1988년 12월호, 97쪽.

내 이놈들을 가만두지 않겠다며 TV 속에서 마구 핏대를 올리는데 글쎄 절도죄가 성립될지 모르겠다며 '뉴스 24'의 여자 앵커가 고른 이를 드러내며 웃고 시청자들이 웃고 무엇보다 발밑을 묵묵히 흘러가던 지리산 개울물이 큭큭 웃는다

—「유쾌한 뉴스」 전문(『은빛 호각』, 40쪽)

이시영은 일상의 장면에서도 생명 있는 것들에 대한 근원적 동질감과 애정을 감추지 않는다. 다른 시들과 마찬가지로 이 시에서도 이야기는 특별한 가공 없이 그저 자연스럽게 소개되고 있지만, 일반적 인식과는 다른 사건 상황과 심리적 동조의 분위기가 순식간에 이야기를 유쾌한 서정으로 돌려놓고 있다. 이 유쾌함은 다름 아닌 인간정신의 성숙과 그 진정성으로 풀어내는 현실의 풍자이기도 하다.

감정의 직접적 개입 없이도 사람과 사람, 뭇 생명들, 그 주변의 자연물들까지 이야기 속에 한데 그러안고 서정의 새로운 풍경을 만들어내는 이시영 시의 품은 참으로 크다. 결국 그의 시는 한 편의 이야기시가 "기억 보존장치로서의 시의 몫과 더불어 사람살이의 진정한 기미들을 드러내기 위한 선택"[56]이 되어야 하며, "비록 '산문적'인 형식을 취하고 있지만 여전히 그의 시는 산문의 형식보다는 그 속에 내재된 행각과 여백의 의미를 통해 다가서야 하"는 것임을 말해준다.

이야기시가 강세를 보이는 후기시에서도 이시영의 맑고 단단한 서정의 힘을 보여주는 짧은 시들은 돋보인다. 초기의 시집들에 비해 자연스럽게 호흡을 길게 조였다 푸는 이야기시의 비중이 높아져서 그런지 짧

---

56 홍신선, 「이야기의 재미와 삶의 낌새」, 『시평』 2004년 봄호, 167쪽.

은 시들 또한 서정의 품은 더 넉넉해지고 밀도는 더욱 단단해졌다.

> 심심했던지 재두루미가 후다닥 튀어올라
> 푸른 하늘을 느릿느릿 헤엄쳐간다
> 그 옆의 콩꼬투리가 배시시 웃다가 그만
> 잘 여문 콩알을 우수수 쏟아놓는다
> …(중략)…
> 먼길을 가던 농부가 자기 논에 무슨 일이 일어났는지 고개를 갸웃거리며 가만히 들여다본다
>
> —「시월」 부분(『조용한 푸른 하늘』, 69쪽)

> 영하 18도의 아침, 동태장수 아저씨가 좁다란 홍천식당 앞에 타이탄을 바짝 붙여놓고 눈알이 꽝꽝 얼어붙은 동해산(産) 동태를 내려치는데 아저씨의 팔뚝에서 도마에서 쉿쉿 뜨거운 파란 불꽃이 인다.
>
> —「어느 삶」 전문(『은빛 호각』, 100쪽)

> 중학교 일학년 때였다. 차부(車部)에서였다. 책상 위의 잉크병을 엎질러 머리를 짧게 올려친 젊은 매표원한테 거친 큰소리로 야단을 맞고 있었는데 누가 곰 같은 큰손으로 다가와 가만히 어깨를 짚었다. 아버지였다.
>
> —「차부에서」 전문(『은빛 호각』, 78쪽)

이시영의 이야기시들이 '산문'의 외연을 빌린 서정이었다면, 위에 인용한 시들에서 시인은 예측불허의 서사를 전개시킨다. 「시월」의 경우에서처럼 개별적인 현상들 속에 마치 "무슨 일이 있는" 것처럼 관찰하는 인물을 등장시킴으로써 실제 무슨 일이 있었던 것으로 독자가 착각할 만큼 사실적인 이야기로 만드는 것이다. 그는 "가을 농촌의 정경을 현

미경보다도 망원경보다도 더 세밀하고 넉넉하게"[57] 읽어내고 있다. 그러면서 현실의 보이지 않는 이면을 짚어내는 시를 우리에게 선사한다.

또 「어느 삶」에서 이시영은 시리고 고통스러운 삶의 현장을 그저 멀찌감치 서서 정황으로 제시하는 것이 아니라, '쉿쉿' 소리가 나도록 파란 불꽃이 이는 팔뚝과 도마에 가까이 근접해서 사실적 풍경을 우리에게 보여준다. 그리하여 "비관이나 연민보다 더 깊은 삶에 대한 애정"을 시에 담아낸다.

「차부에서」는 시인의 아버지에 대한 회상인데, "부자간에 이루어진 침묵의 접촉과 그 속에 오간 아버지와 아들의 정이 애틋하고 도탑게 가슴을 파고드"[58]는 따뜻한 시다. 제6시집 『사이』에서 그가 어머니의 죽음을 계기로 '마음의 고향'을 떠나보내기로 작별을 고한 이후 육친에 대한 시를 많이 쓰지 않았는데, 이 시는 『은빛 호각』을 전후로 시적 여정의 묵직한 깨달음을 동반하며 풀어내고 있는 시 중 한 편이다. 이시영의 시선은 기본적으로 따뜻한 온도를 지니고 있다. 이 따뜻한 온도야말로 이시영의 시문학이 지닌 본질적 저력이다.

그는 아버지와 관련된 시를 몇 편 썼는데, "알집을 열고 나오자마자 가시고기는 제 애비의 시신을 파먹고 바다로 나아간다. 과거를 기억하지 못하는 저 가시고기떼의 늠름한 입이여!"(「탄생」) 같은 시가 대표적이다. 다음의 시들은 생명과 죽음을 대조시키면서 현실의 내면을 추적해 들어간다.

---

57 오탁번, 「시를 찾아서」, 『시와세계』 2003년 봄호, 133쪽.

58 위의 글, 142쪽.

경북 경주시 안강읍의 한 야산, 방역복 입은 사람들을 따라 줄레줄레 소풍을 나왔던 오리들이 어느덧 한 구덩이에 들어앉아 서로의 말간 눈을 보고 있다. 곧 검붉은 흙이 그들 위에 쏟아져내릴 것이다. 그러나 오리들은 의심하지 않는다. 오늘처럼 상쾌한 들바람을 마셔본 건 정말 처음이었기 때문이다.

—「소풍」 전문(『바다 호수』, 95쪽)

구릉을 향해 전속력으로 달리던 젤이 그만 무릎을 꺾고 쓰러져 체념한 듯 안타까운 눈으로 이쪽을 봤다. 닛산이 다가가 총 한 방을 날리고 토요타가 다가가 심장을 향해 마지막 한 방을 더 날리자 젤은 자기가 달려온 초원을 한번 돌아보고는 모로 누워 다리를 모두고 떨었다. 닛산과 토요타가 내려서 날카로운 주머니칼로 껍질을 도려내고 가슴을 따고 생식기를 잘라내자 젤은 그제야 움찔하면서 작은 경련을 멈췄다. 그리고 차가운 대지 위에 축 늘어진 시신을 눕혔다.

—「사냥」 전문(『바다 호수』, 31쪽)

주인의 주검이 살과 뼈로 분리되고 있는 동안 개들은 문밖에서 얌전히 목을 빼고 기다렸다. 이윽고 양동이를 들고 나온 사내가 뼈들을 던져주자 개들은 옛 주인을 한 짝씩 물고 사라졌다. 만년설의 등이 희게 빛나는 아침 대지 속으로.

—「弔喪」 전문(『바다 호수』, 15쪽)

날이 완연히 저물어서야 비탈을 오르고 계곡을 건너 장지에 도착했다. 만장을 줄느런히 세우고 마지막 고별의식이 치러진 뒤 아버지 관은 아래로 내려가 비로소 자신의 거처에 닿았다. 무엇이 딸깍하고 닫히는 소리가 저 밑에서 들리는 듯했다. 지상에 바람 불고 눈발 다시 날렸다.

—「1972년 겨울」 부분(『하동』, 53쪽)

삶을 향한 이시영의 지극한 응시는 인간적 삶의 현실에만 국한되지 않는다. 그는 인간이 인간에게 가하는 폭력성의 실체를 근원적 생명의 장으로 넓히면서, 인간이 자연적 생명성에 가하는 횡포, 나아가 인간의 유한한 삶 자체가 인간에게 드리운 근원적 비정(非情)의 경계까지 보여준다. 이시영의 시는 기본적으로 폭력을 거부한다. 그것은 그가 생명에 대한 깊은 갈망과 생명을 통한 인간의 구원을 시적 목표로 삼고 있기 때문이다.

그의 시에는 폭력성에 대한 수많은 변주의 이미지들이 나타나는데, 때로는 취조실이나 구치소, 독방, 구덩이, 학교와 같은 공간의 모습으로, 때로는 수사관, 교도관, 경찰, 사냥꾼과 같은 인물들로, 또 때로는 겨울이나 사냥, 취조, 고문, 죽음 등의 상징들로 표현된다.

> 협곡에서의 마지막 날 밤. 맹수들 중 어떤 것은 다 자란 제 새끼들을 캄캄한 절벽으로 떨어뜨려 그중 살아 돌아온 것들만을 데리고 대평원으로 나아간다고 한다. 아침 햇살 아래 늠실대며 빛나는 표범 새끼들의 자랑스런 등이여!
>
> —「사바나」 전문(『바다 호수』, 14쪽)

> 잠들면서 내려다보니 이불 밖으로 발가락들이 모두 삐죽이 나와 있다
>
> 의왕시 포일동 서울구치소 12舍下9방, 과실치사의 고단한 운전사들이 세상 모르고 단잠 든 밤
>
> —「겨울」 전문(『바다 호수』, 17쪽)

> 마을의 아이들이 서울의 남산 중앙방송국에서 쏘아올리는 재미난

프로를 듣기 위해 당나귀처럼 귀를 쫑긋 세우고 스피커 통 밑에 선 채 꼼짝 않는 것이었으니, 어머니가 부엌에서 발을 구르며 저녁밥 먹고 들어라 해도 막무가내였고 외양간에 송아지 몰아넣고 오라고 해도 아버지 지금 무슨 말씀이냐는 듯 눈만 멀뚱거릴 뿐이었다. 보다 못한 어른들이 이장 리삼식씨에게 건의하여 그 시간에 교육적으루다 스피커 방송을 일시 중단케 했던 것인데 정작 더 심각한 일은 그 다음에 벌어지고 말았다. 〈누가 이 사람을 모르시나요〉라는 슬픈 주제곡과 함께 밤 여덟시부턴가 시작되는 연속방송극 〈남과 북〉 시간이 바로 그것이었는데, 이번에는 어린이들은 물론이고 동네 처녀들 아낙들까지 가세하여 스피커 통을 아예 애인처럼 껴안고 사는 것이었다. 그래서 물레 잣고 실 뽑는 일 년 길쌈 농사가 영 말이 아니게 되었으니 이래저래 근대 이장 리삼식씨의 야심 사업은 말도 많고 탈도 많았던 셈이다.

—「문화스피커」 부분(『바다 호수』, 129쪽)

폭력과 비애로 점철된 시절의 풍경들을 보여주는 이시영의 시에서 우리는 역설적이게도 희망의 단서들을 발견하게 된다. '협곡/마지막 날/밤/절벽/떨어뜨림'의 극한의 상황과 '겨울/구치소/(형편없는)이불/맨발'의 열악한 환경 속에서, 또 '중앙방송국'으로 상징되는 일방적 시대권력 앞에서 작고 여리거나 힘없는 존재들은 그럼에도 불구하고 끝내 살아 돌아오고, 단잠에 들며, 추억을 공유하게 되는 것이다.

이시영 그 자신의 표현대로 '보복'처럼 몰려와 일어난 시의 폭발은 바로 이렇게 '축복'처럼 시집 전체에서 서정의 파고를 높이고 있다. 그리고 그것은 자신의 실존을 포괄하는 동시에 지나온 시대의 보편적 삶 전체에 대한 의식을 각성시킨다.

이시영의 경우에서처럼 "개인들의 기억의 교집합은 결국은 '역사현실'이 될 것이며 역사현실의 체험도 그러고 보면 개인의 체감 속으로 들어오게, 또 나가게 될"[59] 것이다. 그러므로 이시영의 이야기시로의 집중은 단지 한 개인의 사적 회고담에 대한 집중이 아니라 오늘의 공동체의 삶과 역사현실을 비추어주고 더 큰 미래로 나아가게 하는 실천적 밑거름에의 지향이 되는 것이다.

> 해 잠기는 옅은 강에 송사리들이 몰려 헤엄치고 있습니다.
> 강물이 내려다보곤 잠시 생각에 잠기다간 이내 자기의 길을 무연히 갑니다.
>
> —「삶」 전문(『아르갈의 향기』, 117쪽)

"강물이 내려다보곤 잠시 생각에 잠기다간 이내 자기의 길을 무연히 갑니다"라는 문장은 참으로 놀라운 성찰의 깊이를 담아내고 있다. 이 성찰은 그가 우주적 리듬과 현실을 연계하여 사유하는 시인이라는 것을 보여준다. 결국 이시영의 부단한 사회현실적 각성과 문학적 투쟁을 통해 도달하고자 하는 지점은 우주적 생명력으로 가득한 삶의 본질이다. 그런 점에서 그의 시적 사유는 영원이라는 우주적 범주로 나가는 문학적 항해라 할 수 있다.

---

59 장석남, 「이불 밖으로 나와 있는 발가락들」, 『창작과비평』 2004년 여름호, 419쪽.

2) 범우주적 세계 지향

그렇다면 이시영의 우주적 사유는 그의 시에서 어떻게 나타나고 있을까. "시인의 우주는 사실상 시간 속에 편재해 있다. 지난날의 기억과 오늘의 현실과 내일의 신념 속에 두루두루 무늬들을 그려넣"[60]는다. 이시영의 경우, '무늬'란 현상의 단순한 흔적이나 사물의 외양이 아닌, 보다 역동적인 생명력으로 인간의 삶과 관련성을 맺는 세계의 모든 대상들을 가리킨다.

> 옛 시에 집착하지 말라
> 옛 시에는 옛 삶뿐,
> 부정해야 할 어제의 네가 있을 뿐
> 아직 태어나지 않은 내가 없다
> 수많은 다른 삶을 잉태한 채 아직 처음인 세계를 꽝꽝 여는
> 오늘의 설레이는 몸짓 발짓이 없다
>
> —「옛 시」 전문(『무늬』, 39쪽)

이시영이 추억하는 과거의 삶과 유년의 기억은 단순히 옛일에 대한 감상적 집착이 아니다. 그는 자신의 지난날, 기억의 무늬를 통해 오늘의 삶을 "쩌렁쩌렁한 놋쇠"(「매미」)처럼 울려 내일의 삶을 "꽝꽝 열"고 싶을 뿐이다. 그는 과거와 현재를 끊임없이 기억하고, 이르집는다. 그 행위는 그에게 있어 현실의 멈춘 심장을 다시 뛰게 하는 일이며, 아직 태어나지 않은 수많은 삶들에 숨을 불어넣는 행위이다.

---

60 윤재웅, 「풍경과 무늬－이시영 시집 '무늬'」, 『현대시』 1995년 5월호, 266쪽.

뿐만 아니라 그는 현재의 성취에 머무르지 않는다. 일단 성취하는 순간 그것은 이미 과거이므로 "아직 태어나지 않은 내가 없다"는 인식에 도달하게 된다. 이는 그의 시가 부단히 진전하는 운동력을 가지고 있으며, 어제의 성취를 부정하고 극복함으로써 자신의 미래적 탄생을 예비하는 창조적 기운임을 말해준다.

> 내 생에 그런 기쁜 길이 남아 있을까
> 중학 1학년,
> 새벽밥 일찍 먹고 한 손엔 책가방,
> 한 손엔 영어 단어장 들고
> 가름젱이 콩밭 사잇길로 시오리를 가로질러
> 읍내 중학교 운동장에 도착하면
> 막 떠오르기 시작한 아침 해에
> 함뿍 젖은 아랫도리가 모락모락 흰 김을 뿜으며 반짝이던,
> 간혹 거기까지 잘못 따라온 콩밭 이슬 머금은
> 작은 청개구리가 영롱한 눈동자를 이리저리 굴리며 팔짝 튀어 달아나던,
> 내 생에 그런 기쁜 길을 다시 한 번 걸을 수 있을까
>
> ―「마음의 고향 4―가지 않은 길」 전문(『무늬』, 104쪽)

『마음의 고향』 연작 5편 중 한 편인 이 시에는 유년의 기억이 놀랄 만큼 생생한 서정과 이미지로 살아나 있다. 시인이 과거의 시공인 고향으로 회귀하는 것은 단순한 기억의 복원이 아니라 우주 자연이라는 절대 세계 속에 존재하는, 잃어버렸거나 회복해야 할 삶의 모습, 기쁜 생명의 삶을 제시하는 것이다. "시가 된 추억은 단순한 추억일 수만은 없다.

그 추억이 현재에 이어져, 어떤 문화적인 기능을 할 때, 비로소 시가 되고 아름다움이 되"[61]기 때문이다. 그래서 그의 유년은 박제된 기억이 아니라 현실을 움직이는 힘으로 변화한다. 뿐만 아니라 그 유년시절의 감격은 자신의 시적 성취가 도달해야 하는 감격의 층위를 한 차원 높인다. 이시영 시세계가 궁극적으로 기대하는 지향점에는 우주적 생명의 리듬이 가득 차 있기 때문이다.

그리고 그 순간 자연은 단순히 아름다움을 관조하는 물적 대상이 아니며, 인간 삶의 현실을 변화시키는 힘, 생명력 가득한 변화의 현장으로 존재한다. 이시영은 "자연과 인간의 성숙한 교감과 합일"[62]이 이루어지는, 현실적으로는 부재하지만 회복해야 할 삶의 지평을 조망함으로써 왜곡되고 이지러진 현실 삶을 독자 스스로 깨닫게 하고 근원적 생명력으로 충만한 마음의 자리로 귀향하도록 하고 있는 것이다.

이시영은 『무늬』에서, "현대인이 잃어버린 근원적인 것, 본질적인 것을 직관으로 투시하고 있는 시"[63]들을 보여준다. 김유중은 이 시집에 대해 "모든 의미들이 부정되는 시대, 근원의 존재가 의문시되고 해체의 열기만이 압도적으로 다가오는 시대, 그는 완강히 그러한 흔들림의 자세를 뿌리치고"[64] 있다고 평한 바 있다. 가장 근원적인 것만이 세부적인 비틀림, 현상적인 왜곡과 흔들림을 붙들고 바로잡을 수 있는 것이다. 그리고 그 '가장 근원적인 것'은 우주적 생명일 수밖에 없다. 세상의 모

---

61 김주연, 앞의 글, 124쪽.

62 김용락, 앞의 글, 164쪽.

63 위의 글, 138쪽.

64 김유중, 「신성과 세속, 시인의 자세」, 『시와시학』 1994년 가을호, 305쪽.

든 것은 거기서 태어났고, 그리로 돌아가게 되어 있으니 말이다.

이시영이 보여주는 자연과 서정에의 천착은, 현실에 대한 그 자신의 가장 순정하고 예민한 직정(直情)인 동시에 직격의 접근법이다. 그러한 이시영의 열망이 따뜻한 서정의 무늬로 아로새겨진 시 한 편을 본다. 이를 통해 우리는 이시영의 지극한 현실의식과 자기응시의 서정이 우주의 근원적 생명성의 지점으로 나아가고 있음을 알 수 있다.

울지 마라
오늘은 오늘의 물결 다가와 출렁인다
갈매기떼 사납게 난다
그리고 지금 지상의 한 곳에선
누군가의 발짝 소리 급하게 울린다.

울지 마라
내일은 내일의 물결 더 거셀 것이다
갈매기떼 더욱 미칠 것이다
그리고 끓어 넘치면서
세계는 조금씩 새로워질 것이다

—「물결 앞에서」 전문(『무늬』, 46쪽)

우주는 무한한 운동력을 가지고 세상을 움직인다. 이걸 깨달으면 현재의 비극을 미래까지 연장할 이유가 사라진다. 현재는 현재대로 감당하면 미래는 미래의 논법으로 우리에게 다가온다. 이 우주적 초월성에 대한 신뢰가 이시영 시문학의 본질적 정서이며 지향점이다. 그의 시가 비극을 폭로하면서도 끝끝내 낙관의 힘을 유지하는 이유가 여기에 있다.

제6시집 『사이』에서 이시영은 더욱 극적으로 단형화된 시적 형태에 대해 해명하는 동시에 시집 전체를 관통하며 흐르는 시 정신에 대해서 이야기한다. 시와 우주의 접합이라는 커다란 명제를 이토록 간명하면서도 실체적으로 포착해낸 문장을 나는 보지 못했다.

> 내게 있어서 '시'는 주로 새벽 두시에서 세시 사이에 오는데 우주의 새벽시간이 으레 그렇듯이 내 시적 안광에 투시된 세계는 그렇게 분명한 것도 아니고 무언가 둥그런 열림의 형태를 띠고 있다. 나는 그 고요 속으로 내려가 그 어슴푸레하고 손에 잘 잡히지 않는 사물의 형태를 '순간'의 힘으로 잡아내는데 …(중략)… 그러나 해지는 노을녘의 풍경도 그렇지만 우주의 새벽 열림의 순간이며 시적 계시의 순간이기도 하다. 그것을 기록하고 싶다! 아니 '시'가 나를 통과하여, 나를 뛰어넘어 저를 써내려갔으면 한다.

그가 끊임없이 자신을 들여다보며 생의 빛나는 한 순간과 고유한 삶의 무늬를 읽어내는 것은 그로서는 영원성으로 향하는 통로를 쉼 없이 여닫는 일이 되어왔을 것이다. 그 통로를 개척해내는 우주적 영감의 순간을 그는 이렇게 그려내고 있다.

> 오늘밤에도 나뭇잎들은 지상에서 오래 나부낀다
> 삶이란 무엇인가 그리고 죽음은?
> 바람 속에서 저처럼 오래 나부끼다가
> 영원 속으로 짧게 스러지는 것?
>
> —「새벽 두시」 전문(『사이』, 20쪽)

> 소나무는 아무런 저항도 없이

제가 가진 모든 것들을 땅 위에 내려 놓는다
볼이 붉은 한 가난한 소년이 그것을 쓸어 모아
어머니의 따뜻한 부엌으로 향한다

―「솔」 전문(『하동』, 29쪽)

위에 인용한 시편들에서는 이시영 시의 탄생에 얽힌 비밀이 드러나 있다. 그는 찰나와 영원이 만나며, 죽음과 생명이 하나로 이어지는 우주적 풍경의 웅대함과 심오함을 짧은 문장에 담아내고 있다. 이러한 시간의 사유와 공간의 철학은 그의 시 쓰기로 하여금 우주적 항해의 긴장과 기대를 담게 한다. 그것은 채우고 비우고 채우고 비우는 과정의 되풀이인 듯하면서도 끊임없이 앞으로 진격해나가는 모습이다.

이시영은 "덕지덕지 때 묻은, 그 때로 포만되어 있는 시간의 소용돌이 틈새에 여백이라는 비어 있는, 또는 비우기로써"[65]의 시 쓰기를 수행하고 있다. '비우기'를 통해 이룩하는 충일을 그는 시간의 여백 속에서뿐만 아니라 공간적 여백의 구도 속에서도 그대로 체험하고 있다.

파도가 머리를 꼿꼿이 세우고 달려와
단 한차례 방파제를 들이받곤
거대한 물보라를 남기며 스러져간다

수평선 쪽에서 갈매기 한마리가 문득 머리를 들고
잔잔하게 하늘을 가른다

―「아름다운 분할(分割)」 전문(『사이』, 14쪽)

---

65 진순애, 「공간, 그 여백의 미학」, 『현대문학』, 1996년 6월호, 399쪽.

파도와 갈매기가 만들어내는 풍경은 탄생과 소멸의 질서가 지닌 미학을 보여주고 있다. 그것을 그는 '아름다운 분할'이라는 이미지로 그려내고 있다. 파도와 방파제 사이, 수평선과 갈매기 사이라는 공간의 나뉨, 즉 분할의 순간에 그는 순간의 시간에서 영원의 시간으로 건너가는 아름다움을 목격한 것이다. 그 경계선에 서 있는 존재가 바로 시인 자신이다. 위 시에서와 마찬가지로 그는 다른 시편들에서 지상과 천상, 유한과 무한 사이의 간극과 합일을 시로 형상화한다.

> 갈대밭에서 갈대들이 하이얗게 피어
> 갈바람에 시원히 나부낍니다
>
> 그 너머 하늘은 쪽빛 하늘
> 참새들도 새파랗게 얼어서 돌아옵니다
>
> —「십일월」 전문(『사이』, 16쪽)

이 작품에서 시인은 "지상적 존재의 유한성과, 자연 혹은 초월적 세계의 흐름에 몸을 맡기고 있는 천상적 존재의 무한한 자유로움"[66] 사이에 차이가 존재하는 한편 서로 넘나들며 교류하기도 하는 광경을 보여주고 있다. 그 광경의 묘사를 통해 시인은 "현실의 사물들 사이를 소요하면서, 고독하고 쓸쓸하게 거닐면서 여백을 만들고 있다. 그 여백의 공간 위에서 묻혔던 것들을 찾아내며, 잊혀진 것들을 되돌려놓으며, 왜곡된 사물상을 바로 보고자 하"[67]는 것이다. 차이와 거리가 있다고 여겨

---

66 오형엽, 「대비와 조화의 이중적 구도」, 『현대시학』, 1996년 7월호, 203쪽.

67 위의 글, 402쪽.

지는 것들이 사실은 차이 안에 연결점을 공유하고 있으며, 우리의 현실적 삶에도 또한 우주적 섭리와 만날 수 있는 지점이 있는 것이다. '차이'와 '사이'는 동일성을 통한 경계의 무화와 소멸이라는 그의 시 철학으로 통하게 된다. 이러한 사물과 현상에 대한 의식은 이시영으로 하여금 생과 대비되는 몰, 즉 죽음에 대한 한층 깊은 물음과 성찰 속으로 걸어 들어가게 한다.

> 죽은 명식이형이랑 후식이형이랑 명자누나랑 그리고 아주 어렸을 적 죽어 이름도 없는 동생이랑 아기 두루마기짜리들이 마구 몰려와 엄마 이제는 고생 그만하고 눈비 없는 자기들 나라로 가자고 뾰얀 얼굴로 칭얼대며 보채는 것을 간신히 달래다가 퍼뜩 잠에서 깨어났다며,
>
> 병실의 햇볕 잘 드는 창가에서 어머니는
> 마치 남의 얘기하듯 조용조용히 말하는 것이었어요
>
> —「죽음」 전문(『사이』, 25쪽)

> 어머니가 하도 안 돌아가시길래
> 마누라하고 유덕희씨하고 인천 송도에 가서
> 이경림씨까지 불러내어 회를 실컷 먹고 돌아와 보니 여전하시기에
> 근처 이진행네 집에 가 잠시 눈 좀 붙이고 오겠다고 돌아선 사이,
> 간병부가 나를 뒤쫓아 황급히 아래층 계단을 향해 뛰던 바로 그 시간에
> 어머니는 그만 운명하시고 말았습니다
> 항상 먼곳을 응시하던 두 눈은 단정히 감으시고
> 따뜻한 입은 새벽을 향해 약간 벌리신 채.
>
> —「임종」 전문(『사이』, 7쪽)

'나'와 '어머니'에게 죽음은 현실과 영원 사이에 놓인 통로와 같다. 죽음은 꿈속에서 아직 살아 있고(오래전 이미 죽은 이들을 만나 달래는 어머니), 삶은 현실 속에서 이미 죽어 있다(어머니가 '하도' 안 돌아가심을 생각하는 아들). 그러나 그것은 어머니의 임종이라는 현상적 종언(終焉)을 맞이하기 위해 지독한 인식의 대가를 지불해야만 했던 화자의 뼈아픈 고백인 것이다. 그러나 그것은 단지 종료 내지 종결은 아니고 '새벽을 향'한 몸짓이 된다. 역시 찰나와 영원, 죽음과 생명의 경계선을 넘는 지점으로 그의 시선이 모아져 있는 것이다.

이시영의 시는 "타인 · 풍광 · 물상 사이의 대립적 이미지의 병치, 이것은 그가 그 병치의 열린 틈, 어머니가 벌린 '따뜻한 입' 사이로 순간적으로 영원을 흡수하는, 그만의 독특한 장치"[68]로서의 과정을 통해 "이제까지 이론화되거나 일반화되지 못한, 시적 통찰에 이르"[69]게 된다. 어머니의 임종을 통해 그는 삶과 죽음 사이를 들여다보았고, 그 후 그의 세계인식은 이전과 확연히 달라진다. 어머니의 죽음은 그에게 생애의 전체를 성찰하도록 만든 또 다른 개안(開眼)인 것이다.

어머니를 묻고 돌아오는 길
구례구에서 남원, 오수역에서 임실까지
안개비 속에 온 산천이 잔잔한 싸락눈에 덮인다
산천도 또 한 주검을 새로 받아 안고 맑은 옷으로 갈아입는 중일까
공중의 새들 빠르게 벌판 이내 속을 날고

---

68 방민호, 「90년대 중반, 시의 절망과 희망」, 『작가』, 1996년 11~12월호, 133쪽.
69 위의 글, 134쪽.

> 가까운 마을에선 식구들의 밥 짓는 연기 자욱타
>
> —「三虞後」 전문(『사이』, 8쪽)

가장 소중한 이의 죽음을 목도하는 것은 자신의 죽음을 미리 목격하는 것과 다르지 않다. 그것은 지상의 삶에서 만나게 되는 또 하나의 거대한 원체험이다. 이시영은 어머니의 죽음에서 실존의 고통을 맛보았고, 그 과정에서 그것 너머의 세계 또한 미리 체험한다. 시인 김남주의 부음을 듣고 돌아오는 길에 스스로에게 다짐한 것을 써낸 시는 죽음 너머에서 자신이 택할 자세까지 결정한다.

> 그의 숨이 끊어지고 난 뒤 병실 복도에 나와 나는 나에게 다짐했다. 빗방울 하나에도 절대 살해되어서는 안 되겠다고!
>
> —「베르톨트 브레히트를 생각함」 부분 (『하동』, 14쪽)

초월적 세계를 앞서 본 자에게 현상적 실체는 절대성을 갖지 못한다. 이시영의 시에 나타나는 신중함과 초월적 분위기, 그리고 자신에 대한 엄격한 질문들은 바로 그러한 그의 시적 정서와 자세를 보여준다. 그는 더욱 섬세하고 예리하게, 현실에 대한 의식의 순도를 높여간다. 『무늬』 등 비교적 시적 여정의 초기에 보여준 '짧은 서정시'의 짙은 여운과 호소가 시력(詩歷)이 두터워질수록 더 깊은 유현(幽玄)함과 자연스러움으로 실현되는 것이다.

이시영이 '순간의 미학'이라 표현하였던 바로 그 유의미한 생성의 순간에 대한 포착은, 생의 한순간이 뿜어내는 생생한 빛으로 세계를 비추는 방식이다. 그러나 순간을 포착해내는 것은 단순한 일이 아니며 그것은 사물의 표피 너머의 의미지점에까지 가닿는, 깊은 통찰에 이르는 작업이기도 하다. 그 어려운 작업이 가능한 것은 이시영의 세계인식에 영원으로 이르는 차원에 대한 눈뜸, 각성, 성찰 그리고 성숙이 전제되어 있기 때문이다.

이시영은 "순간의 형상에 전체가 보이도록, 표면이 가장 깊은 심층일 수 있도록, 그리하여 스스로 존재화할 수 있도록"[70] 하는 일에 늘 고민하고 천착한다. 이러한 과정의 결과로 나타나는 '순간'은, 일순 사라지고 마는 찰나의 한 지점이 아니라, 영원으로 향하는 영속성의 울림을 지니게 된다. 세계에 대한 지극한 응시가 통찰을 거치면서 언어로 절제돼 더욱 깊은 의미와 울림으로 살아나는 것이다. 이시영 시의 깊이는 그렇게 만들어진다.

> 자동차 바퀴가 무지막지한 소리를 내며 달리고 있었다
> 그 옆에서 귀뚜라미가 착한 앞발을 들고
> 가느다랗게 가느다랗게 울고 있었다
>
> —「남부순환로에서」 전문(『호야네 말』, 70쪽)

> 또 한번의 민주정부는 오지 않았다
> 오늘밤 호남선으로 뻗은 철길 두가닥은
> 서로가 서로를 위로하다가 잠이 들었다
>
> —「내일을 향하여」 전문(『호야네 말』, 65쪽)

> 김포에서 갓 올라온 햇감자들이 방화시장 사거리 난전에서 '금이천

70 오철수, 『호야네 말』 발문, 창비, 2014, 139쪽.

원'이라는 가격표가 삐뚜루 박힌 플라스틱 바가지에 담겨 아직 덜 여문 머리통을 들이받으며 저희끼리 찧고 까불며 좋아하다가 "저런 오사럴 놈들, 가만히 좀 있덜 못혀!" 하는 할머니의 역정에 금세 풀이 죽어 집 나온 아이들처럼 흙빛 얼굴로 먼 데 하늘을 쳐다본다.

—「슬픔」 전문(『호야네 말』, 82쪽)

빠르게 순환하는 도시의 삶 속에서 귀뚜라미 한 마리의 울음에 귀 기울이고 여린 그것의 '착한 앞발'을 생각하는 일, 나란한 철길의 쓸쓸하고 다정한 동행 속에서 한 줌 내일의 위로를 읽어내는 일, 시골산 감자들의 풀죽은 흙빛 얼굴 속에다 우리들 자신의 얼굴을 겹쳐보는 일이야말로 이 거대한 자본과 이념으로 들끓는 시대에 우리가 추구해야 할 진정한 가치일 것이다. 이러한 시인의 태도는 자본과 속도의 성채가 되고 있는 도시의 윤리와 맞서면서 새롭게 발견하고 또 복원시켜야할 참된 가치가 무엇인지 우리에게 묻는다. 그 복원의 자리를 구체적으로 명시한 시 「하동」에는 그가 추억하고 꿈꾸는 많은 것들이 살아 숨 쉬고 있다.

하여간 그쯤이면 되겠네. 섬진강이 흐르다가 바다를 만나기 전 숨을 고르는 곳, 수량이 많은 철에는 재첩도 많이 잡히고 가녘에 반짝이던 은빛 모래 사구들. 김용택이 사는 장사리를 스쳐온 거지. 용택이는 그 마을 앞 도랑을 강이라고 우겨댔지만 섬진강은 평사리에서 바라볼 때가 제일 좋더라. 그래, 코앞의 바다 앞에서 솔바람 소리도 듣고 복사꽃 매화꽃도 싣고 이젠 죽으러 가는 일만 남은 뭍의 고요 숙연한 흐름. 하동으로 갈거야. 죽은 어머니 손목을 꼬옥 붙잡고 천천히. 되도록 천천히. 대숲에서 후다닥 날아오른 참새들이 두 눈 글썽이며 내려앉는 작은 마당으로.

—「하동」 부분(『하동』, 86~87쪽)

이시영이 갈망하는 하동은 단순한 지역이 아니라 그의 영혼의 고향이다. 고향을 그리워하는 향수는 단순한 감정이입이나 투사(投射), 또는 대상에 대한 '모방'과는 구별되는 것으로서, 아도르노적으로 말해 "객체에의 동화(同化)"라고 할 수 있다.[71] 이렇게 어떤 대상과 현상에 진정성 있게 감응할 수 있는 사람만이 세상이 기억하지 않는 것을 기억하고, 세상이 보아주지 않는 것에 시선을 돌릴 수 있는 것이다. 그 진정성 있는 감응은 결국 은폐되거나 묵살되어버린 작고 여린 것들의 목소리와 풍경을 우리에게 복원시켜준다. 그 순간 바야흐로 희망의 근거지가 구축된다. 하동은 바로 이 희망의 근거지라는 장소성을 확보한다. "지리산 자락의 침묵들"[72] 속에서 시인이 발굴한 세계는 이토록 구체적으로 뚜렷한 것이다.

결국 이시영은 끊임없이 자신이 선 자리에서 순간을 응시하고, 과거를 기억하며, 그 가치에 대해 기리려 애쓴다. 이는 또한 기억이라는 시간적 가치의 보전일 뿐 아니라, 개별적 존재들이 일구어내는 관계의 의미망을 문학적 우주의 지평으로 확대해나가는 과정이 되는 것이다. 이러한 노력은 이시영 문학이 우리에게 주는 심오한 영감이며 예언자적 육성이다. '시'란 사실 예언자의 몫이 아니던가?

---

71 전통적인 예술 이론에서 '미메시스'가 주변 세계와 유사해지려고 하는 것이라면, "잘못된 '투사'는 주변 세계를 자기와 유사하게 만들려고 하는" 것이다(김유동, 『아도르노 사상』, 문예출판사, 1994, 41쪽(테오도르 아도르노 · 막스 호르크하이머, 『계몽의 변증법』, 김유동 역, 문학과지성사, 2001, 280쪽 참조).

72 최원식, 「농업적 상상력의 골독한 산책 : 이시영의 새 시집 『하동』에 부쳐」, 『하동』 발문.

3) 자아 초월과 인간애

“그의 시는 어느 순수주의자의 시보다 긍정적 세계관으로 자연을 사랑하며 어느 진보주의자보다도 강건한 투쟁과 미래에의 희망을 제시하고 있”[73]다는 박철의 평가는 이시영이 일관되게 유지해온 인간에 대한 애정, 그리고 시대적 삶에 대한 한 시인으로서의 깨어 있는 인식과 책임의식을 잘 보여준다.

> 나의 칼은 서릿발이 아니다
> 나의 칼은 이제 인간의 체온으로 덥혀진 칼
> 수많은 사람들의 땀과 한숨이 어려
> 푸른 하늘 아래 홀로 빛나는 칼, 함묵하는 칼
> 친구여 나는 이제 쓰마 이 칼을 들어
> 인간의 오랜 노동의 역사와 사랑의 눈물의 참다운 의미
> 그 옛날 아침의 성을 향해 파발마를 달리다
> 길섶에 목 떨군 사내의 첫 피의 강렬한 부르짖음을
>
> —「나의 칼」 전문(『이슬 맺힌 노래』, 24쪽)

이시영이 시대를 향해 벼리는 칼은 생명을 끊는 칼이 아니라 “인간의 체온으로 덥혀진”, 즉 인간의 온기를 지켜줄 무기로서의 칼이다. 시인은 그 “칼을 들어 쓴다”고, 아니 “쓰마”라고 한다. 이는 힘주어 말하는 시인의 의지다. 시는 이렇게 역사와 현실의 굴곡진 곳을 향해 휘두르는 정신의 검(劍)이자 사라져간 것들을 되살리는 마력(魔力)이다. 그러기에

---

73 박철, 「젊은 세대가 읽은 전세대 주요 시인들 · 이시영－조용한 정열과 슬픔」, 『현대시학』, 1992년 4월호, 74쪽.

시인은 시를 통해 노동의 역사와 사랑의 눈물, 그것을 위해 흘려야 했던 순결한 피를 기억하겠노라 다짐한다. 이육사가 먼 훗날 광야에서 목놓아 부를 노래를 꿈꾼 것처럼, 이시영은 오늘 순정한 정신의 피인 '이슬 맺힌 노래'로 과거를 기억하고 또 미래를 예비하고자 한다.

그것을 위해 이시영은 오늘 그 자신이 한 방울의 이슬이 되고자 한다. 일상화되고 정형화되는 삶 속에서 마른 나뭇가지처럼 굳어가는, 자기 내부의 생명의 불씨를 지피고자 하는 것이다. 이 시에서 죽이는 것은 소멸을 뜻하는 것이 아니라 생명의 힘을 새롭게 움트게 하는 결단을 의미한다.

> 나를 죽여
> 내 안의 나를 심화, 확장하는 일
> 나를 죽여
> 내 안의 내 마른 나뭇가지에 동백 두어 송이 후끈하게 피워올리는 일
> 나를 죽여
> 싸락눈 때리는 날
> 내 마음의 빈 대샆에 푸른 칼날 수천 개를 일렁이게 하는 일
> 낮은 바람에도 저를 향해 부드럽게 구부러지게 하는 일
>
> —「內觀」 전문 (『이슬 맺힌 노래』, 29쪽)

따라서 "'나를 죽이'는 일은 완결된 어떤 것이라기보다 지속적으로 추구되어야 할 삶의 방법이며, 시를 쓰는 행위도 궁극적으로는 그것의 연장이라고 할 수 있"[74]을 것이다. 이는 결국 "'나를 죽'이는 행위를 통해서

---

74 오성호, 「절제된 서정의 깊이와 힘」, 『창작과비평』, 1991년 가을호, 213쪽.

더 큰 것을 품에 안"[75]으려 하는 시인의 깨달음이자 실천의 모습이다. "작고 연약한 것들에 대한 관심과 애정, 그로부터 크고 넉넉한 것들을 읽어내려는 시인의 인식적 교호작용은 현실과의 팽팽한 관련 속에서 수행되어 민중에 대한 깊은 애정과 믿음으로 상승해가"[76]는 것이다. "나를 죽이"고 주변의 힘없고 소외된 것들의 고통을 더 예민하게 수용하며 그들의 아픔에 대해 진실하게 발언하는 일이야말로 사회현실과 모두의 미래를 밝힐 건강한 전조(前兆)가 될 것임은 더 말할 나위가 없다. 이는 윤동주가 「서시」에서 "모든 죽어가는 것들을 사랑해야지"라고 다짐했던 바와 다르지 않다.

파울 첼란은 "타인의 고통은 시적으로 가공되고 형상화될 수 있는가?"를 물으며 자신의 시에서 "나와 함께 병신이/된 나의 말들, 너희/나의 반듯한 말들"[77]이라고 스스로에게 답하였다. 파울 첼란의 대답처럼 이시영의 시는 죽어가는 것들이 겪는 고통을 온몸으로 끌어안고, 울부짖고, 그러면서 기도하기도 하며, 또 함께 울고, 때로는 아무런 표정의 변화 없이 그대로 그 비극을 보고하기도 한다.

이러한 작업을 위해 이시영은 어떤 문학적 장치를 인위적으로 만들려 하지 않는다. 날것의 현실이 보다 시적임을 그는 이미 깨닫고 있기 때문이다.

1964년 토오꾜오 올림픽을 앞두고 지은 지 삼년밖에 안된 집을 부

75 위의 글, 같은 곳.

76 김윤태, 앞의 글, 280~281쪽.

77 파울 첼란, 『죽음의 푸가』, 김영옥 역, 청하, 1986, 79쪽.

득이 헐지 않을 수 없게 되었을 때의 일이라고 한다. 지붕을 들어내자 꼬리에 못이 박혀 꼼짝도 할 수 없는 도마뱀 한 마리가 그때까지 살아 있었다. 동료 도마뱀이 그 긴 시간 동안 하루도 거르지 않고 먹이를 날라다주었기 때문이다.*

* 박호성 칼럼, 茶山포럼, 2007년 1월 11일.

—「산다는 것의 의미」 전문(『우리의 죽은 자들을 위해』, 99쪽)

내가 만약 바람이라면
세상에서 가장 부드러운 미풍이 되어
저 아기다람쥐의 졸리운 낮잠을 깨우지 않으리

—「평화」 전문(『우리의 죽은 자들을 위해』, 132쪽)

인간을 위한 전 지구적 행사의 이면에는 또 얼마나 많은 희생이 따랐을까. 때로는 국가라는 명분을 위해, 또 때로는 자본의 이익을 위해 희생되는 것들을 향해 시인은 눈을 돌린다. 그의 눈은 항상 현실의 이면, 가려진 진실을 향하고 있다. 인간이 서로의 심장에 총구를 겨누며 피를 흘리는 동안 작은 도마뱀 한 마리는 자신의 생을 다해 다른 한 생에 동행한다. 멀고 아름다운 그 동행을 시인은 고요히 가리키고 있다. 그러나 이 "부드러운 미풍" 같은 고요함은 그 어떤 폭로의 목소리보다 강력하게 "부끄러운 세상을 향해 폭풍의 언어를 쏟아붓"[78]고 있다. '아기다람쥐'의 무죄한 낮잠조차 가만두지 않는 사나운 이 세계에 시인은 일침을 가한다. 그의 시는 비록 미풍에 그치거나 또는 한 마리 도마뱀과도 같은 미물일지라도 그 문학적 책무를 포기하는 법이 없다.

---

78 오창은, 「한국시는 세계시민을 감각할 수 있을까」, 『실천문학』, 2010 봄호, 67쪽.

과대평가된 시인들이 있는가 하면 과소평가된 시인들이 더 많다
그중의 한분과 '정겨운 상밥집'에서 상밥을 먹었다
살아온 이야기를 하는 그의 목소리는 나직나직하고 조용했다
나도 나직나직 조용해지면서 오랜만에 나 자신으로 돌아온 듯했다

—「상(床)밥집에서」 전문(『호야네 말』, 40쪽)

양재역 12번 출구 앞에서 우연히 김정남 선생을 만났다. 평생을 별다른 직업 없이 살아온 그는 아침에 일어나면 동네를 한바퀴 돌며 골목을 깨끗이 쓸었다고 하는데, 세상엔 이렇게 그림자처럼 조용한 분들이 있으시다. 칠팔십년대 인권 탄압이 있는 곳엔 그가 늘 뒤에 있었으며 변호사를 대신해 쓴'변론'만도 아마 수천 페이지가 넘을 것이다.'박종철 사건'도 보이지 않는 그의 손에 의해 처음으로 밝혀졌다. 그러나 역사는 이런 분을 잘 기억해주지 않는다.

—「찬(讚) 김정남 선생」 전문(『호야네 말』, 41쪽)

이시영은 역사에 기록된 인물들이나 사건뿐만 아니라 수많은 주변부의 삶들이 지닌 의미에 대해서도 내밀한 시선을 거두지 않는다. 위의 「상(床)밥집에서」, 「찬(讚) 김정남 선생」에서는 정서적 변주들이 곳곳에서 발견되는데, 작고 소박한 일상의 위대한 가치들 앞에서 시인은 겸허한 눈길을 내려놓고 있다. 그는 소박함 속에 은둔하고 있는 웅대함과 미미한 삶에 아무도 모르게 뿌리내린 경이로움을 뚜렷하게 응시한다.

서초중앙하이츠빌라의 머리가 하얗게 센 경비 아저씨는
저녁이면 강아지와 함께 나와 지나가는 사람들에게 인사를 한다
세상엔 이렇게 겸손한 분도 있다

—「절」 전문(『호야네 말』, 43쪽)

이 이슬 영롱한 아침에도
강아지풀은 늘 고개를 숙이고 있구나
나는 네 조촐한 모습이 좋다

—「숲」 전문(『호야네 말』, 42쪽)

평화를 가능하게 하는 것은 물리적 강압이나 폭력이 아닌 일상의 그늘 속에 숨은 작은 것들의 힘임을 이시영은 역설한다. '작은 것들의 힘'은 이시영의 시에서 차가운 눈 속에서도 "동승처럼 머리가 새파란" 어린 풀들(「눈 속에서」)이나, "지난겨울 삭풍을 이겨낸 굳센 가지"(「봄의 시작」), 산사태 이후 우면산 자락에 똑똑 돋는 "맑은 샘물"(「신생」), 언 땅속에서 봄을 머금고 있는 "개나리 한 뿌리"(「조춘(早春)」), 남극의 한 섬에서 갓 깨어 나온 새끼 펭귄의 "저 아래까지 빨간 입"(「입」) 등 수많은 이미지로 나타나는데, 그 광경들은 결국 그가 바라는 그 "국경도 없고 경계도 없고 그리하여 군대나 경찰은 더욱 없는" 나라, 마음껏 솟구치고, 드러내고, 개의치 않고, 꿈쩍하지 않아도 되는 바로 그 "'나라' 없는 나라"(「'나라' 없는 나라」)의 궁극적 모습일 것이다.

일머슴처럼 손 크고 덩치 큰 울 어매 곡성댁, 마당에 어둑발 내리면 쌀자루 보릿자루 옆구리에 숨겨 몰래 사립을 나섰네. 그때마다 쪽찐머리 고운 해주 오씨 우리 큰어머니 안방 문 쪽거울에 대고 혼잣말처럼 중얼거리셨네. "니 에미 또 쌀 퍼서 나간다." 저녁이 다 가도록 밥 짓는 연기 오르지 않는 동무 집이 많던 시절.

—「밤마실」 전문(『호야네 말』, 134쪽)

이시영이 자신의 유년기 원초적 삶의 모습에 근거하여 사회적 공존과 화합의 이상을 마련하고, 또 다양한 삶의 편린들을 통해 삶의 중심에 대해 이야기하려는 것은 결국 파편화된 디지털 문명 속에서 "주변부의 파편들을 탐구하여 중심을 상실한 이 시대의 삶을 증언"[79]하기 위함이다. 나아가 그 주변부의 육성이 시대의 중심에 서도록, 그래서 그 주변부의 존재들이 역사의 시민권을 가질 수 있도록 하려는 것이다. 세월호 사건의 희생자들과 이들을 구하기 위해 바다로 뛰어들었던 잠수사의 이야기는 그러한 이시영의 시적 의식을 절박하게 나타내준다.

> 선내에 진입해 아이들 시신을 발견해 데리고 나오다보면 여러 가지 장애물에 걸려 잘 안 나올 때마다 "얘들아, 엄마 보러 올라가자. 엄마 보러 나가자"고 하면 신기하게도 잘 따라 나왔다며, 잠수사는 잠시 격한 숨을 들이쉬며 말했습니다.
>
> —「팽목항에서」 전문 (『하동』, 118쪽)

위의 시가 궁극적으로 지향하는 지점은 그 어떤 폭력과 압제, 묵살과 모멸의 현실을 넘는 초월성의 세계다. 이시영이 바라는 것은 바로 그러한 우주적 생명력이 현실에 관철되는 것이다. 그의 시는 어쩌면 예수의 주기도문을 닮았다. "하늘의 뜻이 이 땅에 임하옵시고"라는 기도를 떠올릴 때, 어쩌면 모든 문학은 이 기도의 속편이 아닐까? 그의 시가 애초부터 우리에게 구원의 질감으로 다가오는 까닭이 이로써 분명해진다. 이시영의 문학은 어느 특정한 종교에 속해 있지 않으면서도 종교처럼 느껴진다. 그것은 이시영의 시가 시종일관 현실의 비극적 상황에 우

79 최동호, 「새로운 서정시의 모색과 디지털 시대의 극서정시」, 『문학사상』, 2014년 8월호, 56쪽.

주적 생명의 힘을 불어넣고자 하기 때문이다. 이시영이 지향하는 초월성은 초월적 지평으로까지 현실을 이끌어가려는 무한한 의지의 투쟁이다.

제4장

결 론

결론

이시영의 시는 1976년 『만월』에서부터 2017년 『하동』에 이르기까지 소외된 목소리, 사라져간 풍경, 잃어버린 시간, 짓밟힌 삶에 대한 일관된 증언이었다는 사실을 이 책을 통해 알 수 있었다. 그의 시는 우리 사회가 겪어 온 당대 역사 현실에 대한 생생한 증언에서부터 시작해 파괴되는 생명성과 자연, 더 나아가 세계의 수난 받는 자들의 참상에 대한 비판과 자성의 목소리로까지 확대된다. 다양한 문학적 육성을 통해 이시영은 그의 시가 근원적으로 당대의 양심이 내는 소리가 되기를 갈망해왔다. 달리 말하자면, 이시영은 존재해야 할 것을 존재하도록 하는, 참된 본질의 정치가 작동하는 세상에 대해 발언한다. 그래서 그의 시 쓰기는 일종의 정치행위가 되고, 이 정치행위는 우주적 생명력의 온도와 섬세함을 지님으로써 구호와 선동과는 차별화된 미학이 된다.

이 과정에서 이시영은 서정성과 정치성의 두 층위를 분리하기보다는 하나의 통일된 유기체적 진실을 구성한다. 따라서 그를 단지 민중시인으로 보거나 민중시인으로서 역사성을 중시하면서 서정성을 잃지 않았다거나 하는 식의 단순한 이해와 평가는 지양돼야 할 것이다. 이시영에게 서정은 정치적 이상이며, 또 정치는 문학적 서정의 뿌리와 맞닿은 현실변혁의 임무가 된다. 이 두 층위는 결코 다른 몸이 아니며, 둘이 한 몸이 될 때 진정한 미학의 세계가 구축되는 것이다.

자기성찰을 통한 부단한 시적 변모 속에서도 이시영은 역사와 현실에 대한 의식의 날을 더욱 예리하고 섬세하게 갈아왔다. 그 과정에서 그의 시세계가 이룬 문학적 성취의 균질성은 서정성과 현실의식의 단순 이분법을 불식시키기에 충분하다. 이시영은 깊은 내면 응시의 서정과 뿌리 깊은 역사의식을 바탕으로 현실의식과 예술의식의 조화를 일관되게 성취해온 시인이며, 그 성취는 우리 문학사 전체에서도 매우 소중한 지평에 해당한다고 할 수 있다.

이시영의 시에는 현실의 어둡고 거대한 힘에 대한 부정적 인식이 깃들어 있지만, 결코 암담한 표정으로 비관하지도 않고, 가벼운 구호로 낙관하지도 않는다. 그는 치열한 실천의 진정성으로 시대의 아픔을 껴안고 극복해나가고자 한다. 현실에 대한 철저한 자각과 통찰만이 삶을 갱신하고 세계의 어둠을 걷을 수 있다는 믿음 때문이다.

이시영은 인간, 자연, 역사가 달리 떨어져 움직이는 것이 아니라 서로 강렬하게 연결되어 생명의 근거인 우주를 이루고 있는 것으로 보고 있다. 이시영은 바로 이 생명의 근거를 파괴하려는 권력과 자본에 정면으로 도전한다. 그 도전에서 우리는 그의 시가 지닌 정치성을 발견하고, 그가 시로써 이루고자 하는 생명의 미학이 무엇인지 깨닫게 된다. 이시영은 삶의 진실과 생명을 파괴하는 모든 것들에 대해 시의 언어로써 저항한다. 그의 문학은 반생명적이고 반인륜적인 모든 것들에 대해 저항하는 과정의 기록인 것이다.

그의 시문학에서 서정과 정치성의 문제를 다시 규정해보자면, 서정은 생명의 미학이 담기는 그릇이며, 정치성은 이 미학을 확보하기 위한 시적 투쟁이라고 할 수 있다. 이러한 관점에서 이시영의 시세계를 파악해 들어갈 때 그의 시가 줄기차게 외치고 있는 정치적 발언의 성격을 확정할 수 있다. 그렇지 않으면 그의 시를 단지 권력에 대한 풍자나 기득권 질서에 대한 반격 정도로 받아들이게 되거나, 현실정치의 도구로서의 문학 정도로 그의 문학적 진실을 호도할 수도 있기 때문이다.

그는 서정성을 통해 생명 가득한 세계를 향하여 나아가는 시인이며, 정치성을 통해 그러한 공존과 평화의 세상을 실현하고자 한다. 그 공존과 평화를 끊임없이 불가능한 것으로 좌절시키려는 현실에 대항해 그는 가장 정치적인 발언으로, 또는 가장 철저한 문학의 방식으로 맞서 싸운다.

이시영의 개인적 시사(詩史)는 농촌의 삶에서 기억되었던 원체험이 부서지고, 그 파괴의 과정에서 겪은 고통의 원인을 규명해나가는 일련의 작업구도를 가지고 있다. 그 작업의 연속이 결국 이시영 시의 정치의식이 되고, 역사의식이 되며, 시의 혁명성을 유지하는 문학적 체력이 되었다. 그의 시는 식민지 시대로부터 오늘의 신자유주의 시대에 이르기까지 권력자들이 어떻게 우리 사회를 지배하고 고통스럽게 하는지를 폭로해나간다. 그 과정에서 그의 시에 나타나는 서정성은 이러한 문학의 정치의식을 미학적으로 제련하는 노력의 결과물임을 이 연구를 통해 알 수 있었다.

이시영의 시세계는 인간의 삶에 대한 끊임없는 사랑과 인간 생명의 본질을 회복하고자 하는 의지를 표출하고 있다. 결국 사람이 사람답게 살아갈 수 있고, 사람과 자연이 하나로 어울려 생명의 건강한 힘을 나누는 세계를 도모하는 것이다. 이는 상처 입은 시대에 대한 문학적 위로와 격려인 동시에 정치적 의지와 상상력을 불어넣는 작업이다.

문학이 당대의 고통을 외면하지 않고 새로운 시대를 향한 혁명적 정치의식과 미학적 의지를 어떻게 하나로 엮어내 그 기능과 임무를 다할 것인가라는 과제가 그 작업에 녹아 있다. 따라서 이시영의 시는 문학이 오늘날 시대적 발언을 포기하거나 퇴각하는 가운데 더더욱 가치를 지닌다. 1970년대와 80년대에 쌓아올린 문학의 투쟁력이 어느새 고갈된 오늘날에도 그의 시는 끈질기게 정의를 위한 싸움을 포기하지 않고 있기 때문이다. 이 책에서는 그 싸움을 '문학적 감격'이라 이름 붙였다.

그러나 이시영이 문학을 통해 표출하는 정치 행위는 현실적 '권력'과는 본질적으로 다른 차원의 것이다. 유년의 고향에서 생명의 본질을 원체험한 그이기에, 현실 세계의 폭력 앞에서 그는 가장 근원적 생명력으로써 맞선다. 자연의 일부인 인간에 대한 깊은 의식과 치열한 내면 응시, 그리고 삶에 대한 자각은 그의 시에 살아 있는 힘을 부여하며 그것은 다시 세계를 향한 생생한 육성으로 전환된다.

이시영의 시는 폭력에 대단히 민감하며, 그 폭력을 휘두르는 세력을 무력화하기 위한 전선을 구축하고 있다. 생명을 가격하는 폭력과 맞서지 않는 문학은 그에게 본질적으로 무의미하다. 아무런 정치성이 없어 보이는 서정시일지라도, 이시영의 시는 한 순간도 그 전선에서 이탈하는 법이 없다. 전선에서 이탈하는 순간 서정성은 현실에서 근거를 갖지 못하고 몽상의 정서로 전락하고 말기 때문이다. 문학이 싸움의 현장에서 떠나는 순간, 그 현장에서 누군가는 신음하고 고통 받고 버려진다는 것을 그는 잘 알고 있다. 그래서 그의 시는 언제나 정치의 문제로 귀결된다. 이시영은 "사회사적 시간을 빼면 인간의 역사는 무의미하다"[1]는 임화의 말을 결코 잊지 않는다.

한순간도 현실에서 비껴난 자리에 서지 않는 이시영의 시는 동시에 근원의 자리, 즉 문학으로서의 본령 또한 결코 잊지 않는다. 이시영은 끊임없이 자신의 내면을 들여다보며, 세계의 드러난 현실뿐 아니라 감추어진 진실에 대해 발언하고자 한다. 이것이 바로 이시영의 시가 가장 현실적인 행위로서 구현해온 문학의 정신이며, 가장 문학적인 방식으로 실천해온 정치적 신념이다.

이시영의 문학은 시대가 아무리 바뀌어도 변함없이 지켜야 할 시의 자리가 어디인지를 끊임없이 일깨우고 있다. 그것은 문학의 타락과 정치의 폭력을 막아내는 힘이기도 하다. 이 힘을 이끌어내는 것이 우리 문학을 진정한 문학으로 만드는 방법이라는 점에서 이시영의 시세계는 한국 시문학의 본질을 회복시키기 위한 큰 여정이었다고 할 수 있다.

이시영의 일관된 시적 실천의 궤적은 우리 시문학사에 의미 있는 좌표로서 시사하는 바가 크다. 문학 안팎의 현실적 어려움 속에서도 우리 사회의 깨어 있는 지성으로서 늘 역할을 다해온 이시영의 시는 문학과 실천이라는 문학의 본질적 측면에 대해 끊임없는 질문을 제기하는 동

1 임화, 「역사, 문화, 문학 : 혹은 시대성이란 것에의 일 각서」, 『문학의 논리』, 임화문학예술전집 3. 소명출판, 2009년, 578쪽.

시에 시대적 삶에 대한 저버릴 수 없는 도전정신을 끊임없이 갱신해가며 우리 사회, 우주공동체로서의 공존과 평화의 비전을 열어간 것이다. 이로써 우리는 한국 시문학사의 근현대적 여정에서 역사와 정면으로 마주하면서도 인간적 갈망의 깊이에 이른 서정의 목표를 잃지 않고 시적 생명력을 때로는 웅혼하게, 때로는 소박하게 펼쳐낸 아름다운 시인 한 사람을 소중하게 얻었다. 그의 시문학은 우리에게 낙관의 의지와 힘을 불어넣어 주었다.

2018년 10월 12일 이시영은 시집 『하동』으로 제10회 임화문학예술상을 받는다. 심사평은 그에게 상을 주는 이유를 다음과 같이 밝히고 있다.

> 이시영의 시에는 그가 명징하게 인식하고 있는 '우리 이웃들의 왁자지껄하고 때로는 논리에서 벗어난 그 낙관적인 웃음'이 힘차게 울리고 있다. 이시영의 『하동』은 한 존재의 고통에서 다른 존재의 고통으로 정확하게 이동한다. 빨치산 토벌대에 의해 어이없이 죽음을 당한 매형, 민주투사이자 시인인 동료의 임종, 너무 어려서 죽은 형과 누이들, 세월호 희생자의 가족, 낙동강 매립지 공사로 굶어 죽어가는 수달…… 그런데 그 온갖 존재의 흉보와 고통의 틈새에서 시인은 우리를 웃음짓게 만든다. 지독한 고통 속에서도 우리를 웃게 만드는 힘은 우리가 문학에 진정으로 원하는 것이다. …(중략)… 임화문학예술상은 시인이자 문학평론가이며 운동가였던 임화가 전 생애의 치열함으로 지탱했던 계급해방과 민족문학의 무게를 돌아보고 그 삶과 정신을 기리는 상이다. 우리 심사의원들은 이시영의 하동과 시 읽기의 즐거움에서 시인이 자기 몫의 어둠을 시적 유머의 힘으로 감각과 지성 모두를 활용하해 들어올리고 있음을 발견하고, 기쁜 마음으로 그

를 수상자로 결정했다. 그는 자신과 자신이 속한 문학적 세대가 아틀라스처럼 엄숙하고 굳건하게 시대의 검은 하늘을 내내 짊어졌다고 말하지는 않을 것이다. 그들은 무너져 내린 것을 잠깐 잠깐씩 들어올렸다. 매번 온 힘을 다해, 그 짧은 순간들마다 숨 쉴 수 있어서 우리와 문학이 살아남았다. 이시영 시인의 수상을 진심으로 축하한다.[2]

이 심사평에 답하여 이시영은 수상소감에서 임화와 김남주 그리고 김수영을 함께 거론하며 다음과 같이 말했다.

누구나 가슴 속에 또렷한 별 하나씩을 품고 살겠지만 임화라는 이름은 제 청춘 시절 문학의 준거였습니다. 특히 시집 『현해탄』(東光堂版, 1938) 맨 마지막에 실려 있는 「바다의 찬가」의

바다야!
너의
가슴에는
사상이 들었느냐

시인의 입에
마이크 대신
재갈이 물려질 때,

라는 구절과, 해방공간에서의 다급한 전언을 담은 「깃발을 내리자」(『현대일보』, 1946)에서의

2 제10회 임화문학예술상 심사위원 임규찬, 권성우, 진은영 2018년 9월 4일.

살인의 자유와
약탈의 신성이
주야로 방송되는
남부조선
더러운 하날에
무슨 깃발이
날리고 있느냐
동포여
일제히
깃발을 내리자.

라는 직정(直情)의 언어는 매서운 유리로 푸른 하늘을 베어내고 얻은 듯한 선명성과 함께 거의 단독자로서 근대문학의 새 페이지를 넘겨 가는 자의 담대한 도전 정신이 스며 있습니다. …(중략)… 사월혁명 직후, 월북한 시인 김병욱(金秉旭)에게 보낸 편지(「저 하늘 열릴 때」, 『민족일보』, 1960)에서 김수영은 "형, 나는 형이 지금 얼마큼 변했는지 모르지만 역시 나의 머릿속에 있는 형은 누구보다도 시를 잘 알고 있는 형이오. 나는 아직까지도 '시를 안다는 것'보다 큰 재산을 모르오. 시를 안다는 것은 전부를 아는 것이기 때문이오. 그렇지 않소?" 라고 했습니다. 임화와 김남주 또한 방법은 다르고 시대적 과제는 달랐으나 시를 안다는 것에 전부를 건 사람으로 기억하고 싶습니다. 그리고 그들이 피어린 고투 속에 이룩한 "예술의 권위는 탈환할 수 있는 것도 아니며 박탈당한 일도 없"(김수영, 「시 월평」, 1967.8)이 오늘도 지속되고 있습니다. 우리는 그것을 아마 연면하는 한국 근대문학사의 일부라 부를 수 있을 것입니다.

한반도를 중심으로 낡은 것과 새로운 것이 교체하는 2018년 가을, 임화 선생 탄신 110주년을 맞아 그 이름으로 된 상을 송구한 마음으로 받습니다.

이렇게 이시영은 한국 근대 문학사의 일부가 되었다. 그는 시에 자신의 전부를 건 사람으로서 시에 사상을 담고 역사를 담고 시대적 과제를 담아내고자 했다. 그의 시는 이제 우리의 삶 속에서 지속적인 목소리를 내면서 한반도의 변화, 그 중심에서 긍정적인 역할을 해낼 것이다. 시란 모름지기 현실과 마주할 때 진정한 가치를 드러내는 법이기 때문이다.

이시영의 시의 깊이를 해독하는 이들이 더 많이 나타나 우리 문학 연구의 지평만이 아닌 현실의 지평까지 새롭게 여는 힘이 솟구쳐나기를 간절히 바란다. 그의 시는 역사와 인간, 그리고 우주의 출렁거리는 바다를 헤쳐 나갈 항해를 위해 우리에게 마련된 "문학의 뗏목"이다. 여기에 동승하는 이들에게 그의 시는 격렬하면서도 평화롭고, 애틋하면서도 외롭지 않으며 마침내 비관의 해로를 지나 우리를 근원적 생명의 힘이 가득한 땅에 데려다 줄 것이다. 그리고 그 땅에서 우리는 결국 웃게 될 것이다, 그의 시처럼.

참고문헌

1. 기본 자료

이시영, 『만월』, 창작과비평사, 1976.
———, 『바람 속으로』, 창작과비평사, 1986.
———, 『길은 멀다 친구여』, 실천문학사, 1988.
———, 『이슬 맺힌 노래』, 들꽃세상, 1991.
———, 『무늬』, 문학과지성사, 1994.
———, 『사이』, 창작과비평사, 1996.
———, 『조용한 푸른 하늘』, 솔출판사, 1997.
———, 『은빛 호각』, 창작과비평사, 2003.
———, 『바다 호수』, 문학동네, 2004.
———, 『아르갈의 향기』, 시와시학사, 2005.
———, 『우리의 죽은 자들을 위해』, 창작과비평사, 2007.
———, 『경찰은 그들을 사람으로 보지 않았다』, 창작과비평사, 2012.
———, 『호야네 말』, 창작과비평사, 2014.
———, 『하동』, 창작과비평사, 2017.

2. 평론

고명철, 「진화(進化)하는 정치적 서정, 진화(鎭火)하는 국가폭력」, 『시와시』 2010년 가을호, 22쪽.

구모룡, 「감성을 넘어 세계를 여는 시」, 『시작』 2010 겨울호, 268쪽.

김규동, 「힘으로서의 시와 민중정서」, 『民意』 4집, 일원서각, 1986, 278쪽.

김선태, 「중견시인 4명의 시적 변모 양상」, 『시작』 2007 겨울호, 210쪽.

김선학, 「정서의 이중구조」, 『현대문학』 1997년 4월호, 425쪽.

김수복, 「시와 신화적 상상력」, 『미주문학』 2010년 가을호, 63쪽.

김영태, 「시인의 초상 : 創批學校 교무주임 이시영」, 『현대시학』 1994년 8월호, 19쪽.

김용락, 「생명의 교감과 시적 진정성」, 『녹색평론』 1994년 9~10월호, 164~165쪽.

김유중, 「신성과 세속, 시인의 자세」, 『시와시학』 1994년 가을호, 305쪽.

김윤태, 「인간적인, 그리고 서정적인 노래－이시영의 '이슬 맺힌 노래'」, 『한길문학』 1991년 가을호, 276~281쪽.

김정란, 「길의 시들, 남는 발자국과 지워지는 발자국」, 『창작과비평』 1994년 가을호, 377쪽.

김태현, 「윤기와 예기의 시」, 『문예중앙』 1991년 가을호, 253쪽.

김형중, 「그의 이미지즘－이시영 시선집 '긴 노래, 짧은 시'에 대하여」, 『시평』 2009년 겨울호, 240쪽.

남기택, 「緣起 혹은 진실」, 『시에』 2007년 겨울호, 303쪽.

남송우, 「변화된 시대의 두 시적 대응」, 『실천문학』 1994년 가을호, 315쪽.

노 철, 「중견시인의 잊히지 않는 이야기들－이시영 시집 '아르갈의 향기'」, 『시평』 2005년 가을호, 37쪽.

문흥술, 「삭막한 시대에 생명수와 같은 시」, 『시와시학』 2004년 봄호, 296쪽.
박남희, 「人爲와 無爲의 변증법－이시영의 시세계」, 『불교문예』 2004년 여름호, 131~117쪽.
박수연, 「한국문학의 난경」, 『실천문학』 2009 봄호, 17~27쪽.
박은선, 「시의 사상으로서의 언어」, 『시와정신』 2012년 여름호, 229쪽.
방민호, 「90년대 중반, 시의 절망과 희망」, 『작가』 1996년 11~12월호, 133~134쪽.
서준섭, 「시의 고향－이시영 시집 '무늬'」, 『현대시학』 1994년 7월호, 135~138쪽.
손경목, 「몸을 얻는 정신주의의 시－이시영 시집 '이슬 맺힌 노래'」, 『오늘의 시』 1991년 하반기호, 180쪽.
송기원, 「세련된 감각과 눈부신 기교－이시영 시집 '만월'의 세계」, 『현대예술』 1977년 4~5월호, 171쪽.
———, 「내가 만난 이시영」, 『시와시학』 1992년 가을호, 5~96쪽.
송기한, 「민주화의 열망과 좌절」, 『한국 현대시사』, 민음사, 2007, 337~394쪽.
신경림, 「신간 해제－'만월'」, 『독서생활』 1977년 3월호, 224쪽.
신승엽, 「참된 단형 서정서의 맛과 가능성」, 『월간중앙』 1991년 8월호, 564~565쪽.
신진숙, 「느낌의 동학(動學)」, 『문학선』 2013년 여름호, 59~66쪽.
염무웅, 「갈망과 탄식의 시」, 『바람 속으로』 발문, 창작과비평사, 1986, 137쪽.
———, 「스스로의 힘으로 살아있는 풍경－李時英의 시의 한 노선」, 『시와시학』 1996년 여름호, 62~67쪽.
오성호, 「절제된 서정의 깊이와 힘」, 『창작과 비평』 1991년 가을호, 11~213

쪽.
오창은, 「한국시는 세계시민을 감각할 수 있을까」, 『실천문학』 2010년 봄호, 67쪽.
오탁번, 「시를 찾아서」, 『시와세계』 2003년 봄호, 133쪽.
———, 「프리즘으로 보는 시의 영혼」, 『헛똑똑이의 시 읽기』, 고려대학교출판부, 2008, 17쪽.
오형엽, 「대비와 조화의 이중적 구도」, 『현대시학』 1996년 7월호, 203쪽.
유성호, 「기억의 두 심급(審級)－우리의 죽은 자들을 위해」, 『본질과현상』 2007년 가을호, 274쪽.
유재천, 「잃어버린 신화, 귀향, 여성적 자아 찾기」, 『시와사람』 2004년 봄호, 66쪽.
유중하, 「세 장의 詩圖를 위한 메모」, 『오늘의시』 1992년 상반기호, 33쪽.
윤재웅, 「풍경과 무늬－이시영 시집 '무늬'」, 『현대시』 1995년 5월호, 266쪽.
이병헌, 「절제된 생명의 언어」, 『현대시』 1998년 1월호, 213쪽.
이숭원, 「마음의 물결무늬」, 『현대시』 1996년 12월호, 235쪽.
———, 「시적 감동의 비밀을 찾아서」, 『문학사상』 1997년 4월호, 331쪽.
———, 「이야기 속의 추억과 명상」, 『동서문학』 2004년 봄호, 141쪽.
이승하, 「생명의 질서를 측은지심을 갖고 노래하라」, 『시와시학』 1998년 봄호, 298쪽.
———, 「약자에 대한 측은지심과 강자에 대한 분노」, 『문학나무』 2012년 여름호, 126쪽.
이영진, 「초월 · 갈등 · 절망 그리고 '저 뒤쪽 어디'」, 『창작과비평』 1997년 겨울호, 367쪽.
이은봉, 「시 혹은 응축된 이야기」, 『문학의문학』 2007년 창간호, 421쪽.
———, 「극사실의 세계와 참여정신」, 『시와시』 2012년 여름호, 195쪽.

이종암, 「두 시인의 길」, 『사람의문학』 1997년 겨울호, 194~195쪽.
이지엽, 「시적 상상력의 그물 짜기」, 『시와사람』 1997년 겨울호, 241~242쪽.
이혜원, 「은빛 서정의 파동」, 『현대시학』 2004년 1월호, 266쪽.
임우기, 「초록생명의 세계로 가는 멀고도 힘겨운 길」, 『시와시학』 1992년 가을호, 111~117쪽.
임헌영, 「90년대적 민족 민중시」, 『현대시세계』 1991년 가을호, 240~251쪽.
장석남, 「이불 밖으로 나와 있는 발가락들」, 『창작과비평』 2004년 여름호, 419쪽.
정남영, 「이시영의 시와 활력의 정치학」, 『창작과비평』 2009년 겨울호, 283~294쪽.
진순애, 「공간, 그 여백의 미학」, 『현대문학』 1996년 6월호, 399쪽.
차창룡, 「아름다운 일치」, 『현대시』 1996년 11호, 143쪽.
최동호, 「가까운 사람들의 삶」, 『문학사상』 1988년 12월호, 97쪽.
———, 「삶의 소용돌이와 풍경시」, 『한국문학』 1997년 겨울호, 364쪽.
———, 「새로운 서정시의 모색과 디지털 시대의 극서정시」, 『문학사상』 2014년 8월호, 56쪽.
최원식, 「서정시의 재건」, 『세계의문학』 1986년 겨울호, 190~193쪽.
———, 「이야기시와 단시의 긴장」, 『시와시학』 1992년 가을호, 125~126쪽.
홍신선, 「이야기의 재미와 삶의 낌새」, 『시평』 2004년 봄호, 167쪽.

3. 단행본

강형철 외, 『대표시 대표평론1』, 실천문학사, 2000.
김윤식 외 3인, 『우리 문학 100년』, 현암사, 2001.

김준오, 『시론』, 삼지원, 1991.

김 현, 『행복한 책읽기』, 문학과지성사, 1992.

맹문재 외, 『2004 '작가'가 선정한 오늘의 시』, 작가, 2004.

성민엽, 『문학의 빈곤』, 문학과지성사, 1988.

신형철, 『느낌의 공동체』, 문학동네, 2011.

염무웅, 『혼돈의 시대에 구상하는 문학의 논리』, 창작과비평사, 1995.

유성호 외, 『2013 '작가'가 선정한 오늘의 시』, 작가, 2013.

유종호, 『문학이란 무엇인가』, 1994.

———, 『시란 무엇인가』, 민음사, 1995.

이동순, 『우리 시의 얼굴 찾기』, 선, 2007.

임우기 외, 『창비 1987』, 창작과비평사, 1987.

임 화,『문학의 논리』 임화 문학예술전집 3. 소명출판, 2009

정효구, 『존재의 전환을 위하여』, 청하, 1987.

최동호 외 24인, 『현대시론』, 서정시학, 2014.

최성만, 『발터 벤야민 기억의 정치학』, 길, 2014.

최유찬, 『문예사조의 이해』, 실천문학사, 1995.

황현산, 『잘 표현된 불행』, 문예중앙, 2012.

4. 일반 자료

강형철, 「서정시의 엄격함－이시영 시집 '길은 멀다 친구여'」, 「동대신문」 1988년 3월 22일.

김광일, 「이시영－시인보다 먼저 일어서는 시인, 시詩 심부름꾼」, 『시인세계』 2004년 겨울호, 169쪽.

김용락, 「대담 : 우리 시대의 작가 이시영－살아있는 시, 생동감 있는 시에 대한 열망」, 『사람의문학』 2004년 겨울호, 44~45쪽.
김윤배, 「철둑집의 이시영」, 『현대시학』 1999년 3월호, 220~223쪽.
박덕규, 「80년대적 상황의 서정시」, 『시의 세상 그늘 속까지』, 한겨레, 1988, 15쪽.
박민규, 「지금도 마음 하늘에 떠 있는 만월」, 『시인세계』 2010년 봄호, 218쪽.
박 철, 「젊은 세대가 읽은 전 세대 주요 시인들 : 이시영－조용한 정열과 슬픔」, 『현대시학』 1992년 4월호, 74쪽.
박형준, 「시인의 반칙과 젖은 눈/이시영×박형준」, http://blog.changbi.com/lit/?p=5634&cat=27(창비문학블로그 창문, 2012.2.20.).
백종현, 「개별자와 보편자의 관계」, 『철학의 주요개념』, 서울대학교 철학사상연구소, 2004, 88쪽.
성민엽, 「차가움 속의 뜨거운 열정－이시영 시집 '길은 멀다 친구여'」, 「경향신문」 1988년 3월 30일.
이숭원, 『서정시의 힘과 아름다움』, 새미, 1997, 서문.
이시영, 「문학적 자전」, 『시와시학』 1992년 가을호, 97~105쪽.
이종찬, 「기억의 강가에서 들려오는 은빛 호각소리」, 「오마이뉴스」 2003년 12월 16일.
채상우, 「인터뷰 : 영구혁명을 꿈꾸는 철저한 현대주의자」, 『민속예술』 2004년 7월호, 21~22쪽.

5. 외국 자료

마사 누스바움, 『시적 정의』, 박용준 역, 궁리, 2013.

미셸 푸코, 『사회를 보호해야 한다』, 김상운 역, 난장, 2015.

발터 벤야민, 『일방통행로/사유이미지』, 김영옥 외 역, 길, 2007.

———, 『1990년경 베를린의 유년시절, 베를린 연대기』, 윤미애 역, 길, 2007.

———, 『역사의 개념에 대하여, 폭력 비판을 위하여, 초현실주의 외』, 최성만 역, 노마드북, 2012.

아리스토텔레스, 『정치학/시학』, 나종일 · 천병희 역, 삼성출판사, 1990.

장 폴 사르트르, 『말』, 정명환 역, 민음사, 2009.

질 들뢰즈 · 펠릭스 과타리, 『안티 오이디푸스 : 자본주의와 분열증』, 김재인 역, 민음사, 2014.

파울 첼란, 『죽음의 푸가』, 김영옥 역, 청하, 1986.

■■■ 이시영 연보

1949년 음력 8월 6일 여순사건으로 치열한 전투가 벌어지던 지리산 일대의 등화관제 아래에서 부친 전주 이씨 濟弼과 생모 경주 정씨 炳禮 사이의 1남 2녀 중 독남으로 출생하다. 모친으로 해주 오씨가 한 분 더 계셨는데 그분 소생으로 누님 한 분이 있다.

1962년 구례중학교에 입학.

1965년 전주영생고등학교 입학.

1968년 서라벌예술대학 문예창작과에 입학. 서정주, 김동리, 박목월, 김현승, 김구용, 이형기, 이동주, 김현 등의 강의를 듣다.

1969년 1월 『중앙일보』 신춘문예에 시조 「繡」가 당선되다. 4월에는 『전남일보』 제17회 신춘문예에 시 「염전시대」가 가작 입선되고 7월에는 문화공보부 문예작품 현상공모에 시조 「소금」이, 11월에는 『월간문학』제3회 신인작품모집에 시 「채탄」 외 1편이 당선되다.

1970년 임보, 김춘석, 오세영, 이건청, 조정권, 신대철 등과 『六時』 동인지를 2집까지 간행하다.

1971년 『창작과비평』 가을호에 시 「부역」 외 4편이 발표되다.

1972년 부친 별세. 서라벌예술대학 졸업식에서 '서라벌문화상'을 받다.

1974년 유신헌법에 반대하는 '개헌청원지지문인 61인 선언'에 서명하고 중앙정보부에 처음으로 연행되어 조사받다. 3월 고려대학교 대학원 석사 과정 국어국문학과 입학. 11월 18일 오전 10시 의사회관 (당시 '문협'이 거기 있었다) 계단에서 있었던 '자유실천문인협의회 1백1인 선언' 발표에 참여하고 거리에 나오려다 고은, 이문구, 조태일, 박태순, 윤흥길 등과 함께 종로서에 연행되어 조사받다. 이 일을 계기로 송기원과 함께 70년대말까지 사무실 없는 자유실천문인협의회의 '가방 총무'(가방 안에 회원명부, 회비수납 노트, 직인 등 살림살이 일체가 들어 있었다) 역할을 하다.

1975년 1월-2월 동아일보 광고 탄압 사태에 항의하고 기자들의 '자유언론실천선언'을 지지하는 '문인 · 자유수호격려광고' 운동에 참여. 3월 서울특별시 교육위원회 중등교원 임용 순위고사에 합격, 서라벌고등학교 국어 교사가 되다. 8월 대학원 3학기를 마치고 나머지 한 학기를 등록하지 않아 제적되다. 그러나 선수학점(학부의 학과가 다르다고 하여 학부에 내려가 이수해야 하는 학점)을 포함하여 졸업에 필요한 학점은 모두 이수하다.

1976년 12월 첫시집 『滿月』이 창작과비평사의 '창비시선' 10번으로 간행되다.

1977년 모친 해주 오씨 별세.

1978년 6월 서라벌고등학교를 사직하고 10월 함안 이씨 경희와 결혼하다.

1979년 7월 3일 워커힐에서 열리고 있던 제4차 세계시인대회에 찾아가 김지하, 송기숙, 양성우를 석방하라는 구호를 외치고 '세계시인들에게 보내는 편지'를 낭독하고 시위하다가 이문구, 송기원 등과 함께 동부서에 연행되어 조사받고 즉심에 넘겨져 경범죄 위반으로 각각 구류 14일씩을 선고받다. 성동서 유치장에서 10일을 살고 정식재판을 청구하다(이후 1980년 동부지원 재판에서 구금 10일로 형이 확정되다). 9월 장녀 民書 출생.

1980년 2월 『창작과비평』 편집장으로 입사하다. 계엄검열단에 의해 봄호, 여름호의 좌담, 논문, 시 그리고 편집후기까지 전문 혹은 부분이 삭제당하다. 7월 30일 가을호 교정쇄를 계엄 검열단에 제출하고 기다리고 있는데 7월 31일에 국보위에 의해 『창작과비평』이 폐간되다. '창비' 사무실을 마포구 아현동 누옥으로 옮기고 아동문고 사업에 전념하다.

1981년 신경림과 공편으로 신작시집 시리즈를 간행하기 시작하다. 이 시리즈는 87년 1월까지 5호째 계속되어, 백낙청이 주도한 신작평론집 『한국문학의 현단계』 I ~ IV(1982~1985년), 염무웅 · 최원식 공편의 신작소설집 시리즈(1984~1985년, 1987년, 1991년)와 함께 김용택, 채광석, 김사인, 김영현 등 신인 발굴과 민족문학 진영의 발표지면으로서의 역할을 하다.

1982년 '창비시선' 33번으로 김지하 시선집 『타는 목마름으로』를 간행하였으나 약 1만여 부의 책이 압수되어 지형과 함께 제본소의 칼날에 도륙당하고 약 1만여 권은 독자들에게 팔리다. 안기부에 연행되어 조사를 받고 국세청에 의해 1천만 원의 추징금이 부과되다. 12월 김지하의 대설 『南』 1권을 간행했으나 문공부 간행물심의실에 의해 '불허'되어 제책된 책 전체에 '봉인' 도장이 찍히다.

1984년 2월 신작시집으로 발간한 『마침내 시인이여』가 당시로서는 보기 드물게 5만여 부가 팔려나가다. 그러나 이번에는 여기 실린 김지하의 장시 「다라니」 때문에 스님들의 강력한 항의에 시달리다. 7월에 주간으로 승진. 『마침내 시인이여』 日譯版이 도쿄 青木書房에서 간행되다.

1985년 10월 부정기간행물 『창작과비평』 57호를 간행하다. 이로 인하여 서울시로부터 12월 9일 '출판사 등록취소' 통보를 받다. 이에 항의하는 문학인 및 각계 인사 2,853명의 항의문 및 서명록을 문공부, 안기부, 청와대에 보내다. 그리고 자유실천문인협의회 등에서 연일 밤샘 농성을 하다.

1986년 8월 5일 '창작사'로 출판사 등록 재개. 8월 첫 시집 이후 10년 만에 두 번째 시집 『바람 속으로』(창작사)를 간행하다. 12월 차녀 珉華 출생.

1987년 자유실천문인협의회 집행위원의 일원으로 '6월항쟁'에 적극 참여하다.

9월 자유실천문인협회가 발전적으로 해체되고 '민족문학작가회의'가 새로 탄생하다.

1988년 3월 6월항쟁의 승리의 여파로 드디어 『창작과비평』 복간호(통권 59호)가 발행되다. 출판사 이름도 '창작사'에서 '창작과비평사'로 회복되다. 3월 세번째 시집 『길은 멀다 친구여』(실천문학사)를 간행하다. 가을 학기부터 중앙대학교 예술대학 문예창작학과에 시창작 강사로 출강하기 시작하다. 이후 약 7, 8년간 서울과 안성 사이를 오르내리다.

1989년 『창작과비평』 겨울호에 황석영 북한방문기를 게재했다 하여 11월 23일 안기부로 연행되어 25일 국가보안법 위반 혐의로 구속영장이 발부되다. 12월 9일 서울구치소로 넘어갈 때까지 17일 간 남산의 지하 조사실에서 온갖 조사를 받으며 구금자 생활을 하다.

1990년 2월 3일 보석으로 서울구치소에서 풀려나다. 1심(1992), 2심(1993)을 거쳐 3심(1995)에서 징역 8월, 자격정지 1년, 집행유예 2년으로 형이 확정되다. 이후 1995년 8월 15일 대통령에 의해 특별복권이 이루어지다.

1991년 5월 네 번째 시집 『이슬 맺힌 노래』(들꽃세상) 간행.

1993년 8월 중국 연변사회과학원 문학예술연구소 초청으로 신경림, 이동순 시인과 함께 중국 연길에서 열린 '중국 조선족 문학예술 국제학술연구회'에 참가하고 15일간 백두산, 장춘, 통화, 집안, 심양, 청도 등지를 여행하다. 10월 프랑크푸르트 도서전 참가를 계기로 독일, 스위스, 프랑스 등지를 여행하다.

1994년 1월 창작과비평사가 주식회사로 법인 전환하면서 상무이사 겸 주간이 되다. 5월 다섯 번째 시집 『무늬』를 문학과지성사에서 간행함. 이 시집으로 12월 서라벌예대 · 중앙대 문예창작학과 총동문회가 제정한 제4회 서라벌문학상을 받다.

1995년 2월 (주)창작과비평사의 대표이사 부사장이 되다. 5월 첫 산문집 『곧 수풀은 베어지리라』를 한양출판에서 간행하다. 3월부터 한 학기간 추계예술학교 문예창작과에서 강의하다. 11월 말 생모 경주 정씨 별세.

1996년 2월 7일부터 일주일간 도쿄 국제도서전에 참가. 도쿄, 교토, 나라 등지를 여행하다. 2월 27일 세종문화회관에서 '창비' 창간 30주년 기념 행사를 치르다. 3월 여섯번째 시집 『사이』를 창비사에서 펴내다. 3월 개원한 중앙대학교 예술대학원 문학예술학과 객원교수로 초빙되다. 5월 시 「마음의 고향 · 6」으로 제8회 정지용문학상을 수상하다. 독일에서 간행되는 전통적인 문예지 *die horen*(1996년 4분기호) '한국현대문학' 특집호에 시 「후꾸도」 「이름」 「고개」 「노래」 등이 윤현숙 씨 외 번역으로 수록되다.

1997년 중국 장춘(長春)에서 간행되는 격월간 문예지 『장백산』 5기(期)에 시 「바람아」 「그리움」 「나의 노래」 「고요한 가을」 「야음」 「솔」 「만월」 등 7편이 발표되다. 8월 28일~9월 1일 열린 제36차 스트루가 국제시인회의 '한국시인의 밤'에서 시 「신새벽」이 발표되다. 10월 일곱번째 시집 『조용한 푸른 하늘』을 솔 출판사에서 간행하다.

1998년 1월 (사)민족문학작가회의 상임이사로 선임되다. 최동호 교수와 함께 『중앙일보』 신춘문예 시부문을 심사하다(이후 2004년까지 황동규, 김혜순 시인과 함께 연 7회를 심사하다). 9월 시집 『조용한 푸른 하늘』로 제11회 동서문학상을 수상하다. 9월 25일~10월 4일 김광규의 안내로 여러 문인들과 함께 독일 함부르크, 빌레펠트 등에서 열린 '한국현대문학의 주간' 행사에 참여하여 시 「이름」 「후꾸도」 「고개」 「노래」 「마음의 고향 · 6」 「편지」 등을 그 쪽 연극배우, 성우들과 함께 낭송하다.

1999년 1월 황동규 시인과 함께 『경향신문』 신춘문예를 심사하다. 3월 (주)창작과비평사 상임고문이 되다. 11월 유종호, 황동규와 함께 제7회 대산문학상 시부문을 심사하다.

2000년 1월 정호승, 정과리와 함께 『한국일보』 신춘문예를 심사하다. 1월 (사)민족문학작가회의 부이사장에 선임되다. 한국 펜에서 간행하는 *Korean Literature Today* 2000년 봄호에 시 「바람아」 「정님이」 「서울행」 「새」 「신

새벽」「마음의 고향-그 언덕」 등이 영역되어 수록되다. 번역은 Brother Anthony Teague 서강대 교수와 김영무 서울대 교수. 10월 제1회 창비신인시인상을 심사하다(이후 2004년 10월까지 연 4회를 심사하다).

2001년 가을 미국 뉴욕주 코넬대에서 세 사람(김수영, 신경림, 이시영)의 영역시집 *Variations: Three Korean Poets*가 '동아시아 시리즈'의 하나로 출간됨. 역자는 앤소니 티그(한국명 : 안선재) 서강대 교수와 고 김영무 서울대 교수. 미국에 거주하는 고원 시인에 의해 「이름」「역사에 대하여」「노래」 등이 영역되어 *Voices In Diversity: Poets From Postwar Korea*(뉴욕, Cross-Cultural Communications)가 간행되다.

2002년 1월 유종호와 함께 『세계일보』 신춘문예를 심사하다. 1월 '작가회의' 부이사장에 다시 선임되다. 1월 16일 고은 고희 기념시집 『두고 온 시』 출간과 맞춰 〈창비 웹진〉에 "대화 : 고은 VS 이시영-문학은 늘 파도치는 것… 내일의 일이 나를 더 기다리고 있다"를 동영상으로 촬영, 수록되다. 6월 금강산에서 열린 6 · 15선언 2주년 기념대회에 참가하여 그곳의 오영재 시인, 남대현 작가 등을 만나 대화하고 빗속에 금강산을 함께 오르다.

2003년 3월 31일 1980년 2월부터 정확히 23년 2개월간 근무해오던 창작과비평사를 퇴직하다. 8월 문화관광부 서훈심사위원으로 위촉되다. 8월 21일~28일까지 몽골에서 그곳의 작가들과 함께 한 '제9회 세계작가와의 대화' 행사에 참가하다. 9월 1일 중앙대학교 예술대학 문예창작학과의 겸임교수에 위촉되다. 11월 여덟 번째 시집 『은빛 호각』을 창비에서 내다. 『현대시학』 11월호에 정민영 · 홀머 브로홀로스 교수 공역으로 「순간들」「노래」「이슬」「예감」「옛시」 등 5편이 독일어로 번역되다. 11월 제1회 대산대학문학상 시부문을 심사하다(2004년까지 연 2회).

2004년 1월 작가회의 부이사장에 또다시 선임되다. 2월 대학 동기이자 친구인 김종철 시인이 운영하는 (주)문학수첩 '편집/기획 자문위원'이 되다. 4월 2일부터 3개월 간 문예진흥원의 '금요일의 문학이야기-2004년 1

기 강좌'를 맡아 '우리 시대의 시집 읽기'를 진행하다. 5월 12일 국민대학교 문예창작대학원에서 「시집 '은빛 호각'을 쓸 무렵」으로 특강. 5월 15일 시집 『은빛 호각』으로 제9회 현대불교문학상을 수상하다. 5월 20일 아홉 번째 시집 『바다 호수』를 문학동네에서 내다. 5월 27일 『은빛 호각』으로 제4회 지훈상(芝薰賞) 문학부문을 수상하다. 7월 25일 EBS '책, 내게로 오다'에 출연하여 시집 『은빛 호각』에 대하여 이야기하다. 9월 1일 계간 『창작과비평』 비상임 편집위원에 위촉되다. 9월 21일 '2005 프랑크푸르트 주빈국 문학행사 관련 순회 작가단'에 선정되다. 11월 17일 민족문학작가회의 창립 30주년 기념 도자기전 '100년의 시－생존시인 10인선'에 시 「서시」가 선정되다(선정위원 : 김사인, 최두석). 11월 18일 백범기념관에서 민족문학작가회의 창립 30주년 기념식 '우리가 간직함이 옳지 않겠나'를 열다. 11월 24일 시집 『바다 호수』로 제6회 백석문학상을 수상하다. 11월 27일 광주영상예술센터에서 시를 노래하는 달팽이들의 열아홉 번째 포엠콘서트 '이시영 시인의 시와 삶 엿보기－바다 호수에 모인 모든 벗들아 정다운 얼굴들아'에 참여하여 '시인과의 대화'에 출연하다. 12월 10일 (주)문학수첩 편집/기획 자문위원을 사직하다. 겨울호부터 계간 『창작과비평』의 비상임 편집위원 겸 '창비시선소위'의 위원으로 선임되다.

2005년 3월 14일~21일 프랑크푸르트 도서전 주빈국 조직위원회 주관 '한국문학 순회 프로그램'의 일환으로 독일 라이프치히 도서전 및 주변도시 문학행사에 참가하여 시 「후꾸도」 「이름」(라이프치히 Evangelisch 개신교회에서의 한국의 밤), 「고개」(라이프치히 고리츠성에서의 시 행사) 등을 낭독하다. 5월 10일 열 번째 시집 『아르갈의 향기』를 시와시학사에서 내다. 5월 14일~15일 문학회생프로그램 추진위원회가 주최하는 '한국문학, 지리산을 만나다'(전남 구례읍 체육공원) 행사에 참가하여 시를 낭독하고 고향 마을을 비롯하여 운조루, 문수리 그리고 섬진강 일대를 돌아보다. 6월 10일 한국문학번역원이 주관하고 민음사가 펴낸

KOREAN WRITERS-THE POET 'Lee Si-Young' 편에 시세계에 대한 개관과 대표시집인 『만월』과 『사이』 서평이 실리다. 7월 20일~25일 평양, 백두산, 묘향산 등지에서 열린 '6 · 15 공동선언 실천을 위한 민족작가대회'에 참가하다. 8월 11일~14일 서울, 백담사, 금강산 등지에서 열린 '세계평화시인대회'에 참가하여 시 「아심찮다」(『평화, 그것은』, 민음사, 2005 수록)를 낭독하다. 8월 말 시집 『아르갈의 향기』가 문학회생프로그램 추진위원회의 제3분기 '우수문학도서'에 선정되다. 9월 1일 임기 2년의 중앙대학교 예술대학 겸임교수에 재임용되다. 10월 19일 서울-문학의집에서 열린 디지털문화예술아카데미 주관의 '2005 시민을 위한 문예특강'에 나가 「김수영의 '꽃잎 1'에 대하여」를 강연하다. 11월 1일 임기 1년의 한국문화예술위원회 문학위원회 위원장에 위촉되다. 〈문장 웹진〉 11월호 '작가와 작가'에 박형준 시인과의 대담 "시는 느낌의 현재에서 문득 출발하는 것"이 동영상과 함께 수록되다. 12월 14일 중앙대학교 예술대학원 전문가 과정의 강의를 끝으로 중앙대학교 예술대학 겸임교수직을 사임하다. 12월 17일 2005 중앙시조대상 및 중앙시조신인상 심사.

2006년 1월 1일~3일 가족과 함께 제주 일대를 여행하다. 1월 6일 새로 창립된 '세교연구소'의 연구위원으로 위촉되다. 3월 1일 단국대학교 예술대학 문예창작과 초빙교수에 임용되다. 3월 10일 (사)민족문학작가회의 자문위원으로 위촉되다. 7월 7일 제21회 만해문학상을 심사하다. 7월 11일 '창비주간논평'에 「'청록집'의 허와 실」을 발표하다. 『창작과비평』 가을호에 촌평 「백석 시 다시 읽기」를, 『문학수첩』 가을호에 산문 「'만인보'가 이룬 것과 잃은 것」을 발표하다. 8월 1일 『창작과비평』 비상임 편집위원직을 사임하다. 10월 13일 제8회 백석문학상을 심사하다. 12월 『대전일보』 신춘문예를 심사하다. 같은 달 2006 중앙시조대상 및 중앙시조신인상을 심사하다.

2007년 2월 27일 '창비주간논평'에 「김종삼의 재발견」을 발표하다. 3월 1일 한국문화예술위원회 제2기 문학위원장에 위촉되다. 4월 9일~10일 상하이 푸단대학교에서 열린 제1회 한중작가회의에 참가하여 시 「우리의 죽은 자들을 위해」 「대통령의 눈물」 「보시니 참 좋았다」 「쏠 테면 쏘라!」 등을 낭독하다. 6월 8일 열한 번째 시집 『우리의 죽은 자들을 위해』를 '창비시선' 277번으로 간행하다. 7월 26일 한국간행물윤리위원회의 '8월의 읽을 만한 책'으로 『우리의 죽은 자들을 위해』가 선정되다. 8월 27일 제7회 미당문학상 본심 심사. 9월 하바드대학 한국학연구소에서 간행된 한국문학과 문화 저널 *AZALEA*에 영역시 「북어」 「평행」 「사이」 「아슬한 거처」 「저녁의 시간」(안선재 · 유희석 공역) 발표. 9월 13일 시집 『우리의 죽은 자들을 위해』가 한국문화예술위원회와 문학나눔사업추진위원회가 선정하는 2007년 3분기 우수문학도서에 선정되다. 10월 12일 아르코예술정보관이 주최한 '문학, 작가의 목소리로 남다'에서 자선대표시 15편을 낭송하다. 10월 18일 제39회 대한민국 문화예술상(문학부문)을 수상하다. 10월 서울시가 주관하는 '시가 흐르는 서울' 행사의 일환으로 충무로역과 신촌역에 시 「숲에 가면」이 게시되다. 10월 22일 제9회 백석문학상을 심사하다. 11월 9일 전주에서 열린 '아시아 · 아프리카 문학 페스티벌'에 참가하여 AALF 회관에서 시낭송을 하다. 미 뉴욕주 버팔로에서 발행된 *DAMN THE CAESARS* 지 '현대 한국시' 특집에 시 「북어」」 「평행」 「마음의 고향 6」 「맹감나무 아래」 「사이」 「아침이면」 「새벽에」 「生」 「아슬한 거처」 「저녁의 시간」이 안선재, 유희석 공역으로 발표되다. 12월 중앙시조대상 및 중앙시조신인상을 심사하다. 같은 달 동아일보 신춘문예 시부문을 심사하다.

2008년 2월 23일 사단법인 한국작가회의 부이사장에 선임되다. 3월 1일 한국문화예술위원회 제3기 문학위원장에 위촉되다. 5월 1일 인하대에서 열린 제2회 한중작가회의에 참가하여 시 「조국」 「노 혁명가의 죽음」 「겨울밤의 서사」 「시월」 「당숙모」 등을 낭독하다. 5월 20일 일본 오사카에서 발행된 시 전문지 『PO』지 '한국현대시의 오늘'에 시 「푸른 제복」

「呼名」「외길」 등이 한성례 역으로 발표되다. 8월 28일 제8회 미당문학상 본심 심사. 9월 30일 한국문화예술위원회 제3기 문학위원장 임기를 마치다. 11월 25일~12월 5일 한국문학번역원 주관으로 멕시코를 방문하여 멕시코시티 한국문학 행사와 과달라하라 주립대학(UDG) 한국문학 행사에 참가하여 시 「서시」「정님이」「고개」「새」「노래」「무늬」 등 13편을 낭독하다. 12월 동아일보와 대전일보 신춘문예 시부문을 심사하다.

2009년 『시와반시』 봄호에 시 「웅성거림」이 스페인어(최낙원 역)로 번역되어 게재되다. 4월 20일 저녁 홍대 앞 KT&G 상상마당에서 열린 '창비시선 300번 출간기념 북콘서트'에 참가하다. 6월 9일 저녁 전주역사박물관에서 열린 '창비시선 300번 출간기념 북콘서트'에 참가하다. 6월 13일 저녁 대구 영남이공대에서 열린 '창비시선' 300번 출간기념 북콘서트'에 참가하다. 7월 8일~11일 중국 칭하이성(青海省) 시닝(西寧) 시에서 열린 제3차 한중작가회의에 참가하여 시 「파도빛」「별잠」「사원 근처」「승인」「밤」 등을 낭독하다. 8월 10일 창비에서 등단 40주년 기념으로 시선집 『긴 노래, 짧은 시』(김정환 · 고형렬 · 김사인 · 하종오 엮음)를 간행하다. 8월 27일 제9회 미당문학상을 심사하다. 9월 7일 서울문화재단에서 마련한 연희문학창작촌에 입촌하다. 9월 창비사 발행 7차 개정 중학교 1학년 1학기 검정 교과서 『국어』(김상욱 대표집필)에 시 「마음의 고향」이, 지학사 발행 7차 개정 중학교 1학년 1학기 검정 교과서 『국어』(방민호 대표집필)에 시 「무지개」가, 좋은책신사고 발행 7차 개정 중학교 1학년 1학기 검정 교과서 『국어』(이숭원 대표집필)에 시 「성장」이 각각 수록되다. 11월 26일 창비시선 기획위원을 사임하다. 12월 16일 『한국일보』 신춘문예를 심사하다.

2010년 2월 20일 한국작가회의 부이사장의 임기를 마치고 자문위원으로 위촉되다. 3월 1일 단국대학교 국제문예창작센터 센터장(직급 : 초빙교수)으로 발령받다. 5월 24일부터 4일간 서울과 속초 등에서 열린 제4회 한중작가회의에 참가하다. 5월 29일 중앙일보 주관의 미당문학상 운영위원에 위촉되다. 10월 2일부터 4일간 서울, 죽전, 천안에서 열린 단국대학교의 〈2010세계작가페스티벌〉을 주관하다. 12월 20일 『경향신문』 신춘문예를 심사하다. 12월 21일 동아일보 신춘문예를 심사하다.

2011년 5월 10일~12일 중국 시안 탕화호텔에서 열린 제5회 한중작가회의에 참가하여 시 「조용한 봄날」 「아슬한 거처」 등을 낭독하다. 5월 17일 2011년 2분기 한국문학번역지원사업(주관 : 한국문학번역원) 영어권 지원대상작에 시집 『무늬』(역자 : 안선재)가 선정되다. *The Online Magazine for International Literature Words Without Borders*(시카고) 2011년 6월호에 시 「성읍마을을 지나며」가 영역 수록되다. 7월 4일 중앙일보사 미당문학상 운영위원회의에 참석하다. 8월 5일 실천문학사에서 주관하는 제4회 오장환문학상을 심사하다. 9월 19일 호주에서 발행되는 *Cordite Poetry Review* 제35호 '한국-호주' 특집에 시 「성읍 마을을 지나며」와 「염소 걸음」이 안선재 · 유희석 공동 영역으로 수록되다. 10월 28일 제13회 백석문학상을 심사하다. 11월 17일 제57회 현대문학상 시부문을 심사하다. 12월 한국작가회의 젊은작가포럼이 주관하는 '아름다운 작가상'을 받다.

2012년 2월 6일 열두 번째 시집 『경찰은 그들을 사람으로 보지 않았다』(창비시선 341) 출간. 2월 11일 (사)한국작가회의 제25차 정기총회에서 이사장으로 선출되다. 2월 28일 저녁 '인문까페 창비'에서 '작가와의 만남' 행사를 가지다. 3월 1일 단국대학교 문예창작과 초빙교수로 재임용되고 보직으로 국제문예창작센터 센터장에 중임되다. 3월 독일 Edition Peperkorn에서 시집 『사이』의 독역본 *Dazwischen*이 Andreas Schirmer에 의해 번역 출판되다. 3월 29일 저녁 연희문학창작촌 '목요낭독극장'에 출연하다. 5월 20일~23일 제주 서귀포 롯데호텔에서 열린 제6차 한중작가회의에 참가, 시 「어머니 생각」 「발자국」 등 4편을 낭독하다. 6월 9일 시집 『경찰은 그들을 사람으로 보지 않았다』로 제1회 박재삼문학상을 수상하다. 8월 28일~9월 3일 한국문학번역원 지원으로 호주를 방문, 시드니 한국문화원에서 교민들을 대상으로 낭독회를 열다. 그리고 멜버른 작가축제(MELBOURNE WRITERS FESTIVAL)에 참가하고 멜버른대학의 아시아 링크(Asialink)에서 배리 힐 등 호주 시인들과 함께 시 낭독회를 갖다. 9월 7일~10월 19일 제20회 대산문학상 시부문을 심사하다. 11월 21일 시집 『경찰은 그들을 사람으로 보지 않았다』로 제27회 만해문학상을 수상하다. 12월 24일 『전북일보』 신춘문예를 심사하다.

2013년 3월 15일 '제주4 · 3평화문학상' 시부문을 심사하다. 3월 23일 제2회 박재삼문학상을 심사하다. 5월 26일~27일 중국 샤먼에서 열린 제7회 한중작가회의에 참가, 시 「삶」 「上行」 등을 낭독하다. 6월 28일 한국복제전송권협회로부터 2012년도 교과용도서 보상금 세부 내역서를 받다. 「무지개」–지학사 중등 1학년 국어 교과서/「성장」–좋은책신사고 중등 1학년 국어 교과서/「마음의 고향」–창비 중등 1학년 국어 교과서/「공사장 끝에」–고등 문학 2 지도서/「여름」–해냄애듀 문학 1 고등 지도서). 6월 30일 맏딸 민서를 결혼시키다. 7월 19일 제5회 임화문학예술상을 심사하다. 8월 30일 제13회 미당문학상을 심사하다. 10월 1일~4일 단국대학교와 수원에서 열린 '2013 세계작가페스티벌'을 주관하다. 10월 23일 제21회 대산문학상 시부문을 심사하다. 10월 24일 제15회 백석문학상을 심사하다.

2014년 2월 22일 제27차 한국작가회의 총회에서 이사장으로 연임되다. 2월 24일 제2회 '제주4 · 3평화문학상' 시부문을 심사하다. 4월 25일 열세 번째 시집 『호야네 말』(창비시선 373)을 출간하다. 6월 9일 제58회 창비 라디오 책다방 '이시영 시인 인터뷰'에 출연하다. 6월 9일~12일 경북 청송에서 열린 제8회 한중작가회의에 참가하다. 9월 미국 GREEN INTEGER 182, *PATTERNS* 출간. 11월 22일 서울시청 다목적홀에서 한국작가회의 40주년 기념식. 12월 22일 『경향신문』 신춘문예 시부문 심사. 중국작가협회 주관 『민족문학』 2014년 6호에 시 「호야네 말」 「삶」 발표. 12월 5일 강소성작가협회 주관 '남경대학살' 77주년 기념 『망각을 거부하며 — 한중시인합동시집』(양자강 詩刊-2014년增刊)에 시 「소녀상」 「아, 이런 시는 제발 그만 쓰고 싶다」 「산다는 것의 의미」 발표.

2015년 2월 매거진 *WORDS Without BORDERS*에 John W.W. Zeiser의 *PATTERNS* 리뷰 게재. 한국문학번역원 *LTI Korea Library*에도 동시 게재. 2015년도 1분기 한국문학 번역지원 공모사업 중국어권 번역에 시선집 『긴 노래 짧은 시』(서여명)가 선정됨. 5월 *World Literature Today Book Review*에 *PATTERNS* 서평(Dan Disney) 게재. 5월 24일~30일 중국 성도에서 개최된 제9회 한중작가회의 참가. 시 「가을은 이렇게 온다」 「2호선」 「석양 무렵」 발표. 중국작가협회 주관 『민족문학』 2014년 6호 '세계문학, 한국작가작품특집'에 시 「호야네 말」 「삶」 게재. 6월 2일 책만드는집에서 시집 『조용한 푸른 하늘』 재출간. 6월 28일 구례 화엄사 입구 '시의 동산'에 세워진 시비 「마음의 고향 2 — 그 언덕」 관람. 7월 23일 제30회 만해문학상 심사. 8월 4일 제15회 고산문학대상 시부문 심사. 9월 4일 미당문학상 심사. 9월 16일 제2회 신석정문학상 심사. 9월 23일 제7회 목포문학상 심사. 12월 22일 『세계일보』, 『경향신문』 신춘문예 심사.

2016년 1월 23일 제29차 한국작가회의 정기총회에서 이사장 임기 종료. 신임 이사장으로부터 그간의 이사장 활동에 대한 '감사패' 받다. 1월부터 계간 『창작과비평』 편집고문. 2월 17일~27일 하와이대학 한국학센터의 The Korean Poetry Today, 버클리대 한국학센터의 Korean Literature Translation Workshop 및 An Evening of Korean Poetry, 스탠퍼드대 동아시아센터 및 동아시아 언어문화학과의 Korean Poetry Reading 행사에 참여. 하와이대 출판부에서 간행된 앤솔러지 *The Colors of Dawn: Twentieth Century Korean Poetry*에 「축복」 「석양에」 「초원의 집」 「어떤 부지런함」 「저녁에」 「아침에」 「저녁의 풍경」 「칭하이 가서」 「칭짱 고원에서」 「힘차다!」「근성」(이상 시집 『경찰은 그들을 사람으로 보지 않았다』 所收) 등이 안선재 · 유희석 역으로 발표되다. 3월 4일 창비 편집위원회에서 편집위원회와 임직원 일동이 주는 창비 50주년 기념 '공로패' 받다. 6월 23일 대구 TVC에서 제13회 이육사문학상 심사. 7월 1일 두 번째 산문집 『시 읽기의 즐거움—나의 한국 현대시 읽기』 간행. 10월 29일 제18회 백석문학상 심사. 12월 19일 『경향신문』 신춘문예 심사. UC Berkeley Center for Korean Studies의 *Korean Literature Translation Workshop 2016*(February 23~25, 2016)에 이은지의 "Introduction of Si—young Lee's Poetry"에 이어 시 「노래」「당숙모」「조용한 봄날」「수평선」「새」「강추위」「야옹」「성장」「시월」 등이 Danbi Kim, Alex Yoongjung Chung에 의해 영역 수록.

2017년 1월호 『장백산』 '제10회 중한작가회의 특집(1)'에 시 「정님이」「시」「노래」「성장」「시월」「내가 언제」 등 6편 게재. 9월 15일 시집 『하동』 발간. 10월 16일~18일 중국 창춘에서 열린 제11차 한중작가회의에 참가하여 시 「정님이」「시」 낭독. 12월 11일 청송 대명리조트에서 열린 제1차 한중시인회의(주제 : '번역의 이상과 현실')에 참가하여 시 「시월」「당숙모」낭독하고 토론. 12월 19일 대전일보 신춘문예 심사. 한국문학번역원 '번역도서 교차출간 사업'의 일환으로 추진된 이란어판 한국현대시선 『도화 아래 잠들다』(이란이슬람예술센터의 수레이에메흐 출판사)에 「서시」가 이란어로 번역되어 출간되다.

2018년 1월 23일~26일 '유홍준과 함께하는 창비 중국답사'에 참여하여 상해, 가흥, 항주, 소흥 등을 방문하다. 5월 24일 문화체육부 장관으로부터 국립한국문학관 설립추진위원회 위원(부위원장)으로 위촉받다. 일본 『시와사상』 7월호 특집 '한국시—평화와 민중운동'에 시 「호명」「노래」 수록(한성례 역). 10월 12일 시집 『하동』으로 제10회 임화문학예술상 수상. 10월 30일 청송군 종합문화복지타운에서 열린 제2차 한중시인회의(주제 : '시어로서의 한국어와 중국어')에 참가하여 시 「하동」과 「구례 장에서」를 낭독하고 토론하다. 11월 16일 한국문화예술위원회 주관 '2018년 문학나눔 도서보급사업'에 시집 『하동』이 선정되다. 12월 12일 경상일보 신춘문예 시 부문 심사. 12월 14일~17일 중국 항저우에서 개최된 제7회 대운하국제시축제에 참가하여 시 「성장」 「노래」를 낭독하고 두 차례의 '한중 시인과의 대화'에 참여하다. 12월 18일 『대전일보』 신춘문예 시 부문 심사.

찾아보기

인명, 용어

ㄹ

ㅁ

ㅂ

ㅅ

작품 및 도서, 매체

ㄷ

ㅁ

ㅂ

ㅅ

ㅇ

ㅈ

ㅊ

ㅍ

ㅎ

기타

이시영 시의 서정성과 역사성

Lyricism and Historicity in the Poetry of Lee Si-young